T0284231

Un sueño compartido

Anna-Marie McLemore nació a los pies de la sierra de San Gabriel y su familia le enseñó a oír a la llorona en los vientos de la ciudad de Santa Ana. Elle es autore de *The Weight of Feathers*, finalista del premio William C. Morris YA Debut Award de 2016; *Cuando la luna era nuestra*, premio Stonewall Honor Book, que fue seleccionado como candidato al National Book Award in Young People's Literature; *Wild Beauty*, seleccionado como mejor libro del 2017 por Kirkus, School Library Journal y Booklist; *Blanca & Roja*, premio del New York Times Book Review Editors' Choice; *Dark and Deepest Red*, título nombrado en la lista de Winter 2020 Indie Next List y *The Mirror Season*, que fue seleccionado para el National Book Award in Young People's Literature.

Nube de tags

Retelling – Ficción histórica – Romance – LGBTQIA+

Código BIC: YFB | Código BISAC: JUV007000

Ilustración de cubierta: Margarita H. García

Diseño de cubierta: Nai Martínez

UN SUEÑO COMPARTIDO

Un retelling de El gran Gatsby

ANNA-MARIE MCLEMORE

books4pocket

Argentina – Chile – Colombia – España
Estados Unidos – México – Perú – Uruguay

Título original: *Self-Made Boys: A Great Gatsby remix*
Editor original: Feiwel & Friends, un sello de Macmillan Publishing Group
Traducción: Raúl Rubiales

1.ª edición: julio 2024

Nota: los nombres y rasgos personales atribuidos a determinados individuos
han sido cambiados. En algunos casos los rasgos de los individuos citados son
una combinación de características de diveras personas.

Copyright © 2022 by Anna-Marie McLemore
Publicado en virtud de un acuerdo con Feiwel & Friends,
un sello de Macmillan Publishing Group, LLC
a través de Sandra Bruna Agencia Literaria SL.
All Rights Reserved
© 2024 de la traducción *by* Raúl Rubiales
© 2024 *by* Urano World Spain, S.A.U.
Plaza de los Reyes Magos, 8, piso 1º C y D – 28007 Madrid
www.edicionesurano.com
www.books4pocket.com

ISBN: 978-84-19130-22-8
E-ISBN: 978-84-10159-40-2
Depósito legal: M-12538-2024

Fotocomposición: Urano World Spain, S.A.U.

Impreso por Novoprint, S.A. – Energía 53 – Sant Andreu de la Barca (Barcelona)

Impreso en España – *Printed in Spain*

Para CGM,
que todavía seguía contemplando las estrellas.

*Así que inventó el tipo de Jay Gatsby
que un chico de diecisiete años
podía inventar.*

—F. Scott Fitzgerald, *El gran Gatsby*

*Soy un hombre hecho a mí mismo,
nacido con dos manos.*

—Joe Stevens, *Ghost Boy*

Señorita Daisy Fabrega-Caraveo
East Egg, Nueva York

Querida Daisy:

Me han dicho que no. Más concretamente, papá me dijo que no creía que fuera una buena idea y mamá añadió que iría a esa ciudad alejada de la mano de Dios por encima de su cadáver, y si fuera ese el caso, su alma me perseguiría para que me quedara en Wisconsin.

Dais, esta puede ser la mejor oportunidad que se me presente jamás. ¿Cuántos hombres de finanzas de Nueva York crees que deambulan por Campo Betabel? Si no hubiese tenido ese pinchazo jamás se habría detenido.

Desde que mis padres me ayudaron a convertirme en Nicolás Caraveo, me he estado preguntando cómo iba a ser capaz de devolverles el favor. Podría conseguirlo si acepto este trabajo. Papá podría dejar de arreglar las cosas que hay aquí con cuerdas y grasa de motor y pedir que se las reparen como es debido. Mamá podría comprar los medicamentos que necesita. Todavía le sobrevienen esos ataques de tos pero no le procura remedio porque dice que el techo cuelga de la última teja y que tenemos que ahorrar para el día que se desprenda del todo.

Y antes de que digas nada, sé que has intentado ayudar, y que no han querido ni oírlo mencionar. Siempre eres buena con ellos. El vestido para el cumpleaños de mamá y el sombrero y las botas para papá por Navidad. Y aprecian mucho tu preocupación, pero sé que marcan un límite y que darles dinero queda fuera de él, y así será siempre. Por ende, debo ser yo quien se haga cargo.

Y no puede ser otra persona que no sea yo. Lo que hicieron por mí, Daisy... Tengo que encontrar el modo de recompensárselo. Debo hacerlo por ellos. Podría ganarme bien la vida en Nueva York. Tal vez para ti no sería una cantidad de dinero tan grandiosa, al menos no como la que tiene Tom, pero sería suficiente como para que aquí las cosas mejoren de verdad.

Daisy, si me dices que me olvide de esto, así lo haré. Tú eres la que me aconsejó que les dijera que soy un chico, y en ese momento pensé que habías perdido por completo el juicio, pero te hice caso, y tenías razón.

Así pues, ¿qué debería hacer ahora? ¿Qué harías tú?

Nick

Señor Nicolás Caraveo
Campo Betabel, Wisconsin

Mi querido y maravilloso Nick:

Yo me encargo de todo.

Tu prima favorita,
Daisy

Señor y señora Agustín Caraveo
Campo Betabel, Wisconsin

Queridísimos tío y tía:

Por lo que sé, esta carta les llega en medio de una decisión complicada. Una que yo, su sobrina favorita —no finjan que no es así, y no se preocupen, nunca se lo revelaré a mis hermanas o primas—, les escribo para ayudar en su resolución.

Como ya saben, su hijo Nicolás y yo hemos mantenido el contacto mediante misivas el tiempo que estuve en Chicago y más tarde cuando llegué a Nueva York. Sé con pelos y señales que es todo un genio (odia que use esa palabra, pero todos sabemos que es la verdad). Es exasperadamente modesto; tuve que sonsacarle que la escuela se había quedado sin lecciones de matemáticas que darle antes de que cumpliera los catorce años. Así que se pueden imaginar la cantidad de argucias y artimañas que tuve que idear para conseguir que me contara qué había ocurrido con el corredor de bolsa. (¿Es verdad que le ofreció a Nick el trabajo gracias a algún truco con un tablero de ajedrez? No pude encontrarle el sentido a esa parte de la carta de Nick).

Tío y tía, sé que les causa preocupación enviar a su querido niño al este. Pero lo que nunca les dirá es las ganas imperiosas que tiene de ir. Quiere darle un buen uso a esa cabeza matemática que tiene, y jamás se irá de la granja a menos que ustedes se lo pidan.

Piénsenlo. Yo misma lo vigilaría. Puede que solo sea un año mayor que él, pero basta para que pueda ejercer de hermana mayor. Y espero que no me achaquen de osada a mí, su sobrina favorita, por haberme encargado ya de encontrarle la casita de campo más bonita en la que puede hospedarse. Lo suficientemente cerca del tren para llegar a la ciudad, pero con abundante espacio abierto alrededor y sin vecinos que lo atosiguen. Y se encontraría cerca de mí, ¡justo enfrente! Estaríamos a tiro de piedra.

Por favor dejen que venga a Nueva York. Les prometo que pasará la época más alegre de su vida.

Atentamente, con todo mi cariño,
Daisy

CAPÍTULO I

—West Egg.

Me desperté con un sobresalto cuando el conductor pronunció el nombre, dándome cuenta de tres sensaciones a la vez. La primera, el dolor muscular por estar acurrucado en el asiento. La segunda, los destellos verde oscuro que iluminaban el mundo exterior. La tercera, las marcas que tenía en la palma de la mano causadas por la pieza de ajedrez que había estado sujetando a ratos desde Wisconsin.

Antes de que papá se despidiera de mí en la estación, me había dado algunos consejos, a sabiendas de que le estaría dando vueltas mientras las vías del tren con forma de cicatriz serpenteaban hacia el este.

«Recuerda esto, Nicolás —me había dicho—. El mundo te puede mirar y ver a un peón —me había apretado una pieza tallada en madera contra la palma—, pero eso solo significa que nunca anticiparán tu próxima jugada».

No había aflojado la mano hasta que casi habíamos llegado a Chicago. Pero podía reconocer la forma por el tacto, el contorno del círculo de fieltro de la base, el cuerpo y las muescas de la cabeza équida. Era la pieza de un caballo, tallado con precisión en madera.

Mi padre había dejado su propio juego de ajedrez incompleto con el fin de transmitirme algo importante. No le iba a quedar otra que reemplazarlo con un salero.

Papá siempre había sido de dar consejos, incluso cuando pensaba que yo era una chica. Pero el invierno pasado le dije a él y a mamá que era un chico. Lo anuncié con palabras vacilantes, como si estuviera admitiendo un hecho extraño e inconveniente, como si se tratara de un jersey que un familiar me hubiera tejido y no fuera de mi talla. Y desde que él y mamá me habían dado mi nuevo nombre junto con camisas y pantalones, se había obcecado el doble en dispensar su sabiduría, como un cura que administraba la comunión al doble de velocidad.

Metí el caballo de madera en el bolsillo con el perfil de la talla todavía clavándose en mis dedos.

La estación de West Egg tenía un aspecto sencillo y sin florituras, no muy distinto de donde había partido. Pero se podían entrever atisbos de riqueza: un banco acabado de pintar por aquí, o una plaza con violetas bien cuidadas por allá.

Era la posibilidad de amasar esa riqueza lo que había atraído a mi prima y la había sacado de Wisconsin para empezar. Sus esfuerzos se habían visto recompensados con un anillo de esmeralda, la promesa de un futuro enlace y dinero que podía ir enviando poco a poco a su familia en el pueblo, Fleurs-des-Bois, un lugar que poco difería de Campo Betabel, a excepción del nombre.

Me froté el sueño de los ojos mientras salía del tren, entrecerrándolos contra la luz ambarina. Por ello no reconocí a la mujer en el andén hasta que movió los brazos con brío y gritó:

—¡Nicky!

Al oír la voz de mi prima, anticipé su expresión de asombro. Ella sabía que ya hacía un tiempo que vivía como el chico que era en realidad. Pero si servía como precedente los pocos familiares que me habían visto, nada de lo que les pudiera explicar por carta podía prepararlos para el pelo corto, los tirantes y las manos en los bolsillos de los pantalones.

Daisy me envolvió en sus brazos y me embriagó el olor a lirios que desprendía el ala de su sombrero.

—Estás aquí, y eres tan irremediablemente guapo que me niego a creérmelo.

Intenté que mi semblante expresara algo distinto a la estupefacción, pero fue en balde.

Daisy tenía la tez unos cuantos tonos más pálida que la última vez que la había visto, como si se hubiera pasado meses en un salón sin ventanas o hubiese intentado alguno de esos horrorosos trucos de clarearla con limón. Su cabello, que siempre había sido oscuro, en ese momento lucía claro como un panal. Cuando la luz se reflejaba en él, tenía el mismo tono que el pan y se le encrespaba en las puntas, supuse que a causa de la decoloración.

—Lo sé —dijo—. ¿No tengo un aspecto maravilloso? —Dio una pirueta y su falda se convirtió en un remolino amarillo—. ¡Ahora soy castañiza!

Aunque no tenía intención de comprobar quién nos podía estar mirando, lo hice. Todos los presentes; tanto los hombres que se apresuraban hacia sus coches como

las señoras mayores que charlaban parecían estar embelesados por haber presenciado el giro de Daisy.

—¿Una qué? —pregunté.

Daisy dejó de dar vueltas.

—Nos llaman castañizas —me apartó del bullicio de
la estación—. A las chicas que tenemos el cabello castaño con un tono intermedio.

Se detuvo delante de un biplaza descapotable de un
color que no había visto nunca en un coche, como el brillo de una perla azul grisácea.

—¿No te encanta? —Posó al lado del vehículo y levantó una pierna con un zapato ceñido con hebilla—. El
primer vendedor me intentó endosar un color llamado
rojo rubicundo. Dijo que era perfecto para las mujeres
que tienen tonos latinos. ¿Te lo puedes creer?

Abrí la boca para recordarle que ella había sido en
su día una mujer con «tonos latinos».

Aunque eso fuera cosa del pasado.

Mi prima Daisy parecía una mujer blanca.

CAPÍTULO II

• • •

Mientras Daisy conducía, la luz que caía filtrándose por entre las hojas le acariciaba el cabello decolorado. El viento hacía que le ondeara hacia atrás un pañuelo de gasa que llevaba enrollado al cuello.

—Te va a encantar la casita de campo, Nicky. —Alargó la mano y me tocó el brazo—. Es divina.

El sol se colaba por entre las ramas y formaba frágiles cenefas, y a la distancia, una mansión enorme se erigía por encima de los árboles. Si un castillo irlandés tuviera una aventura con una catedral, aquella podría haber sido la casa resultante del encuentro.

Daisy frenó el coche, dando a entender que la casa que se encontraba al final del camino era la mencionada casita de campo, y que la mezcla de castillo y catedral era la morada de mi vecino más cercano.

—Esto… —vacilé—, ¿Daisy?

—Ah, ya lo sé —dijo—. ¿Ostentoso, verdad? No sé quién es él, pero por lo que dicen su fortuna es reciente y de origen desconocido.

—¿Y si al hombre que vive allí no le gusta tener a un vecino como yo? —me señalé.

—Jamás lo sabrá, Nick. —Daisy me dedicó una mirada por debajo del ala del sombrero—. Te has reinventado espléndidamente, hasta en los andares.

—No... no es... —tartamudeé de nuevo—. Quería decir a alguien de color —le especifiqué—. La gente así está acostumbrada a vernos sirviendo su comida y limpiando sus suelos, no a que seamos sus vecinos. ¿Y si no le hace ni pizca de gracia tenerme justo en la linde de su propiedad?

—Entonces es tan simple como pedirle a Tom que haga que lo maten. —Daisy soltó esa risa que era como el tañido agudo de una campana—. Ni se dará cuenta de que estás. Ya nadie se fija en los demás; están demasiado concentrados en sí mismos.

El giro de la cabeza de Daisy y el perfume a sal de la marisma hicieron que mirara al frente.

Un océano que no había visto nunca se encontraba tan cerca que podría haber arrojado en él mi maleta desde el coche. El azul penetrante del agua, más clara que la del lago Míchigan, se extendía hasta otra lengua de tierra en el lado opuesto de la bahía.

—Yo vivo justo allí —señaló Daisy—. Por la noche puedes ver una pequeña luz verde. Fui yo quien pidió que la instalaran y ni por asomo permito que Tom se lleve el mérito. Así sabrás que soy yo. Estoy prácticamente en la habitación contigua a la tuya.

Las ramas de los enebros rozaron los laterales del coche de Daisy mientras frenábamos hasta detenernos. La casita tenía un aspecto tan dulce que podría haber estado construida con muros de galleta, y me sobrevino la inquietud de estar invadiendo algún espacio femenino, como si fuera la antigua casa de muñecas de Daisy con las cortinas recogidas con alzapaños.

Apenas me había dado tiempo a salir del coche que sus zapatos ya resonaban sobre los adoquines.

—¿No te encanta? —preguntó.

Un arco de rosas y flores trepadoras enmarcaban los escalones de la entrada. Las ventanas estaban protegidas por unos preciosos toldos amarillos. Dentro, la luz azul clara del agua y la luz amarilla pálida del sol iluminaban la madera antigua y las alfombras desgastadas. Unas manzanas y unas naranjas brillaban más que el cuenco de peltre que ocupaban, como si las hubieran recubierto de cera. De un jarrón bajito sobresalían unas rosas que combinaban con las que había en la entrada. Me imaginé a mi prima cortándolas y dedicándole palabras amables a las espinas que se hincaban en sus dedos.

Daisy Fabrega-Caraveo tenía la capacidad de transformar las cosas en algo bello, empezando por sí misma, y esa habilidad luego se expandía hacia el mundo. Todo lo que pudiera llegar a su alcance se alejaba cepillada y cubierta de polvos perfumados y magia.

Pasó por la casa como un torbellino, enseñándome las galletas y el café que había guardado en el armario de la cocina, una tetera del mismo azul claro que la bahía y la ropa de cama nueva. Sus zapatos marcaban su entusiasmo con la claridad de un telegrama.

Me envolvió las manos con las suyas y sus ojos oscuros me miraron abiertos y serios cuando dijo:

—Nicolás Caraveo, tengo una pregunta para ti y te exijo que me digas la verdad.

Cuando se trataba de Daisy, una introducción así podía ser el prefacio de cualquier asunto. Por ejemplo: «¿Qué opinas de la Unión de Mujeres por la Templanza? No, en serio, ¿qué piensas de eso? Incluso Tom dice que me parezco a Marion Davies, ¿no crees que tengo una retirada a Marion Davies?».

—¿Todavía usas bandas elásticas para cubrirte? —me preguntó.

—Bueno... sí —respondí, consciente del brillo del sudor que empapaban las que llevaba puestas a causa del viaje.

—Nicky —dijo Daisy con un suspiro, irradiando preocupación mientras rebuscaba dentro de su bolso de mano—. Podrías hacerte daño en una costilla si lo haces con eso. —Como si fuera un mago sacando un conejo del sombrero, sostuvo en alto una prenda blanca con cordones a ambos lados.

—Se llama *Symington side lacer*, y es una maravilla —dijo—. Yo lo llevo justo debajo de una camisa ceñida. Todas las chicas con pechos como los míos lo usan. Y no veo ninguna razón para que un chico como tú no pueda utilizar uno para tus propósitos. Es mucho más seguro que lo que estás haciendo y he encontrado unos lisos ideales para ti. Te los puedes poner debajo de la camiseta interior. Ni te podrás creer lo absolutamente cómodos que son.

—¿Tú los usas? —pregunté.

—Por supuesto. —Daisy contoneó un hombro y luego el otro—. A la moda actual no le gustan las chicas con curvas, así que tenemos que allanarnos. No más corsés que resalten los senos voluminosos. Hoy en día se considera demasiado provocativo realzar nuestros pechos, así que hacemos lo que se debe hacer. No es que los vestidos vayan a cambiar por nosotras.

—Lo siento —me disculpé. A mí ya me incomodaba lo suficiente envolverme el cuerpo que tenía para poder ser el chico que era en realidad. A duras penas entendía que Daisy lo hiciera para ser un tipo de chica en concreto.

—Espera unos años —hizo un gesto con la mano, y su manicura centelleó—, volverá a cambiar. —Dobló el sostén y otro igual y los metió en el cajón de arriba de todo de una cómoda alta—. En fin, te he comprado dos. Te pedí más, así que si te gustan te tienen que llegar tres extra. Son muy sosos, los más aburridos que tenían. Solo blanco liso, marrón y beis. Los míos son mucho más llamativos. De satén rosa y encajes de color melocotón. Me quedaría dormida mientras me estoy vistiendo si tuviera que ponerme uno de los tuyos.

—Creo que conseguiré mantenerme despierto —le aseguré.

—Y lo primero que haremos mañana será ir a tomarte medidas para un traje como es debido —me informó.

—De verdad, no hace falta que te molestes —repuse.

En sus cartas hablaba de hombres atrevidos de East Egg que lucían trajes de color naranja o verde. Prefería quedarme con los de segunda mano que había traído conmigo.

—Ay, no te preocupes —me tranquilizó—. Nada demasiado llamativo. Quizás azul marino o gris. Aunque me encantaría verte en un conjunto bicolor. Es lo que se lleva ahora, sabes. La chaqueta diferente a los pantalones, o el chaleco diferente a la chaqueta. Tendrás un aspecto muy elegante, creo.

Nuestros primos decían muchas cosas de Daisy. Que era insulsa, superficial, «encantadora como un ángel pero estúpida como una piedra». Pero Daisy no había dado ni un paso atrás al ver mi yo real, y mostraba una consideración que era difícil de encontrar, una que se hallaba tanto en la simple tela de los sostenes como en las rosas cortadas y colocadas en los jarrones de cerámica azules.

—Me alegra que estés aquí —le dije.

Se sacó una de las flores del sombrero y la colocó en mi camisa.

—Yo también me alegro de estar aquí.

CAPÍTULO III

El sol proyectaba círculos plateados sobre el agua mientras Daisy conducía de West Egg a East Egg.

—Tom se muere de ganas de conocerte. No ha visto a ninguno de mis amigos; excepto los que he hecho aquí.

—¿Amigos? —pregunté.

Daisy no despegó los ojos de la carretera, pero me di cuenta de que hacía un ligero mohín con los labios, el mismo gesto delatador que tenía lugar cuando le mentía a su madre sobre si se había puesto colorete.

—Daisy —le llamé la atención con la voz amortiguada por el rugido del motor y el aullido del viento—. ¿Sabe Tom que soy tu primo?

Me dedicó una sonrisa llena de culpa, como si la acabaran de sorprender metiendo el dedo en el glaseado de una tarta.

—Tom no me conoce como otra que no sea Daisy Fay. Como alguien que no sea, bueno… —bajó la vista hacia su vestido y sus nuevos brazos pálidos— esto. Así que si no te importa seguirme la mentirijilla, ¿podemos no decirle nada?

—¿Qué responderás cuando pregunte cómo nos conocimos?

—No te preocupes. Lo tengo todo planeado —me aseguró.

El castillo de mi vecino se podría haber desvanecido en la sombra de la propiedad de Buchanan. Una hierba tan verde que parecía teñida cubría el suelo desde la playa hasta la mansión decorada con columnas. En la distancia, recortado contra los setos tallados, Tom Buchanan trotaba a toda velocidad sobre un caballo.

—Nunca se acuerda de que estoy viva cuando juega al polo —me explicó Daisy.

—¿Practica al polo en solitario? —pregunté.

Daisy soltó una carcajada.

—Practicar en solitario. No me digas que no suena como algo indecente.

Había tantas personas apresurándose por los alrededores de la mansión que pensé que tal vez se estaba celebrando una fiesta, hasta que me di cuenta de que se trataba de trabajadores en uniforme. Un hombre se afanó a abrir la puerta de Daisy. Una mujer con silueta de bailarina caminaba bordeando la casa y acarreaba una pila de lo que supuse que eran manteles. Dos hombres cargaban dentro de la mansión pescado en arcones llenos de hielo.

Intenté saludarlos intercambiando una mirada, pero los de más edad y refinados me la devolvieron como si hubiese fracasado algún tipo de prueba, y los más jóvenes desviaban la vista como resueltos a no fallar en las suyas propias.

Daisy me guio desde el coche hasta un porche cubierto de hiedra que sobresalía de la mansión. Se quedó mirando una mesa de hierro forjado de color blanca y las velas que había encima con un desdén apenado.

—Velas, siempre velas —se quejó Daisy—. Tom cree que me gustan.

—¿Y no es el caso? —pregunté.

—Cuando es de noche, sí. Pero estamos en verano, así que hay luz prácticamente hasta la medianoche. —Apagó una con los dedos—. Es una pena que Jordan no pudiera venir. Tenía un torneo esta mañana, sabes. Es el parangón de la virtud: tiene el rostro de una actriz y la disciplina de una monja. A menos que haya una fiesta a la que quiera asistir. De todos modos, los dos os llevaréis a las mil maravillas, recuerda lo que te digo. Puedo sentirlo. Sé estas cosas, Nicky. Venga, siéntate. No estás esperando a que llegue la reina.

Daisy sostuvo en alto una botella ambarina.

—¿Vino?

—¿De dónde has sacado eso? —Aunque era una manera poco diplomática de que me dijera dónde había comprado alcohol ilegal, la pregunta me salió sin pensarlo.

Daisy sonrió.

—En el colmado de la esquina.

—No, gracias.

—Un hombre joven con una virtud admirable. —La voz de Daisy se mezcló con el tintineo del cristal facetado al llenarse con el vino—. ¿Ves como tú y Jordan os vais a llevar bien?

Tom se acercó tras haber terminado el partido de polo en solitario, desprendiendo un olor a sudor, cuero y almizcle condensado, como si el ejercicio hubiese acentuado el aroma de su colonia. Era alto y de hombros anchos, como me esperaba, pero su ademán tenía un aire aburrido.

Se percató de mi presencia y exclamó un sucinto:

—Oh.

Con un gesto natural, como si Daisy se hubiera olvidado de contarle algún dato fundamental sobre mí.

Siempre estaba calibrando las reacciones que los desconocidos tenían cuando me veían por primera vez, tanto por mi color de piel como por el tipo de chico que era, aunque lo primero era mucho más obvio que lo segundo. La expresión vacía que desprendía la cara de Tom Buchanan hizo patente que se trataba del tono oscuro de mi piel, aunque fue algo efímero. Pareció olvidarme tan pronto como me había visto. Tenía el aspecto de un hombre que creía que siempre merecía estar en algún lugar mejor, como si el mundo tuviera que proporcionarle algo acorde a su valía más allá de los acres de rosales, un jardín en desnivel y una terraza de mármol.

---- ••• ----

Durante la cena, la resplandeciente cháchara de Daisy me salvó de tener que hablar demasiado.

—Tom, tienes que ver la casita —dijo Daisy—. Es como un sueño perfecto.

—Gracias —dije, con el tono más deferente que pude a Tom.

—No es nada. La familia propietaria es amiga de mis padres. Ya nadie la usa. Había llegado el momento de que alguien le quitara el polvo. —Vació la mitad de la copa de vino de un largo trago—. Aunque si te digo la verdad, dudo que te hayamos hecho un favor. Tienes un vecino horrible. Un tal Gatsby.

—¿Gatsby? —Los ojos de Daisy siguieron las ondulaciones de la llama de una de las velas—. ¿Qué Gatsby?

—El que compró ese palacio de carnaval —explicó Tom—. Ese engendro. Lo has visto seguro, no lo puedes pasar por alto a menos que mantengas la vista pegada al frente.

—¿Quién es él? —pregunté.

—Dinero nuevo. —Tom probó un bocado de su filete y siguió hablando mientras mascaba—. Apesta. Puedes olerlo desde la otra punta.

—¿A qué se dedica? —inquirí, y supe de inmediato que era una pregunta grosera en compañía de ricos. Era ese tipo de cosas que esperabas que alguien contara por voluntad propia, en vez de pedirlo.

—Los rumores dicen que fue algún tipo de niño espía durante la guerra, pero te quiero advertir de otra cosa, Nick. —Tom apuntó los dientes del tenedor hacia mí—. Organiza unas fiestas horribles cada fin de semana. Se puede oír ese maldito *jazz* de punta a punta de la bahía.

—No es verdad —intervino Daisy—. Te lo imaginas. Ya te dije que eran imaginaciones tuyas.

Tom mantuvo tanto los ojos como su tenedor clavados en mí.

—Me juego lo que quieras que vendrás a nado solo para alejarte del ruido.

Daisy giró la vista hacia mí.

—¿No te encanta la casita? —Colocó su mano sobre la mía. Tenía los dedos fríos y suaves como la crema—. Pensé que se parecía mucho a la pequeña casa que tu madre tenía en la hacienda.

—¿A la casa de quién? —pregunté extrañado.

—Ah, te acuerdas, ¿verdad? —aseguró Daisy—. Tenía rosas trepadoras igualitas a esas.

—¿Quién es su madre? —quiso saber Tom.

—La madre de Nicky era una de las criadas de la familia, Tom —respondió Daisy, como si estuviera refrescándole la memoria.

Como si ya le hubiera contado esa mentira antes.

CAPÍTULO IV

━━━ ●●● ━━━

El estómago me dio un vuelco mientras titilaba una de las velas. Fue una conmoción repentina, igual que el día que se me escapó una de las tiras elásticas y la venda me golpeó el cuerpo.

No era que mi prima me hubiera pedido permiso para renegar de mí, sino que me estaba advirtiendo de que ya lo había hecho. ¿De qué otro modo podía explicar la presencia de un chico de tez oscura desconocido si no era otorgándole el papel del hijo de una de las criadas de la familia? Y, por lo que se veía, no solo una criada, sino una de muchas.

En realidad la madre de Daisy había trabajado como costurera la mayor parte de su vida, forzando la vista para dar puntadas en las prendas de otra gente.

—La mujer más cariñosa del mundo, la madre de Nicky —dijo Daisy—. Quería que fuera mi ama de llaves, pero papá insistió en que tenía que ser alguien que hablara francés.

Su padre, mi tío, era un hombre cuya calvicie iba ganando terreno y tan dulce e inofensivo como la leche condensada. Mi tía iba con él cada vez que tenía que comprar algo, a sabiendas de que el rostro honesto y franco de su esposo hacía que le subieran los precios. Ella disfrutaba tanto frustrando a cualquier comerciante desalmado con una agresividad desmedida que al final acababan por ofrecerle descuentos y una disculpa cuando veían que se acercaba.

Daisy seguía hablando, pero el murmullo de las olas se sobreponía a su voz. La marea arrastraba una brisa que susurraba la verdad a través de las cortinas transparentes.

Daisy no le había escrito a mi madre y a mi padre porque me echara de menos. No había hecho que Tom se encargara de preparar la casita de campo porque se sintiera sola sin su familia.

Yo era el chico de color que servía como prueba de las mentiras que había contado. Y me hallaba atrapado, incapaz de corregirla sin que con ello la arruinara a ella o a mí mismo.

Daisy me dirigió la mirada con una mano bajo el mentón. Sus ojos me dijeron en aquel instante que si la gente como nosotros quería conseguir algo en un mundo gobernado por hombres tan pálidos como nuestros platos de la cena, no nos quedaba más remedio que mentir.

Daisy me ayudaría a allanar el camino en Nueva York. El precio que me pediría a cambio era que ambos elimináramos nuestros lazos de sangre.

—¡Debe de estar muy orgullosa! —Daisy me agarró la mano—. Su hijo, ¡al que acaban de nombrar corredor de bolsa!

—No soy corredor de bolsa. —En eso Daisy no podía mentir. Tom sabía dónde me habían contratado y podía comprobarlo si quería—. Analista cuantitativo. Se trata de otro tipo de trabajo.

—Dile a Tom qué es lo que vas a hacer —me pidió Daisy—. Me encanta cómo lo describes.

—Simplemente es una categoría diferente de matemáticas —dije—. Tendré que mirar las cantidades relacionadas entre sí, estudiar las líneas de tendencia y formular modelos.

—Suena espantosamente aburrido —dijo Tom.

—Ah, yo creo que es muchísimo más emocionante que gritar un número de una punta a la otra del salón de transacciones —replicó Daisy.

—No se puede hacer dinero con matemáticas —terció Tom—. Cuando quieras un trabajo de verdad, dímelo. Te encontraremos algo.

—Tom podría convertirte en el alcalde adjunto —afirmó Daisy—. Tom y su club de comida controlan la mitad de Manhattan.

—¿Club de comida? —pregunté.

—Por el amor de Dios, Daisy. —Tom desvió la vista hacia otra habitación como si se fuera a detener un tren—. No le has enseñado nada de Yale, ¿verdad?

—Nick tampoco tiene la más mínima idea sobre el mercado bursátil y lo contrataron de inmediato —apuntó Daisy—. Para que veas lo listo que es.

—¿Cómo planeas trabajar allí si no sabes ni de qué va? —preguntó Tom.

—Mmm… —Hice tiempo tomando un sorbo de agua de una copa tan pesada y facetada como una joya—. El hombre que me contrató dijo que le gusta contar con algunos trabajadores que no conozcan los mercados. Dice que gracias a eso podemos analizarlo con una mirada más objetiva. No nos apegamos a ciertos nombres, a ciertas empresas. Solo vemos los números.

Pero Tom ya se estaba girando hacia Daisy.

—No puedes invitarlo aquí cuando mis padres estén de vuelta.

—Tom —lo reprendió Daisy.

—Ah, no me mires así, ya sabes que a mí no me importa. Pero no pueden ver a uno de ellos sentado en una de sus sillas.

Daisy afiló el tono.

—Tom.

«Uno de ellos».

El agua de la copa de cristal me amargó el paladar.

—Escucha —Tom desvió la atención de Daisy a mí—, me pareces una persona decente, y si le gustas a Daisy, con eso me basta. El problema son mis padres, sabes. Creen que nos estamos acercando al fin de la raza nórdica, algo que no consigo comprender, porque seguimos gobernando este país como siempre hemos hecho.

Con el siguiente temblor de la llama de la vela, mi mente volvió a mis ancestros, en el lugar que llamaban Texas. Pensé en la tierra que habíamos sembrado durante cientos de años y habíamos perdido, con la frontera de los Estados Unidos nos había invadido mucho antes de que nosotros la cruzáramos.

Podría haber dicho algo ante aquella situación, y tal vez debería de haberlo hecho, pero en todas aquellas habitaciones veía cosas que quería para mi familia. No tanto los jarrones de precio desorbitado o las copas grabadas con plumas de pavo real, sino más bien aquellas comodidades a las que los Buchanan no les daban importancia. Quería que mi familia pudiera disponer de cajas con hielo selladas y de una calefacción fiable, suelos nivelados y paredes recién pintadas.

Si quería que tuvieran la oportunidad de disfrutar de todo eso, tendría que abrirme camino en Nueva York. Y si quería abrirme camino en Nueva York, tenía que llevarme bien con cada Tom Buchanan con el que me cruzara. Y a veces, como en aquel instante, eso significaba mantener la boca cerrada.

Daisy me volvió a ofrecer una copa de vino y esa vez la acepté y me la acabé.

—Además, mi madre no está muy satisfecha con Daisy, así que estoy intentando suavizar la situación —continuó Tom—. Espero que lo entiendas.

Daisy se lamió los dedos y apagó una segunda vela.

—Me la ganaré. Si tan solo me dejaras entrar en esa deprimente habitación de allí, obraría milagros. Sería una sorpresa para ella para cuando volviera.

—Mi madre no verá con buenos ojos que cambies nada de esta casa —le dijo Tom.

—Bueno, entonces ¿por qué me dejaste aquí en primer lugar? —preguntó ella.

—¿Estáis aquí los dos solos? —quise saber.

—Hasta que el señor y la señora Buchanan vuelvan en agosto —respondió Daisy.

—Nick se va a hacer una idea equivocada si no se lo explicas —replicó Tom.

—Sería todo un escándalo que los dos estuviéramos aquí, así que Tom me permite regentar la hacienda mientras sus padres están fuera y él se queda en la ciudad. Muy caballeroso por su parte, ¿no crees? Tom no quiere que nadie pueda insinuar nada malo sobre mi virtud.

—Así que estás aquí sola —constaté.

—Estaría menos sola si no le dijera al personal que se fuera a casa cada vez que yo no estoy —se quejó Tom.

—No soy Ana Bolena. No necesito que el servicio doméstico me ayude a enfundarme en mi vestido y me traiga manzanas. No me parece justo tenerlos holgazaneando.

—Mi familia les sigue pagando, Daisy. Incluso cuando los envías a casa.

—Entonces todos tenemos tiempo para relajarnos —insistió Daisy—. Ninguna arruga a la vista.

—¿Arruga? —me extrañé.

—«Ninguna arruga» significa que no hay presente una carabina —explicó Tom—. Que a su vez se refiere a mis padres. No le hagas caso, habla como una chica.

Daisy apagó la tercera vela con los dedos.

—Soy una chica.

—Tienes dieciocho años —apuntó Tom—. Eso ya es una mujer.

—A Tom no le gusta que lo haga sentir mayor —dijo Daisy—. Por lo que se ve, tener veintiún años te hace ser todo un anciano. Ni siquiera sabe apreciar lo que es poseer todo esto. Es como disponer de una villa italiana solo para nosotros.

—Crecí aquí, Daisy. Para mí no es nada emocionante. Y el único italiano que hay por aquí es el hombre que pulía nuestra plata.

—Tom es incapaz de sentir emoción por nada —se quejó Daisy—. Por eso no me permite que celebre mi puesta de largo.

—Ay, otra vez no —se exasperó Tom con impaciencia, aunque también con cariño.

—¿Qué es una puesta de largo? —pregunté.

Tom soltó un resoplido.

—¿Lo ves? Nick ni siquiera sabe lo que es. Si fuera tan importante, ¿cómo es que un amigo tuyo tan cercano ni siquiera lo conoce? Los hombres sabemos lo que de verdad importa, ¿verdad, Nick?

Me guiñó el ojo de una manera que hizo que se me revolviera la cena en el estómago.

Daisy se giró hacia mí con tanta rapidez que durante un momento su cabello rizado osciló como flores colgantes.

—Te lo contaré todo —me aseguró—. Pero, por ahora, para que Tom no caiga dormido encima de la mesa, te diré que se trata de una noche en la que una mujer joven es presentada en sociedad.

Así que una puesta de largo era un baile de debutante. Me habían hablado sobre esas actividades pomposas que realizaban los blancos en la corte de Londres y que imitaban en Nueva York y Chicago. Nunca lo había oído nombrar de ese modo.

—Es una tontería, Daisy —replicó Tom.

—Entonces, ¿por qué todas las chicas que conozco han tenido la suya? —preguntó Daisy—. Incluida tu hermana.

—Ya te organicé aquella fiesta, ¿no es así? —Tom se giró hacia mí—. Nick, deberías haberlo visto. Ostras y champán a mansalva. ¡Y las perlas! Daisy, cuéntale lo de las perlas.

—¿Salieron de las ostras? —me extrañé.

—El collar que le compré, que costó 350.000 dólares. Hecho con perlas francesas e italianas.

Con un poco de esfuerzo conseguí no escupir el agua al oír la cifra.

—Mi cuello apenas podía sostenerlo en alto —dijo Daisy.

—Por supuesto, ahora está en algún lugar en el fondo del mar —dijo Tom.

—Qué poético. —Daisy me sonrió—. ¿No crees?

—¿Qué le ocurrió? —pregunté.

Tom y Daisy intercambiaron una mirada y dejaron el asunto de lado.

—Es una tontería celebrar la puesta de largo ahora —dijo Tom, más para su cena que para Daisy.

—¿Por qué? —insistió ella—. ¿Tengo la edad adecuada, no?

—No eres una chica soltera. Esas cosas son para chicas solteras.

—Pero no estoy prometida, ¿no? —Quizá su sonrisa pretendía suavizar la mirada con la que lo escrutaba, pero solo consiguió afilarla.

—Te di el anillo —se defendió él—. Creía que te mantendría feliz durante más tiempo.

—No es un anillo de compromiso —repuso ella—. Lo dejaste bastante claro. Igual que no lo fue la fiesta.

—Es todo cuanto nos podemos permitir ahora —explicó Tom—. Primero tienes que ganarte el cariño de mi familia. Solo dales una oportunidad.

Sabía que él no le había pedido la mano, pero desconocía que se hubiera convertido en un tema tan tirante para los dos.

—¿No me ganaría su cariño antes si me presentara en sociedad como es debido? —preguntó Daisy—. ¿Y no quieres una esposa debutante?

—Te quiero a ti como esposa —dijo con una ternura inusitada. Con la misma rapidez con la que había venido, desapareció, y volvió a centrar la atención en cortar la carne de su plato.

Daisy se lamió los dedos y apagó la última vela.

Cuando volvió a llenar su copa y luego la mía, no la detuve. Y tampoco lo hice cuando la llenó otra vez.

Pero Daisy tenía más práctica y bebía más rápido que yo. Me llevaba una copa de ventaja, luego dos, y al final se quedó lánguida en un sofá.

—Tom, cariño. —Apoyó la cabeza hacia atrás—. Estoy como una cuba. ¿Te importaría llevar a Nick a casa, por lo que más quieras?

La brisa que se colaba por entre las cortinas se tornó gélida.

Antes de que pudiera cruzar la mirada con la de Daisy, Tom ya había salido por las ventanas francesas.

—Iremos con el yate.

A mi corazón más puro del mundo:

Todos los buenos hombres de Yale estarán fuera de la casa esta noche durante una hora. ¿Qué travesura deberíamos hacer?

¿Sabías que en el cuarto de baño de su hermana hay un caño específico de donde sale agua salada? ¡Cae directamente en la bañera! ¿Te lo puedes creer? Insistió en instalarlo para su decimosexto cumpleaños, jurando y perjurando que necesitaba un baño de agua salada fría para mantener toda su belleza. Aunque, según Tom, lo usó solo unas tres veces antes de mudarse.

Hace meses que no la veo. No viene a casa a menudo ya que sigue intentando cautivar a aquel millonario islandés. Pero por lo que vi, el agua salada no le hizo ningún gran favor. Ay, sé qué expresión debes de tener ahora mismo en el rostro, y sí, soy un poquito mezquina. Pero tú la conociste, ¿verdad? Siempre pone esa mueca que parece que está intentando localizar un mal olor. Ya puedes llenar la bañera con toda el agua del mar del mundo, que no marcará ninguna diferencia mientras sigas mirando con desdén a los demás como si te hubiesen arruinado la vista del paisaje.

Ven a casa esta noche si puedes escaparte. Podemos colarnos en su habitación y probarlo. Llevaré puesto mi Louise Boulanger; ya sabes cuál. El abullonado de tafetán con flores de organdí. El que tiene

todos esos tonos melocotón con nombres como liga-
maza y albérchigo. Ahora que lo pienso, ¿no tienes
uno igualito? ¿Azul aciano con un forro jade? Juraría
que tienes uno igual.

Eternamente tuya,
Daisy

CAPÍTULO V

—¿Sabes una cosa? Creo que me caes bien, Nick. —La voz de Tom se elevó por encima del motor de la lancha. El bote salpicaba el agua que la luz de la luna abrazaba y me dejaba perlas líquidas en los brazos—. Eres un tipo honesto, puedo verlo. Un hombre bueno. No todos son como tú.

—¿Te refieres a la gente de color? —pregunté.

Estaba lo suficientemente ebrio como para no saber si lo había dicho en voz alta, pero no lo demasiado como para no darme cuenta de que Tom estaba rebuscando en el bolsillo para mostrarme algo. ¿Podía tratarse de un anillo de compromiso que llevaba siempre encima para pedirle la mano a mi prima?

Pero lo que me mostró fue una pequeña pistola.

Trastabillé hacia atrás con tanta violencia que tuve suerte de no salir despedido por la borda, y luego pensé que tal vez saltar de la lancha sería una acción que mostraría algo de capacidad de raciocinio. Siempre había sido buen nadador y se me daba mejor aguantar la respiración que a cualquiera de mis primos.

—¿Crees que le gustará? —preguntó Tom, con una esperanza tan sincera que detuvo mis cavilaciones sobre si podía llegar a nado hasta West Egg estando en aquel estado de embriaguez.

—¿Disculpa? —pregunté.

—Qué —dijo Tom.

—He dicho disculpa —repetí.

La risa de Tom se elevó por encima del traqueteo del motor.

—No, te digo que uses «qué» en vez de «disculpa». Si dices «disculpa» suenas como un aficionado. Como si te estuvieras dando aires. —Me pasó la pistola, agarrándome la mano para obligarme a aceptarla—. No tengas tanto miedo. Ni siquiera está cargada.

La pistola era más pequeña que una mantequera, con el armazón de madera pulida e iridiscente como la cara interna de la valva de un abulón.

—Es una Remington con el mango hecho con caracolas —dijo Tom con admiración—. Una antigüedad. Quería darle algo por el aniversario del día que nos conocimos, y me dijo que quería aprender.

—¿Aprender a disparar una pistola?

La técnica de mantener un tono grave en la voz me falló en la última palabra, así que durante un segundo soné como un chico de doce o trece años, no de diecisiete. ¿Cómo lo había hecho Daisy para fingir que no sabía disparar? Ella había sido la que ahuyentaba siempre a los lobos y a los zorros, aunque su corazón no podía soportar hacerle daño a una criatura, así que siempre disparaba y fallaba a propósito. Su padre estaba sumamente orgulloso, aunque nadie entendía el motivo. No comprendían que se requería más habilidad al disparar para fallar por poco que para acertar en el blanco.

Tom volvió a sujetar la pistola.

—Es única, ¿verdad? —opinó Tom, y no supe discernir si se refería a la pistola o a mi prima.

Entonces la guardó, y su rostro desprendía tanto anhelo que supe que se refería a Daisy. Esa mirada siempre estaba relacionada con ella. La había dejado imprimida en hombres que habían coincidido con ella una vez y no la habían olvidado nunca. Para Daisy, el acto de cautivar era tan frecuente que le debía de parecer algo habitual.

Tom se detuvo al lado del muelle, y salí tan rápido que mis zapatos repiquetearon contra las maderas.

—¿Quieres que te acompañe? —preguntó Tom—. Por lo que veo no estás muy acostumbrado al vino.

—No, estoy bien. —Me alejé de Tom, su lancha y su regalo para mi prima dando tumbos.

—Un hombre autosuficiente. Sabía que me caías bien —gritó mientras zarpaba y la estela en el agua levantaba espuma—. Se lo digo siempre a Daisy, tengo un sexto sentido con la gente.

Salí trastabillando del muelle hacia la hierba. Veía el mundo empañado, como si el vino se hubiese derramado por encima y hubiese hecho que la tinta de todo se corriera hacia el final de la página.

El único punto que no estaba borroso era la figura de un hombre. ¿O de un chico? No parecía mucho mayor que yo, pero se mantenía erguido como si estuviera preparado para desafiar al mundo. Estaba de pie en la hierba, con las manos en los bolsillos de los pantalones y observaba la bahía con los ojos fijos justo enfrente.

—¿Esperas al siguiente barco? —Las manos apoyadas en la hierba previnieron una caída de bruces—. Porque no creo que vaya a venir.

—¿Estás bien? —preguntó el desconocido.

Asentí.

—Por lo que se ve no puedo caminar recto, así que creo que lo más sensato será encararme a los árboles, y eso significa que me iré tambaleando hasta la casa.

Las palabras tenían sentido en mi cabeza, pero sonaron embarradas y extrañas cuando abandonaron mis labios.

Se acercó, su camisa planchada brillaba bajo la luna, con dos incisiones oscuras causadas por las dos franjas de sus tirantes.

—Creo que vas un poco bebido ahora mismo. ¿Te puedo ayudar a llegar a casa?

—Mi casa está en Wisconsin —le dije—. Estoy intentando llegar allí.

Antes de mi siguiente caída, me sujetó con un brazo alrededor de la cintura.

—Muy bien, vamos. —Pasó uno de mis brazos por encima de su hombro y me ayudó a caminar—. ¿Tienes algún nombre?

—Me llamo Nicolás Caraveo de Campo Betabel, Wisconsin, de los Caraveo de Campo Betabel. —Lo dije con una pomposidad como si estuviera anunciando mi llegada a un gran baile—. ¿Te gustan los betabeles?

—No especialmente —respondió.

—A mí tampoco —añadí—. Y a mi madre y a mi padre tampoco. Creo que se lleva en la sangre. Mi familia llegó a Wisconsin como *betabeleros*. Cuando trabajas tan duro en algo que te acaba rompiendo el cuerpo, creo que deja de saberte bien.

—No, y que lo digas —convino él.

Desprendía un aroma a agua de rosas y algo más. Un toque salvaje y verde. No era una fragancia delicada como la de la menta. Quizá laurel o romero silvestre. Todavía no lo había descifrado para cuando me hizo cruzar la puerta de mi casa y me instaba a que bebiera agua.

—¿Quieres una manzana? —le ofrecí desde el sofá—. ¿O una galleta? ¿O un jarrón de rosas?

Pero ya estaba en la puerta, cerrándola tras de sí con una risa suave.

—Buenas noches, Nicolás Caraveo.

──────── ••• ────────

Para el señor Nicolás Caraveo de los Caraveo de Campo Betabel en Wisconsin:

Fue un placer conocerlo anoche.

Voy a organizar una pequeña fiesta hoy, así que si se halla usted en la coyuntura de no tener nada que atender, por favor, no dude en pasarse.

Su vecino,
Jay Gatsby

CAPÍTULO VI

• • •

Nada más despertarme, con la cabeza nublada por el vino de la noche anterior, lo primero que me vino a la mente fueron las sospechas.

Cuando encontré la invitación fuera de mi puerta, escrita con pluma estilográfica en una cartulina gruesa, se confirmaron.

El hombre con el que me había topado observando la bahía era mi nuevo vecino, y la primera imagen que iba a tener de mí era la de un menor de edad borracho.

De nada servía intentar cambiar ese impacto absoluto. Decirle que nunca había tomado más de media copa de vino de misa a escondidas era una buena manera de sonar como un completo mentiroso. Lo mejor que podía hacer era mostrar una cara sobria aquella misma noche.

La escritura prístina de Gatsby la describía como una «pequeña fiesta», pero la gente que iba y venía que podía ver a través de la ventana de la casita de campo decía lo contrario. Músicos con trajes impolutos cargaban violas y saxófonos. Unos hombres amontonaban cajas de naranjas, pomelos y limones con las pieles más lisas que había visto nunca, como si los hubiesen pulido. Las cuerdas de luces colgantes eran tan numerosas como las hebras de una telaraña, y repletas de colores que desconocía que fueran posibles en una bombilla. Lavanda, rosa, azul claro y dorado se proyectaban sobre el verde oscuro de los setos y los árboles.

Solo disponía de una única camisa que podía estar a la altura. El cuello se mantenía rígido gracias a las ballenas, y si no me movía demasiado, nadie repararía en el pequeño agujero que había zurcido justo debajo del brazo. Me la puse encima de uno de los sostenes que me había dado Daisy y crucé el felpudo verde recortado de la hierba que separaba la casita de la mansión de Gatsby.

Los invitados salían de coches relucientes, y con cada nueva llegada, los jardines azules de Gatsby se hacían más ruidosos y brillantes. Las trompetas se unieron a los saxofones. Las mujeres lucían las uñas pintadas con signos de interrogación o representaciones de sus propios rostros. Usaban delineador en la comisura de los ojos, pestañeando mientras lanzaban confeti con purpurina y se encendían los cigarrillos las unas a las otras. Daisy me había hablado por carta de la cantidad de mujeres en Nueva York que fumaban en público y de los anuncios de un fabricante de cigarrillos que animaba a las chicas a preferir encenderse uno que a tomar el postre. Pero esa idea no había arraigado tanto en el pueblo como lo había hecho allí.

La sensación de estar fuera de lugar disminuyó solo ante la revelación de que había otros invitados que no eran blancos.

Dos hombres con un tono de piel más oscuro que el mío hablaban sobre algún magnate del telégrafo.

Dos mujeres negras se reían de una manera que hacía aletear sus pestañas.

Había otra mujer que uno de los invitados me contó que era una estadounidense de origen chino, pero quien me lo dijo era un hombre blanco, así que no di por hecho que tuviera razón. En el pueblo, ese tipo de hombres se referían a los vecinos cuyas familias habían venido de Guatemala y Perú como «mexicanos», sin dignarse a comprobar su origen real antes.

Esa mujer estaba al lado de una blanca y las dos estudiaban escépticamente un tubo de pintalabios naranja.

—Tangee color cambiante.

—No es de color tangerina, ¿verdad?

—Se supone que no. Dice que cambia al color adecuado para tus labios.

Un hombre negro que llevaba una corbata bordada con plata le estaba explicando a un grupo por qué los científicos pensaban que el universo se había estado expandiendo desde el origen del cosmos. Lo decía con la misma anhelosa admiración de alguien que describe la belleza de una amante.

Un semicírculo de mujeres de piel morena presumían de sus últimas manicuras, con las cutículas y las puntas sin pintar, solo la parte de en medio de la uña decorada de verde pavo real o ciruela. Creí oír a una de ellas decir algo en español, pero no podía estar seguro y no osé preguntar. ¿Cómo me iba a atrever a hacer algo así? ¿Decir algo en español y arriesgarme a recibir una mirada vacía? O peor; preguntar: «¿Eres como yo?».

Aunque no podía estar seguro de si alguna de las mujeres u hombres presentes era del mismo tipo de piel marrón que yo, algo tenía claro: si la mansión de Gatsby era un lugar donde no solo las personas blancas eran bienvenidas, quizá no era necesario que estuviera tenso como la cuerda de un violín.

Un camarero me pasó por al lado y miré las copas que llevaba sobre una bandeja pulida.

—¿Un Delft azul? —me ofreció—. *Genever*, crema de violeta, flor de saúco y un poquito de pimienta. Puede sonar extraño, pero yo lo he probado antes... le gustará.

—No, gracias —le dije. Pero seguí mirando, no por el azul morado de la bebida ni tampoco por el tirabuzón perfecto de piel de limón que flotaba en la superficie.

Las copas parecían estar torcidas, como si se estuvieran derritiendo de un lado.

—Ah, son así. —El hombre se rio—. Cuando las ves rectas, ¡ya sabes que has bebido suficiente! —Entonces siguió su camino. Había tanto gentío que la multitud lo engulló en cuestión de segundos.

Una rubia se detuvo delante de mí. Se recolocó los rizos que le enmarcaban el rostro y me dejó una copa vacía en la mano.

—Rellénamela, ¿quieres?

Me quedé de piedra, preguntándome si se debía más a mi físico o a mi vestimenta.

Entonces me percaté de que las camisas de los hombres eran tan coloridas como los vestidos de las mujeres, con unos tonos que competían contra las pieles de los cítricos y los cócteles. Topos carmesíes, estampados verdes y amarillos y líneas de un azul brillante que contrastaban con los perfectos esmóquines negros (¿eso eran esmóquines? Solo podía hacer conjeturas).

Los únicos hombres que vestían como yo, con una camisa blanca y pantalones negros, eran los camareros. No solo me había puesto en ridículo a mí mismo, sino que probablemente también le estaba causando al equipo de *catering* algo de confusión.

Sabía que West Egg no era lugar para mis camisas de trabajo vaqueras y de sarga, y creía que con evitar eso bastaría, pero por lo visto no sabía absolutamente nada.

—Venga, espabila —dijo la mujer—. ¿Es que no sabes hacer lo que te piden?

Una segunda mujer se interpuso entre la rubia y yo. Llevaba el cabello recogido, tan oscuro y sedoso como la bahía por la noche. Se movía con un porte tan erguido que parecía el retrato de una duquesa que daba la bienvenida a la muchedumbre. Sus ojos eran de un marrón tan oscuro como los míos, pero algo en la frialdad de su mirada los diferenciaba. El marrón de mis ojos contenía tierra húmeda y madera de establo desgastada. Los suyos emanaban la riqueza de las plumas estilográficas y el barniz de uñas.

—No es un camarero —le informó la mujer.

La rubia le dedicó una mirada desdeñosa a mi camisa.

—¿Seguro?

La mujer morena me quitó la copa de las manos y la colocó de nuevo en la palma de la mujer rubia.

—Ve a poner esto en algún otro lugar, ¿quieres, querida?

La boca de la mujer rubia se abrió por completo ante tal ofensa y puso la expresión de una muñeca sorprendida.

—Siento este percance. —La morena me colocó las manos sobre los hombros y me guio a través de la multitud donde el aire rezumaba el aroma de cien perfumes—. No le hagas caso.

A veces, cuando conocía a alguien nuevo que creía que podía no ser blanco pero no estaba del todo seguro, un aviso se me encendía en algún rincón escondido de la mente. Por lo que parecía, algo en las facciones de esa mujer y el color de su piel lo había hecho. Su tez era clara, pero no blanca como la cal como la de la mujer que se estaba alejando con sus andares afectados.

—Por cierto, soy Jordan —se presentó.

El aviso se apagó. Esa sensación en algún recoveco de mi mente se había despertado porque ya había visto su cara antes, en fotografías. Situé su imagen en un papel de periódico, sonriendo por debajo de un sombrero, con una falda lisa por encima de las pantorrillas.

—¿Jordan Baker? —pregunté—. ¿La jugadora de golf?

—Un fan. —Sonrió—. Me caes bien.

No, claro que era blanca. Si no lo fuera, no le habrían permitido participar en la mitad de los torneos. Mi padre tenía vetado jugar en el campo más cercano a casa, aunque pudiera permitirse la tarifa por su uso.

—Cualquier chico que me reconoce tan rápido consigue un premio —le indicó Jordan Baker—. Vas a venir a mi próximo torneo como mi invitado.

—No creo que eso sea muy buena idea —le dije.

—Cualquiera que se atreva a oponerse, lo golpearé accidentalmente con el palo en la cabeza —afirmó—. Ahora dime cómo te llamas.

—Nick —me presenté, encogiéndome por el recuerdo de cómo me había presentado a Gatsby la noche anterior—. Caraveo.

—Ah. —La voz de Jordan se tiñó de alegría—. Así que eres el chico que Daisy ha conseguido convencer para que haga todo el camino hasta Nueva York.

—¿Conoces a Daisy? —pregunté.

—Desde hace meses —respondió Jordan—. Aunque no podemos darnos ni un paseo por el parque sin que nadie nos tome una fotografía.

—¿Todos los periódicos de deportes quieren saber qué coche utilizas, y todas las revistas para mujeres quieren saber lo que llevas puesto? —deduje.

—Uy, van detrás de una fotografía de Daisy casi tanto como de una mía. —Con una sonrisa a un camarero que les pasaba por al lado, Jordan aceptó una bebida de color morado con violetas flotando en la copa—. Hoy en día es casi tan famosa como yo.

—¿Porque está con Tom?

—Eso, sí. Está comprometida a comprometerse con Tom. Ya desentrañaremos ese sinsentido en otro momento. Y todo porque es adorable en exceso, aunque muchas chicas de aquí lo son. Lo que de verdad la hizo famosa fue el incidente en el yate.

—¿Qué incidente? —pregunté.

Jordan se detuvo a medio sorbo.

—¿No lo sabes?

Contó la historia con esa premura que caracteriza a las conversaciones en las fiestas. Y así supe que mi prima había alcanzado su estatus gracias a tres factores. El primero, su belleza; el segundo debido a su inminente compromiso con un Buchanan, y por último a causa de un accidente en un yate.

Durante una fiesta en la embarcación de Louis Becker, Daisy había caído por la borda portando el collar de perlas de 350.000 dólares. Mi prima era buena nadadora, la única que podía rivalizar conmigo en nuestras competiciones de aguantar el aire en el estanque. Pero cuando golpeó el agua, el peso de tantas perlas francesas e italianas amenazó con arrastrarla hasta las profundidades.

—Ella pensaba que se iba a ahogar —prosiguió Jordan—. Dice que es lo que debería de haber ocurrido, pero un ángel de Dios debió de desabrocharlo. O una sirena.

Tom había desplegado cada bote salvavidas y hombre a su alcance para que fueran en busca de la que todavía no era su prometida.

—Él no se metió en el agua, por supuesto —señaló Jordan—. No podía poner en riesgo su traje.

Pero no fue una de las patrullas de Tom la que rescató a Daisy Fay. No la levantaron de las olas unos brazos fuertes y seguros. Daisy nadó hasta la orilla por sí misma y emergió de entre las olas. La familia propietaria de la finca donde se hallaba esa extensión de playa estaba jugando al croquet cuando la vieron. Tenía los ojos desorbitados y estaba asustada, pero algo en ella inspiraba admiración, como si hubiese peleado contra el mar por su vida. Era igual de probable que hubiese batallado contra las olas como que las hubiera encandilado para que la dejaran salir.

Esa imagen de Daisy, brotando del océano como una Venus sobre su caracola, puso su nombre en boca de todos.

Colocó su estrella entre las constelaciones de los miembros famosos de la alta sociedad.

—Todavía no sabemos qué ocurrió exactamente en aquel barco ni cómo Daisy acabó en el agua —continuó Jordan—. Eso fue parte del motivo que atrajo la atención de todo el mundo. ¿Había sido alguna de las antiguas amantes de Tom? ¿Una chica celosa que estaba resentida con esa nueva intrusa en East Egg? Hubo cientos de teorías, igual que las hay para Gatsby. Y hablando de él, ven por aquí. Vamos a encontrar a nuestro anfitrión.

Tenía muchas más preguntas sobre Daisy, el yate y el mar. Pero Jordan me agarró la mano como si nos estuviéramos emparejando para bailar.

—¿Quién es él? —pregunté.

—Nadie lo sabe —contestó Jordan—. ¿No es una maravilla?

—Pero tú lo conoces.

—Éramos amigos íntimos —dijo Jordan.

—Entonces, ¿quién es él? —repetí.

—Ah, me han dicho que mata gente por dinero, o busca petróleo, o importa champán de contrabando. Todo son paparruchas. Rumores. —Esbozó una sonrisa mirándome por encima del hombro—. Solo espero que lo del champán sea verdad. Me lo creería. ¡Jay! —gritó por encima del bullicio—. ¡Jay! —chilló más fuerte, levantando la mano. ¿Cómo podían unos brazos y dedos tan delicados lograr el *swing* de golf gracias al cual se había hecho famosa?

Solo distinguí al que era mi vecino por cómo se dio la vuelta y se quedó quieto en la muchedumbre agitada.

Jordan me guio hacia él.

—Jay, ¿puedes conseguirle a este muchacho una camisa diferente antes de que Carolyn lo obligue a ir en busca de su sombrero y abrigo?

Se me formó un nudo en la garganta. Si tenía que cambiarme la camisa, tendría que idear una buena excusa que explicara por qué debía hacerlo detrás de una puerta cerrada. Llevaba una camiseta interior por encima del sostén, pero cualquiera que mirara con la suficiente atención podría preguntar: «¿Qué llevas ahí debajo?», y tendría que inventarme una mentira que versara sobre una herida reciente o una operación.

—Jay tiene más de mil. —Jordan apoyó la mano sobre mi brazo otra vez—. Colecciona camisas. Ni siquiera se daría cuenta de que le falta una.

—Me alegro de que os hayáis conocido. —Aunque el deleite de Gatsby parecía ser genuino, mi instinto me llevó a buscar posibles razones ocultas que lo justificaran—. Nicolás es mi nuevo vecino.

—Sí, el chico de la casita de campo —afirmó Jordan—, y un genio de las matemáticas, por lo que he oído.

Entonces Jordan desapareció y Gatsby me llevó hacia unas escaleras de mármol. Los invitados estaban esparcidos por los escalones, así que Gatsby no me soltó del brazo hasta que las hubimos subido.

—No hace falta que lo hagas —le dije—. No quiero que te metas en ningún lío.

—No hay ningún problema —resolvió Gatsby.

Bajo las lámparas de latón, podía apreciar su semblante con más claridad que bajo la luz de la luna y las luces del muelle. No debía de tener más de dieciocho años, como mucho diecinueve. Tenía el cabello de un tono castaño incluso más claro que el que había conseguido Daisy con el suyo. Desprendía unos reflejos dorados en las puntas donde las acariciaba la luz. Se le habían adherido al pelo finas líneas de purpurina, como si se trataran de vetas de mineral en una roca.

Las habitaciones centrales de la casa estaban decoradas con tanto azul Klein y cobre que tardé un minuto en ajustarme a la paleta del dormitorio de Gatsby. El espacio estaba rodeado por papel de pared de satén gris y madera otoñal y la cama vestida con unas sábanas apagadas con bordes dorados; una mezcla de masculinidad y brillantez que veía por primera vez.

Abrió unas puertas que revelaron un armario de profundos estantes de madera. Había una columna entera de camisas dobladas que formaban cuadrados inmaculados. Cada montón de azul, morado, rosa o marrón se alzaba a una distancia medida del siguiente, y junto a ellos estaban dispuestos montones de pañuelos de bolsillo como complemento, con los bordes doblados con tanta precisión que parecían estar afilados.

—¿Tienes algún color favorito? —preguntó Gatsby.

—Supongo que me gusta el verde —respondí.

Sacó una camisa verde oscuro de uno de los montones y me la lanzó. Se desdobló en el aire. La agarré por la manga pero no me la puse.

—De hecho, estaba pensando en hacer un cambio de traje completo. —Le dio un capirotazo a una mancha húmeda en su camisa amarilla, que por lo demás estaba impoluta. Se la desabotonó y se bajó los tirantes para quitársela.

Tuve que hacer acopio de todas mis fuerzas para no soltar una exhalación de sorpresa.

Solo vi la vaga silueta debajo de su camiseta interior. Si no hubiera sabido lo que era de antemano, no lo habría reconocido. Si no hubiese llevado puesto uno yo mismo, si no estuviera familiarizado con el sutil contorno, no habría reparado en ello. Pero allí estaba, el relieve sutil de un sostén idéntico al que yo llevaba puesto. Las gruesas tiras en los hombros, la maraña de cuerdas entrelazadas a cada lado de la caja torácica. Se entreveía la sombra del cierre, un bulto que pasaba desapercibido bajo su camiseta, como el entallado dobladillo de la manga o el trío de botones que subía por el cuello. Uno de los botones se había desabrochado, y él parecía el tipo de persona que sería tan primorosa con esas cosas que pensé en decírselo. Pero me había quedado sin voz.

El chico tenía el dinero para abrillantar un jardín con cuerdas de luces de colores. Era tan bello como la purpurina que teñía su cabello. Y me había permitido que viera ese destello de su ser. Desató un fuego en mi pecho, lo suficientemente cálido como para que pudiera prender la camisa.

—Eres… —se me escapó, pero me contuve, así que la palabra solitaria se quedó suspendida en el aire aromatizado a enebro.

Gatsby se puso otra camisa, una marrón que brillaba como el bronce.

La esperanza que me había subido como la espuma al conocer a otro chico como yo se hundió cuando me di cuenta de otra cosa. No se habría arriesgado a que pudiera ver lo que llevaba debajo de la camiseta si no hubiese adivinado lo que había debajo de la mía. Había sido descuidado en algún momento y me había expuesto. Un lapsus en cómo ponía la voz grave, o una risa nerviosa mal modulada, o un gesto que quizás a él le resultara familiar porque había tenido que practicar para despojarse de él.

—¿Cómo has sabido que yo soy...? —Otra frase a medias, lanzada al aire como una camisa usada—. ¿Cómo has podido saberlo? ¿Qué he hecho mal?

—No, no ha sido nada de eso. —Gatsby me miró como si yo fuera merecedor de toda la fe del mundo—. No has hecho nada mal.

Cuando me dirigió su sonrisa reconfortante, creí con absoluta convicción de que yo era el chico en el que me había convertido en Wisconsin, y que en Nueva York se abría la brillante posibilidad de llegar al hombre que anhelaba ser.

Mientras se recolocaba de nuevo los tirantes, esperé que me pidiera que no se lo dijera a nadie, algo que estaba a punto de solicitarle yo mismo. Pero quería que él fuera el primero.

No lo hizo. Parecía ser un asunto de confianza completa y tácita, como si supiera que su secreto estaba tan a salvo conmigo como el mío lo estaba con él.

Me puse la camisa verde, a sabiendas que el contorno de mi propio sostén no sería nada que fuera a llamarle la atención a Jay Gatsby.

—Creo que simplemente nos discernimos mutuamente. —Se abrochó los botones de la camisa marrón brillante—. Los chicos como nosotros siempre nos reconocemos unos mil años antes de que lo haga cualquier otro, ¿no crees?

CAPÍTULO VII

A ntes de irme de Wisconsin, mi madre me compró algunas hojas de papel de carta y tinta. Me dijo que lo iba a necesitar en Nueva York, que así era como se mostraban los modales: con una nota escrita a mano más que con una cesta llena de tomates o tortillas.

Tenía planeado dejar la tarjeta en el buzón de hierro forjado, pero Gatsby apareció bajo la luz temprana de tono limón con pantalones de vestir y un jersey, como si los setos cuidadosamente podados lo hubiesen proyectado hacia delante.

Tenía un aspecto tan fresco como el mismo terreno, que ya estaba limpio de pieles de cítricos y copas rotas. Lo único que quedaba eran algunas horquillas desperdigadas y perlas perdidas. Habían dejado olvidados unos cuantos collares y brazaletes colgados de las ramas de los árboles y algunos abrigos reposaban sobre los setos. Unos restos de purpurina manchaban la hierba como si fueran estrellas caídas.

—Me tienes que enseñar a hacer eso —le pedí.

Sonrió.

—¿Hacer qué?

—Cómo bebes en una fiesta y tienes un aspecto tan pulido a la mañana siguiente —le especifiqué.

—No tiene ningún secreto. No bebo.

—Entonces, ¿por qué ofreces bebida? —pregunté.

Se encogió de hombros.

—A todos los demás les gusta.

Le entregué el sobre.

—Te devolveré la camisa. Iba a limpiarla.

—Ay, no, por favor —dijo Gatsby—. Quédatela. Me estarás haciendo un favor. La tela tenía un color tan cautivador cuando estaba en el rollo, pero en el momento que me la puse supe que había sido un error. No puedo lucir ese verde, aunque a ti te sienta muy bien. Creo que tal vez estuviera destinada a ser tuya. ¿Te gustaría pasar? Justo estaba acabando de preparar el desayuno para una amiga, y nos haría felices acoger a un tercero. Os llevaréis bien, creo.

—No —rechacé la oferta—, pero gracias.

—Entonces, ¿qué me dices de dar un paseo? —propuso—. Puedo enseñarte el terreno.

—¿Y tu invitada? —inquirí.

—Lo más probable es que esté al teléfono durante la siguiente media hora. Siempre hay algo que debe atender. He aprendido a preparar platos que pueden esperar.

Era lo suficientemente pronto como para que fingir que tenía que subirme al próximo tren que llegara no fuera una opción, así que lo seguí por el camino de piedra.

—La verdad es que estoy contento de tener la oportunidad de hablar contigo ahora que nos podemos oír como es debido —me dijo—. Hay tanto ruido como en la Quinta Avenida cuando tiene lugar una buena fiesta, ¿no crees?

Los hombres que trabajaban en el jardín nos miraron como si estuviéramos interrumpiendo una sesión de retrato.

—Va a ser una estampa capaz de derretir un corazón de hielo —dijo uno de ellos, con acento irlandés—. Siempre y cuando no siga cambiando de opinión.

Gatsby inclinó la cabeza a modo de disculpa.

—Dejaré que se encarguen los artistas.

Los hombres devolvieron su atención a la tierra.

En mi cabeza no concebía que se pudiera mejorar nada. Los limoneros y los olivos filtraban el reflejo plateado procedente de la bahía y los pinos arañaban el cielo por encima de la mansión. Un campo de césped brillante se inclinaba en una pendiente que bajaba hacia el azul oscuro de la piscina y un estanque verde grisáceo, roto por islitas centelleantes cubiertas de lechos de flores.

Me agaché hacia las dalias, estudiando el patrón fractal de los pétalos.

—¿Eres aficionado a la botánica? —preguntó Gatsby.

—Más bien a las matemáticas que envuelven las flores que a las flores en sí —contesté.

—¿Qué quieres decir con las matemáticas de las flores? —se extrañó.

—Hay matemáticas en todo. —Me levanté—. Todo se puede descomponer en números.

Sonrió.

—¿De veras?

Sentí un impulso repentino por explicarlo. No solo la geometría de las flores sino también la proporción áurea, los cálculos de los planetas y la música y lo que había oculto en la textura de su papel de pared.

—Cada elemento bello del mundo se puede descomponer en reglas matemáticas —le expliqué—. Hay números detrás de todo.

—¿No es una manera un poco fría de verlo? —inquirió.

—No. Es reconfortante. Significa que detrás de cualquier cosa que te haya podido emocionar o que hayas podido amar, hay algo real e irrefutable. Hay un entramado de cifras que prueban que es real, que de verdad está ahí, que no te lo has imaginado.

Me dedicó una mirada cargada de extrañeza. Era una tan rara y embelesada que pensé que estaba a punto de besarme, pero menudo razonamiento era ese. Los chicos como Gatsby no besaban a chicos como yo.

Pero entonces dijo:

—Dime cómo algo bello está basado en matemáticas.

Lo medité unos segundos.

—¿Sabes que no hay estrellas verdes o moradas?

—¿Y qué tiene que ver eso con las matemáticas? —replicó.

—Todo son matemáticas. Es la física que subyace a cómo la luz viaja a través del espacio, la composición atmosférica, cómo el ojo humano percibe el color y los ángulos desde nuestra perspectiva ventajosa en la Tierra. Y el espectro electromagnético, eso son matemáticas también. El verde está en el centro del espectro visible de la luz, así que si una estrella emite su máxima radiación en la longitud de onda verde, va a emitir muchos otros colores también, así que se verá más blanco que verde. Y con el morado, los humanos tendemos a ser más sensibles al azul que al morado, así que una estrella que emita su máxima radiación en una longitud de onda lila la veremos de un tono más azul.

Gatsby se giró hacia la esquina del cielo que todavía contenía un poco del azul del alba. Las últimas estrellas se aferraban en el horizonte, y Gatsby las observó con tanta intención que pensé que quizá estaba intentando demostrar que lo que yo le decía no era verdad.

—Eso no significa que no existan —observó él.

—¿Qué quieres decir?

—Bueno, piénsalo. Estando aquí en la Tierra, podríamos pensar que no hay estrellas verdes o moradas en ningún lugar del universo simplemente porque no las podemos ver, pero podrían estar ahí fuera. Podamos detectarlas o no.

—Jay. —La voz de una mujer, grave y clara como la de una actriz radiofónica, sonó por los jardines—. ¿A dónde te has ido?

El rostro de Gatsby se rasgó en una sonrisa avergonzada.

—No es lo que piensas. Martha es una buena amiga y compañera de negocios, pero no…

—Ni por todo el oro del mundo. —La mujer apareció y colocó la mano sobre el hombro de Gatsby.

Iba vestida con el tipo de ropa inspirada en la vestimenta para hombre que Daisy me había enseñado en algunos catálogos. Pantalones con perneras anchas. Una camisa abotonada bajo un chaleco; tan entallados a su silueta que hacía que el efecto general le diera un aire más femenino. Miraba por debajo del ala de un sombrero ladeado adornado con un broche enjoyado. Sus labios estaban pintados de un rosa anaranjado que resaltaba el contraste entre el azul de sus ojos y el castaño cobrizo de su cabello. Desprendía el aura de una estrella de cine y parecía brillar demasiado para la luz del día.

—Quiero decir —Martha se quedó mirando a Gatsby como repensándoselo—, no es que no sea atractivo, pero dista kilómetros de mi tipo.

—Te presento a mi vecino, Nicolás Caraveo —dijo Gatsby.

Martha extendió la mano. Encajó la de Nick con la misma firmeza que cualquier hombre, pero sus manos eran suaves como plumas, con las uñas pintadas de rosa melón con la media luna de la cutícula de la base en blanco.

—Martha Wolf —se presentó—. Y te aseguro que te encuentro igual de atractivo, pero ¡ay! —nos dedicó a los dos una mirada arrepentida—. Ninguno de vosotros se ganará jamás mi corazón por el mero hecho de ser hombres, así que por favor desestimad cualquier tipo de esperanza ya.

Casi llego a capturar el significado de sus palabras, aunque fui incapaz de refrenarme de decir:

—¿Cómo?

—Mujeres, querido —explicó ella—. Me gustan las mujeres.

Con una mezcla efervescente de júbilo y nerviosismo, solté una carcajada.

—¿Te he sorprendido? —preguntó ella.

No era que no hubiera mujeres compartiendo sus vidas con otras en Wisconsin, pero jamás había oído a una exponerlo en voz alta con tanta claridad. Solo llevaba una semana en West Egg y ya había conocido a otro chico como yo y a una mujer que afirmaba, sin ningún tipo de tapujo, que le gustaban las mujeres.

—Nick, acabas de conocer a la mujer con el paladar más distinguido que ha visto alguna vez Nueva York —aseguró Gatsby—. Martha puede saborear cualquier cosa.

Martha y yo empezamos a reír, aunque ella lo hacía con más descaro, mientras yo estaba intentando refrenarme con tanto esfuerzo que empecé a toser.

—No me refería a eso —nos reprendió Gatsby. Su propia risa sonó reticente durante un breve instante antes de abrirse por completo—. Quería decir que es una experta. Una *gourmet*. Le das el cóctel más complejo y es capaz de decirte qué hay en la mezcla. En una taza de té nombrará todas las hierbas y hojas. Sírvele una copa de champán y te dirá lo que estaba creciendo en los campos al lado de las vides. Es famosa por ello, la envidia de cada coleccionista y cada petulante que tenga una bodega.

Martha asintió al cumplido, pero todavía estaba atrapada en el ataque de risa, y yo seguía reprimiendo la mía.

—Os ha llevado un total de... —Gatsby examinó su reloj— dos minutos en conectar. —Entonces me miró—. ¿No te he dicho que os ibais a llevar bien?

—Es un placer conocerte, Nicolás Caraveo.

Martha se tocó la muñeca justo bajo el puño de la manga. Pensé que quizá estaba comprobando la hora en su reloj, pero por la manera en la que lo hizo, con tanto cuidado, supe que se trataba de otra cosa, como si palpara un brazalete de la suerte que le había regalado un ser querido.

Un teléfono dentro de la casa emitió un sonido metálico.

Martha suspiró.

—Al final se pensarán que esto es mi despacho.

Aquella podía ser mi mejor oportunidad para despedirme de una manera elegante.

—Gracias —le dije a Gatsby—. Por la fiesta. Y la camisa. Supongo que no entiendo el código de vestimenta. O nada de por aquí, en realidad.

—Yo te podría enseñar algunas cosas —se ofreció Gatsby—. Si quieres.

—¿De verdad? —pregunté.

—Yo tuve que aprenderlo todo por mí mismo —le dijo—. No estaría mal que alguien pudiera beneficiarse de ello.

—¿Tú solo? —inquirí.

—Así es. ¿Los cuencos para enjuagarse los dedos con pétalos dentro? Creía que eran decoraciones florales artísticas. Tuve que estudiarlo todo. Pásate después del trabajo, te explicaré más cosas ridículas de las que tengas intención de saber.

Una sonrisa se esbozó en mi rostro antes de que pudiera detenerla.

—Gracias. —Me giré en dirección a la casita.

—Me ha alegrado verte, Nicolás —gritó Gatsby cuando estaba a medio camino cruzando la hierba.

Me di la vuelta. La última de las estrellas parpadeó por encima de la cabeza de Gatsby.

—Nick —grité de vuelta—. Llámame solo Nick.

CAPÍTULO VIII

—No permitas que todo ese ruido te asuste —dijo el señor Benson, guiándome a través de la refriega de hombres que gritaban sobre futuros y ventas por liquidación.

—¡Hemos metido la pata hasta el fondo!

—¡El oro está subiendo como la espuma!

Cada grito añadía un grado más de intensidad al martilleo que me atormentaba la cabeza. Esa vez no provenía del vino, sino de la falta de sueño. El alegre zumbido de la fiesta de Gatsby era tan embriagador como persistente, y todavía estaba deshaciéndome de él a trompicones.

—¡De ninguna manera! Se irá a la bancarrota en menos de un mes, ¡recuerda lo que te digo!

—Que le den a tu brillante idea. ¡Él nos metió en este lío!

—Ignóralos —me indicó el señor Benson—. Para eso estás aquí, para despojar a este lugar de todas las emociones.

Un hombre se aflojó la corbata con una mano mientras con la otra sostenía una hoja de papel. Se la quedó mirando durante medio segundo, la lanzó al suelo y soltó una retahíla de improperios que harían escandalizar a un estibador.

—Ah, bien, ha llegado pronto —dijo uno de los hombres jóvenes repeinados—. Tomaré un sándwich *sardolive* a las doce en punto.

Dos hombres que tenían el mismo aspecto que él estallaron en carcajadas.

Mantuvo la expresión impertérrita.

—No es tu chico de los recados, Lockhart —intervino el señor Benson—. Vas a estar tomando sus comandas antes de que te des cuenta. Sobre todo si no me consigues esos números que te pedí durante la última edad de hielo.

El señor Benson me acompañó hasta un escritorio encajado entre dos archivadores. Tardé un minuto en reconocer que lo que había debajo de los montones de papel era una mesa.

—Hexton quizá tenga sus propias ideas sobre qué hacer contigo —dijo el señor Benson—, pero recuerda que fui yo el que te encontró en Minnesota, no él.

—Wisconsin —lo corregí.

—¿No he dicho Wisconsin? —El señor Benson se pasó una mano por la cabeza, donde la cantidad ingente de brillantina le había dejado el pelo tan reluciente y tieso como el charol—. Lo que vengo a decir es que yo te contraté, y que estás aquí para ayudar a prever el precio de las materias primas. —Arrojó el documento que tenía en la mano encima del montón—. Y ahora, test de primer día. ¿Cuáles son las cuatro industrias más importantes de nuestro gran país?

—La metalurgia —respondí.

—Un chico rápido —me elogió el señor Benson—. ¿Y la segunda?

—¿El ferrocarril? —dije.

—No lo preguntes, afírmalo. Sí, el ferrocarril. ¿Y?

—Automóviles. —Casi pronuncié la palabra como una pregunta también, pero me contuve a tiempo.

—Tres de cuatro. —El señor Benson asintió—. La última.

Me demoré durante un segundo de más y el señor Benson saltó con un:

—¡Películas! ¡Hoy en día todo se basa en la plata y la celulosa! Los sueños de millones de personas están enrollados en esos carretes de cine. En el mundo hay más dinero en la venta de sueños que en los futuros de trigo. Nunca lo olvides, Carraway.

—Es Caraveo —lo corregí.

—Te estoy haciendo un favor —me dijo—. Cuando estés en Míchigan, puedes ser quien quieras. Pero aquí, olvida tu apellido. Aquí eres Nick Carraway.

CAPÍTULO IX

—Esto puede que te parezca una nimiedad, pero es importante si no quieres que nadie sepa que creciste en el campo. —Gatsby colocó una tabla de cortar madera encima de la mesa del jardín—. Intenta no mirar las medias de una mujer. Se meterán contigo para siempre por ello y sabrán que no eres de Nueva York o Chicago o de ninguna gran ciudad.

Dudaba mucho que eso llegara a ser un problema. Las mujeres en el pueblo a duras penas conseguían que bailara con las chicas en el salón parroquial.

Gatsby cortó en dos un pomelo.

—No es porque piense que tengas la costumbre de quedarte mirándolas fijamente. Es porque las medias que usan aquí probablemente son un poco distintas a las que estás acostumbrado a ver.

—¿Ha cambiado mucho el mecanismo? —pregunté. Tenía varias primas y, por ende, sabía más de ropa femenina de lo que me habría gustado—. Usan ligas para sujetarlas durante el día. Las enrollan para quitarlas por la noche.

—No me refería a cómo funcionan. —Gatsby cortó por la mitad otro pomelo—. Quería decir el estilo.

Te puedes esperar cualquier cosa; desde cordoncillos a bordados o impresiones de la cara de Rudolph Valentino.

—Esa última será mentira —dije.

—Ah, para nada —se reafirmó Gatsby—. Martha le regaló a una amiga un par de esas, y se puso como loca de contenta. —Presionó la primera mitad de pomelo sobre un exprimidor de cerámica.

—¿Te echo una mano? —me ofrecí.

Negó con la cabeza.

—No es nada, de verdad.

Con unos cuantos giros, le sacó el jugo y la pulpa a la fruta.

—Y hablando de amigas. Si oyes a una mujer decirle a su novio que «el banco está cerrado», significa que no lo va a seguir besando en ese momento. El motivo habitual es que esté enfadada con él. Lo que también es habitual es que el chico le haya dado un buen motivo para estarlo.

Siguió con la siguiente mitad de pomelo, vaciándola con más giros de muñeca.

—Y algo más sobre la ropa —continuó con la instrucción—. La mayoría de los vestidos que verás por aquí no tienen cierres. Simplemente se ponen por arriba. Así que si una chica te encierra en un armario y te das cuenta de que no hay ni gancho ni presilla, no te preocupes, no es que de repente se lo haya quitado. Lo que ves no son sus enaguas. Es su vestido en realidad.

—¿Por qué me estás dando consejos sobre chicas? —le pregunté—. ¿Hay alguien con quien Jordan y tú estéis planeando emparejarme?

No solía pasar que Gatsby se mostrara incómodo, y de ahí que no me pudiera mirar a los ojos. Se limitó a encogerse de hombros como toda respuesta.

—Solo digo que eres un chico guapo, nada más. Si quisieras propiciar la situación en la que tuvieras que poner en práctica todos estos conocimientos, no te resultaría demasiado difícil.

Se trataba de un cumplido, nada más. No significaba que hubiese algo más allá, y era consciente de ello. Pero si su intención había sido que me sintiera tan incómodo como parecía estar él, lo había logrado.

Le sacó el zumo a otra mitad de pomelo, que impregnó el aire con su dulzor y acidez.

—Lo siguiente de lo que tenemos que hablar es de Mondrian.

—¿Quién?

—Es un pintor —explicó Gatsby—. Formas abstractas. Para cuando acabe el verano, habrás visto cientos de falsificaciones de *Tableau I*. Pero lo que tienes que saber son los colores: el blanco y negro, rojo escarlata, azul y amarillo. Los colores primarios están por doquier este año, y ese es parte del motivo.

Me volvió la fiesta al pensamiento. Tenía razón con lo de los colores primarios, pero también habían compartido espacio con melocotón pastel, beis rosado, marrón bellota, marrón oscuro y colores suaves que brillaban con abalorios y lentejuelas. Así que le pregunté al respecto.

—Cierto. Parece que hay de todo, ¿verdad? Colores suaves al lado de llamativos. Pero si le echas un vistazo a todo el mundo, sigue una lógica. Es como una pintura.

Todo el mundo ayuda, a su manera, a que la persona que tiene al lado destaque.

Me lo imaginé de ese modo. El sutil contraste entre el verde salvia y el plateado, la luminosidad del dorado con el negro. Había miles de cosas que tenía que aprender, pero eso, saber identificar la obra de arte que era una fiesta social de Nueva York, al menos era dar un primer paso.

Gatsby sirvió el zumo de pomelo en un par de vasos y me acercó uno.

—La gente bebe zumo de naranja por la mañana, pero ¿no crees que tiene algún tipo de magia beberse algo del mismo color que el cielo? —Levantó el vaso hacia las nubes rosadas en la distancia.

Hice lo mismo.

—¡Salud!

—Bien —me felicitó—. Creía que ibas a decir «chinchín».

—¿Qué tiene de malo «chinchín»? —pregunté.

—Por lo que sé, nada. Pero parece ser que por aquí se prefiere «salud», no «chinchín».

Le di un sorbo al vaso, el líquido rosado era un poco amargo, como probar aquellas nubes junto a un trago de mar.

—¿Qué voy a hacer por ti? —pregunté.

Él le dio un sorbo a su vaso.

—¿A qué te refieres?

—Cómo voy a devolverte el favor por todo lo que me estás enseñando? —quise saber.

—¿Por qué tienes que devolvérmelo?

—No lo sé. Supongo que no me gusta pensar en lo mucho que tú estás haciendo por mí cuando no hay nada que pueda hacer yo por ti.

Una expresión extraña le surcó el rostro.

—¿Qué es? —le pregunté.

—¿Qué es el qué?

—Hay algo que no me quieres pedir —le dije—. ¿Qué es?

—Acabas de dar respuesta a tu propia pregunta —repuso—. No quiero decírtelo.

—¿Por qué no?

—Porque te reirás de mí. O pensarás que ese fue el motivo por el que te invité a mi fiesta, y no es así.

—Bueno, ahora tienes que decírmelo —insistí.

—Lo que tienes que entender es que ni siquiera sabía que conocías a Daisy hasta que Jordan lo mencionó.

Toqué el cuenco del exprimidor, donde las semillas del pomelo descansaban sobre la cerámica húmeda.

—Si sigues haciendo tiempo, van a empezar a brotar.

Cuando tomó otro sorbo, pensé que se estaba demorando más, pero se ve que estaba reuniendo el coraje.

—Conocí a Daisy hace mucho tiempo —empezó a narrar Gatsby—. Antes de partir a la guerra.

—¿Partir a la guerra? ¿Cuántos años tienes?

Desearía no haber pronunciado esa pregunta y la grosería que la acompañaba.

—Diecinueve —respondió Gatsby con naturalidad.

Eso significaba que no podía tener más de catorce o quince años cuando estuvo en la guerra.

—Entonces, ¿cómo…? —Me detuve y volví a reformular la frase—. Quiero decir, ¿no eras demasiado joven?

—Lo suficiente mayor como para venderles la mentira. Y lo suficiente mayor también como para colarme en los bailes, que es donde conocí a Daisy.

Pronunció su nombre con una exhalación compungida.

Entonces Gatsby me contó la historia que lo relacionaba a él con la chica que no sabía que en realidad era mi prima. Me dijo que sintieron una conexión el uno con la otra, no porque ya se conocieran de antes, sino porque ambos se percataron de cosas en el otro que les hacían ser iguales. Los dos estaban llenos de sueños y fingían ser mayores y adinerados. Ella mencionaba ocasionalmente un coche de color crema que no poseía, y él una escuela privada a la que no asistía. Eran un chico y una chica oriundos de una tierra que se hallaba tan lejana hacia el oeste que no le llegaba la mirada brillante de Nueva York.

—Recuerdo todos los detalles de aquella primera noche —prosiguió Gatsby—. Cuando ella se reía, era como si su interior fuera una iglesia en la que retumbaba el sonido por todos lados, como si ese fuera el sonido perfecto del mundo entero. Y la manera como movía las manos... Cada vez eran como pájaros alzando el vuelo, esos primeros segundos que están en el aire. Y pude visualizar una vida con ella, el tipo de vida insigne que jamás había imaginado para mí. Una que creía que nunca iba a tener.

Me pregunté qué hacía falta para mantener un sentido tan agudo del romanticismo.

—Por aquel entonces, ya sabía el tipo de mujer en el que se transformaría —afirmó Gatsby—. Sabía exactamente en qué ya se estaba convirtiendo. Se podía ver en la manera en la que se arreglaba el cabello, en la manera en la que se levantaba el vestido para subir por las escaleras. Tenía claro lo que debía hacer para convertirme en un hombre merecedor de la mujer que ella iba a ser. Y pensé que si alguna vez conseguía ser el tipo de hombre con el que una mujer así estaría dispuesta a compartir la vida, entonces lo habría conseguido.

Podía imaginarlos bajo el cielo de verano empolvado de estrellas, imaginando las personas radiantes en las que se transformarían.

—Y cuando me di cuenta de que tenía sentimientos por ella, se lo dije. Casi deseaba que ella no me correspondiera para que me pudiera olvidar de todo ese asunto. Pero no fue así.

No fue así, al menos, hasta que la guerra para la que era demasiado joven como para participar lo llevó al otro lado del océano. La última vez que se vieron fue en el frío húmedo que precedía al otoño, con la luz de una hoguera prendida entre los labios.

—¿Cuánto tiempo estuvisteis...? —Otro de mis pensamientos inacabados. Cada vez que hablaba con Gatsby, los esparcía por la hierba.

—Un mes —respondió.

Un mapa de la bahía se proyectó en mi mente.

Un hombre joven decidía comprar una casa en West Egg, justo cruzando la bahía donde una mujer joven, resplandeciente como un diamante amarillo, se hospedaba en la hacienda de los Buchanan en East Egg.

Un hombre joven en West Egg observaba a la lejanía hacia un punto en concreto en la orilla opuesta.

Nada de eso había sido una coincidencia. Gatsby había comprado aquella mansión —y había organizado esas fiestas de grandeza fastuosa— para atraer el corazón de

Daisy desde la otra punta de la bahía y para mostrarle, con jardines brillantes y bandas de música, en lo que había logrado convertirse. Había estado en el muelle la noche que yo salí tambaleándome de la lancha de Tom porque había observado absorto el punto en este mundo donde estaba Daisy.

Daisy se había mostrado muy comprensiva cuando le conté que yo era un chico. Y me preguntaba entonces si Jay Gatsby podría haber sido su primer contacto con el hecho de que a algunos chicos se los identificaba como chicas al nacer, y que luego nos enfrentábamos a la tarea de reinventarnos a nosotros mismos.

—Ya sabes que está con Tom —le recordé.

Gatsby asintió hacia la fina hierba.

—No fui lo bastante rápido. —No lo dijo con amargura, sino como un hecho que yo tenía que saber—. No tenía nada que ofrecerle a una chica como ella cuando nos conocimos. Aunque pensé que podría, algún día. Pero durante el tiempo que estuve fuera, me ganó demasiada ventaja. Se convirtió en esa chica, en la mujer con la que siempre había soñado, y yo todavía no había consumado mi objetivo de ser un hombre completo. Me llevó demasiado tiempo alcanzarla. La guerra tardó demasiado en llegar a su fin y yo en volver, y para cuando lo logré, aún me quedaba para ser ese hombre, aunque ella ya era esa mujer. No quería volver a verla hasta que no consiguiera una versión de mí mismo que valiera la pena mostrarle.

Gatsby me narró, casi en un balbuceo, cómo le habían contado lo que había ocurrido. Cómo en el tiempo intermedio, Daisy había querido asentar su vida y había tomado una decisión. En ese espacio de desasosiego, había aparecido Tom Buchanan.

La luz del rostro de Gatsby cambió, como si estuviera volviendo al momento presente. Y en ese presente, mi prima llevaba un anillo de esmeralda que centelleaba de punta a punta de la bahía como un segundo faro.

—Y lo que le ocurrió en aquel barco —la voz de Gatsby se tensó—, yo jamás habría permitido que le pasara algo así.

Eso hizo que sintiera más simpatía por Gatsby que con cualquier historia romántica. Quería que Daisy estuviera con alguien que la cuidara. Solo porque fuera lo suficientemente buena nadadora como para arrastrarse hasta la orilla no significaba que hubiera tenido que hacerlo.

—De todos modos —continuó Gatsby—, me preguntaba si invitarías a Daisy a casa alguna tarde y que yo también pudiera estar presente.

La tímida propuesta me hizo vacilar.

Tom no parecía ser el tipo de hombre que se tomaría a las buenas ese encuentro. Gracias a las mentiras de Daisy, ya se había creído que no compartíamos ningún parentesco. Invitarla a ella sola a casa podía hacer que en su mente interpretara la imagen de las manos de ella sobre mis brazos de un modo distinto, aunque Tom no supiera nada de Gatsby.

—Me gustaría que al menos te lo pensaras —insistió Gatsby—. Aunque decidas no hacerlo, apreciaría mucho que lo meditaras. Más de lo que te puedas llegar a imaginar.

CAPÍTULO X

P ronto descubrí el propósito del segundo archivador, que era evitar que la puerta del almacén pudiera causarme algún tipo de daño cada vez que se abría de golpe.

Los números revoloteaban delante de mis ojos, y pestañeé para que se estuvieran quietos. Pero mientras comparaba cada secuencia con la siguiente, entreví el indicio de un patrón; la geometría de cómo la producción preveía los precios, cómo estos subían y bajaban según el índice de la primera. Todo era una danza al compás del álgebra lineal. Era el precioso caos de lo que les ocurría a ciertas ecuaciones diferenciales con el tiempo.

Para cuando el día llegó a su fin, el dolor punzante de la cabeza había remitido, dejando pasar esas canciones matemáticas. Me producía un entusiasmo que no tenía nada que envidiar al que experimentaba en la casa de Gatsby, en su habitación con todas aquellas camisas de tantos colores distintos.

La puerta giratoria del vestíbulo escupía hombres fuera del edificio, pero yo no me iba a acercar a esa cosa. La puerta lateral que se sostenía sobre un gozne me servía para que me enviara hacia el ocaso en la ciudad.

En el pueblo el paisaje lo formaban campos que se extendían hasta el horizonte, pero en Nueva York todo se basaba en la altura. Era el mármol blanco de la biblioteca, el acero y el óxido de las vías de tren elevadas, y el olor a magnesio que salía de las puertas de cines y teatros. El denso tráfico de la Quinta con la Vigesimotercera Avenida revolvía las faldas lo suficiente como para que se mostraran los tobillos, y el edificio Flatiron dividía el cielo sobre mi cabeza en dos.

Todavía estaba con la vista alzada cuando una mano se posó en mi hombro. Me di la vuelta, y le habría dado un empujón al desconocido si no hubiese reconocido la cara sonriente de Tom Buchanan.

—¿Cómo ha ido la semana de nuestro triunfador? —Me palmeó la espalda—. Vamos, hay que celebrarlo.

—Justo iba a ir a por el tren —le dije.

—¿Para pasar una noche apasionante mirando el reloj constantemente? —preguntó Tom—. Me niego a aceptarlo. Tengo un amigo que celebra una fiesta, y vamos a ir.

Tom presionó la mano entre mis omóplatos. Me metió en un taxi, y luego me sacó de él y subimos hasta un apartamento en una sexta planta. Las paredes estaban empapeladas de un color rojo pasión hasta aproximadamente la mitad del tabique, y luego seguían en plateado hasta el techo. Bajo la luz tenue, las arañas reflejaban su centelleo en el papel metálico.

Una mujer joven vestida de verde limón se apresuró hacia la puerta y arrojó los brazos alrededor del cuello de Tom. Su cabello era del color rojizo del trigo de invierno, y tenía el tipo de silueta que Daisy había lucido en su día, y que posiblemente seguía teniendo debajo del sostén y las ligas.

—¿Y a quién tenemos aquí? —La mujer extendió la mano, no para que se la encajara, sino más extendida hacia mí, como una damisela de una novela antigua. Y como no sabía qué otra cosa hacer, acaricié sus dedos y le planté un beso incómodo en el dorso de la mano pálida.

La mujer soltó una carcajada estridente.

—¡Me cae bien este chico, Tommy!

—Te lo dije. A Cathryn le gustará, ¿no crees?

La mujer giró la cabeza de golpe hacia Tom, con los rizos recogidos reflejando la luz proveniente del trío de arañas. Luego se volvió hacia mí.

—Myrtle Wilson. Es un placer conocerte. Mi casa es tu casa.

Otra mujer se aproximó, examinando con la mirada mi camisa y mis tirantes.

—Ay, es adorable. —Era más alta y estilizada que Myrtle, aunque tenía el cabello del mismo tono rojizo—. ¿No te dan ganas de ponerle un vestido de marinerito?

—No, gracias —rechacé la idea de inmediato.

—Te presento a mi hermana Cathryn —dijo Myrtle.

—Llámame Trinette. Me pega más, ¿no crees? —Se giró hacia las mujeres acomodadas en los diferentes asientos, que se reían con la punta de los cigarrillos levantada—. ¿No creéis todas que encaja mejor conmigo?

Tom se detuvo a mi lado.

—Si eres capaz de hablar de algo que no sean tus libros de matemáticas, no te irás solo a casa esta noche. —Pasó la vista de las faldas de las mujeres, que se desparramaban por los divanes, a mí—. De nada.

Antes de que pudiera comprender el favor que Tom creía que me estaba haciendo, se adentró en un dormitorio con Myrtle.

Con razón Tom dejaba la hacienda de East Egg a manos de Daisy cuando se quedaba en la ciudad. Era el gesto caballeroso menos decente del mundo.

Trinette me presionó los hombros para que me sentara.

—Habla con nosotras, ¿quieres?

Las mujeres no me dijeron nada al principio, y eso me permitió estudiarlas con detenimiento; como a menudo observaba a las chicas. Cada una de ellas tenía un tipo de belleza lograda mediante un proceso de ensayo y error. Algunas se habían afeitado las cejas y se las habían pintado por encima. Unas cuantas llevaban la sombra de ojos desde la línea de la pestaña hasta la ceja, en tonos morado oscuro y verde, negro y azul índigo.

Trinette me empujó el hombro.

—Es crema facial.

—¿El qué? —pregunté.

—El motivo por el que están tan pálidas. La usan como base.

—Estás de broma.

—Y polvos blancos —añadió Trinette—. ¿Quieres algo de beber?

—No, gracias.

—Eso es una guarrada —una mujer le dijo a otra.

—Bueno, ¿cómo lo haces tú, entonces?

—Humedeciéndola con el agua del grifo, Dora, no con saliva.

—¿Y si no tengo un grifo cerca? —preguntó Dora.

La primera mujer reparó en mi confusión.

—¿Nunca has oído hablar de la máscara *cake*? ¿No sabes nada de mujeres?

—No demasiado —admití.

—Es jabón y pigmento —le explicó Dora—. Y tienes que activarlo.

—Pero no pasándole la lengua.

Por encima de nuestras cabezas, unas cuerdas brillantes desiguales descendían de los candelabros de techo. Me di cuenta de que se trataban de joyas. Tanto piezas de bisutería como perlas reales cumplían la función de guirnaldas, con alguna pantalla ocasional que cubría una bombilla.

—¿Conoces a la prometida? —me preguntó una mujer ataviada con un vestido de seda morado.

—¿La prometida de quién? —pregunté.

—La novia, no prometida. —Trinette me pasó un vaso de agua—. Nada decisivo ante los ojos de Dios, o de la ley, o incluso de De Beers.

La mujer de la seda morada ladeó la cabeza hacia la puerta cerrada del dormitorio.

—Bueno, ¿la conoces? —me volvió a preguntar—. La chica de Tom.

—Sí. La conozco.

—¿Es tan espantosa como dicen? —preguntó Dora.

Me quedé mirando la puerta de la habitación, esperando que Tom o Myrtle emergieran, o que uno de los dos apareciera por una puerta distinta, como si fuera un truco de magia. Quería pruebas de que Tom no estaba solo en una habitación con alguien que no era Daisy. Quería pruebas de que no me había llevado a aquel sitio solo para alardear o para usarme como excusa.

Trinette puso los pies en alto.

—Mi hermana se merece un buen hombre que la saque de ese terrible lugar.

—¿Qué terrible lugar? —pregunté.

—El valle de las cenizas —susurró Dora—. Siempre derrochó el suficiente talento como para poder hacer algo más que ayudar en el taller de sus hermanos.

El nombre de mi prima reverberó al otro lado de la pared, un retahíla de: «Daisy, Daisy...».

La conversación se detuvo y toda la atención se desvió hacia el dormitorio.

La voz atronadora de Tom fue lo siguiente que oyeron.

—*No empieces con eso...*

—*Daisy, Daisy, Daisy.* —El nombre se volvió afeminado en la lengua de Myrtle.

—*¿Quieres arruinar una noche bonita?*

—*Si su nombre arruina una noche bonita, ¿por qué estás con ella?*

—*Ya basta, Myrtle.*

—*¡Daisy, Daisy, Daisy!*

Puede que ella fuera la primera que hacía ver que no éramos familia, pero seguía siendo mi prima, y ese seguía siendo su nombre. Para cuando lo pronunció otra vez yo ya estaba en la puerta, y a la siguiente la había abierto de par en par.

Myrtle seguía enfrascada en su canción persuasiva:

—Daisy, Daisy, Daisy.

Y Tom seguía en aquella habitación con una mujer que no era mi prima. Alargué la mano para agarrarlo del brazo, como si sacarlo de la habitación fuera a hacer como si nunca hubiese entrado en ella.

Tom se giró bruscamente.

—Maldito fisgón, ¿algún día vas a dejar de meter las narices donde no te llaman?

La punta de su codo hizo contacto con mi labio superior con tanta precisión que mis propios dientes le hicieron un tajo.

—Ay, por el amor de Dios, Nick. —Tom se alejó tan horrorizado como disgustado—. Ay, Nick. Creía que eras McKee.

Me llevé la mano al labio, el sabor a sal y metal me inundaba la boca.

—Ese fotógrafo que Trinette trae por aquí a veces.

Tom sonaba más pesaroso de lo que creía posible en un hombre como él.

Pero mi labio seguía partido, y la mujer que estaba con Tom en vez de con mi prima observaba, con los brazos cruzados.

—Siempre intenta jugar a los psicoanalistas con Myrtle y conmigo. No sabía que eras tú, te lo juro. Myrtle, trae un poco de agua con sal.

Me despedí de él con un movimiento de brazo y abandoné la habitación.

Fuera del dormitorio, Trinette me dijo algo, pero no la entendí. Balbuceé una despedida mientras me iba.

¿Por eso Tom no había visto a Daisy caer de aquel yate? ¿Era aquel el motivo por el que otra persona había tenido que preguntarle a él dónde se había metido ella? ¿Porque Tom estaba en algún rincón de aquel yate con otra chica? De no ser así, ¿se habría caído Daisy para empezar?

No se podía casar con él. Daisy no se podía casar con alguien a quien le importaba tan poco su cuerpo y su corazón.

Pero no le podía contar a su prima lo de Myrtle y Tom. Le abriría el corazón como un desgarro en un vestido. Se haría añicos junto a los sueños tallados en cristal de su vida en Nueva York. Entonces, si Gatsby le ofreciera la rosa impoluta de su amor, no sería ella, sino su corazón roto, el que tomaría la decisión. Eso no sería justo ni para ella ni para Gatsby.

Pero quizás había otra manera.

Me subí en el siguiente tren con dirección a West Egg y luego tomé un taxi desde la estación hasta el camino de adoquines y hierba de la mansión de Jay Gatsby.

Respondió a la puerta él mismo, con el último botón de la camisa almidonada desabrochado en lo que debía ser su concepto de atuendo informal.

—Nick.

Su deleite se convirtió en preocupación cuando vio la sangre en mi cara y camisa.

—¿Qué ha pasado? Entra. Vamos a limpiarte.

Negué con la cabeza.

—Yo me encargo.

Gatsby se me quedó mirando, sin entenderlo.

Dejé que la mano me cayera de la boca.

—Yo me encargo. —Cada respiración me clavaba el escozor del aire a través del corte en el labio—. Te ayudaré con Daisy.

Antes de que Gatsby pudiera darme las gracias atolondradamente, antes de que pudiera siquiera ser testigo de cómo la esperanza le iluminaba el rostro, me giré en dirección a la casita de campo.

Daisy me había salvado en su día. Había visto cómo me desmoronaba dentro del cascarón de la chica que no podía ser, y ella me había empujado con una carta tras otra, implacablemente, con el fin de que le dijera a mi familia que yo era un chico. Ella me había salvado, y era el momento de que yo hiciera lo mismo por ella. Si se comprometía con Tom y luego se casaba con él, o peor, se convertía en su amante oculta como Myrtle, la perderíamos para siempre, y ella se perdería a sí misma.

Mi prima debía alejarse de Tom Buchanan.

Y si Jay Gatsby era la mejor opción disponible para hacerla cambiar de parecer, haría todo lo que él me pidiera.

———————— ••• ————————

Señor Nicolás Caraveo
West Egg, Nueva York

Queridísimo Nicolás:

¡Qué amable por tu parte invitarme a tomar el té! Y qué agradable será pasar una tarde contigo en la casita.

Debes dejar que me encargue de esas rosas. Les gusta mi presencia, sabes. Me susurran por dónde les gustaría que las podara. ¡Quizá nos haga unas coronas de flores para los dos!

Nicky, ¿estás bien? Tom me ha contado una historia ridícula sobre una discusión que tuviste, y no me lo creí para nada, pero me dijo que lo comprobara por mí misma, que tenías el labio partido como prueba. Me contó que un chico de Harvard y sus amigos le habían hecho un comentario lascivo a una joven monja atractiva (¿en serio? ¿A una monja? Ya prácticamente no quedan hombres buenos en toda esta ciudad, ¿no crees?), pero que lo pusiste en su sitio con tanta facilidad que acabasteis a las manos.

Tom me dijo que sabía que eras una buena persona. ¿Cómo podría alguien discutir contigo cuando estás defendiendo el honor de una novicia? Pero de verdad, Nicky, ¿una pelea en medio de Grand Central? ¿Qué habrías hecho si no llega a estar Tom allí para suavizar las cosas?

Ay, ya sabes lo que odio parecerme a una tía alarmada, pero me preocupo por ti y les prometí a tu madre y a tu padre que si te dejaban venir al este yo velaría por tu seguridad. Así que, por favor, nada de peleas a puñetazos. Hazlo por mí.

Bien, con este asunto zanjado, me voy a escoger algo bonito que ponerme para mi visita. ¿Qué debería llevar? ¿Por qué no dejas que me encargue del postre? Tú infusiona el té que yo traeré algo dulce.

Atentamente, y por si no me ves capaz, visualízame como una mujer terriblemente aburrida y seria capaz de arruinar todas tus travesuras de muchacho.

Daisy

CAPÍTULO XI

R egresé a casa después de un día vertiginoso en el trabajo para encontrarme a un hombre blanco vestido con un traje a cuadros claro delante de la casita de campo. Lucía sobre la cabeza un sombrero de paja decorado con una cinta, y emitía una sensación de tranquilidad que casaba con el resto del conjunto. Tenía el mismo tipo de buen aspecto de los modelos que salían en los anuncios de las revistas, que hacían difícil discernirlo de cualquier otro hombre adinerado. Incluso los ojos parecía que se los habían pintado a mano de un azul brillante.

—Se equivoca de dirección —le dije.

Extendió la mano.

—Elmer Dechert.

No se la estreché. Después del dolor de cabeza por el que había tenido que pasar para justificar mis gráficos a Hexton, y por extensión a mí mismo, no estaba de buen humor.

«Qué cosas tan deprimentes, Carraway», le había dicho Hexton. «Benson no quería contratar a un profeta del cataclismo. Dinos qué tenemos que comprar, no lo que tenemos que evitar».

—Vengo de parte de Port Roosevelt Sociedad Limitada —explicó Elmer Dechert. Ante mi silencio de incomprensión, añadió—: Seguros.

—No me interesa. —Aunque me hubiese podido atraer, no tenía nada que asegurar.

—Solo estoy aquí para hacerle algunas preguntas, señor Caraveo.

El sonido de mi nombre me detuvo en seco, con la llave medio metida en la cerradura.

—No me llevará más de un minuto —añadió.

En ese instante supe qué trabajo llevaba a cabo para Port Roosevelt Sociedad Limitada.

Y también me pregunté cómo había conseguido que se lo tomaran en serio como investigador cuando tenía el aspecto de ser un miembro del grupo de canto a capela Whiffenpoof. Pero supuse que ese era el objetivo; que no desentonara por aquellos lares.

—Me preguntaba si sabía algo sobre el incidente que tuvo lugar a principios de verano —inquirió—, en el que se vio envuelta una señorita y un yate.

—¿Por qué me lo pregunta a mí? —repuse, quizás adelantándome a sus prejuicios.

—Es amigo de la señorita Fay —dijo—, ¿no es así?

—Tiene muchos amigos. Y si quiere saber lo que ocurrió, ¿por qué no se lo pregunta a alguien que estuviera en el yate? Todo eso aconteció antes de que yo llegara aquí.

—¿De veras? —preguntó Elmer Dechert.

—¿Qué es lo que quiere, señor Dechert? —quise saber.

—Solo estoy siendo meticuloso. —Se encendió un cigarrillo, y esperé que no fuera una señal de que se estuviera poniendo cómodo—. Cuando una compañía se encuentra en la tesitura de tener que pagar varios miles de millones de dólares por un collar perdido, su deber es indagar sobre el asunto. Espero que lo comprenda.

—¿Han enviado buceadores para recuperarlo? —pregunté—. Esa cosa debía de tener el tamaño de una medusa.

Dechert se rio.

—No encajas aquí, ¿verdad?

Me giré hacia mi puerta.

Él dio un paso adelante, como si tuviera la intención de darme unas palmadas en la espalda.

—Es un cumplido.

Me aparté del alcance de su brazo.

—La cosa es —continuó—, que no estoy tan seguro de que acabara en el agua.

Hice ver que girar la llave requería la misma habilidad y concentración que relacionar integrales de línea con integrales de superficie.

—Su amiga Daisy —dijo Dechert—, no se acuerda de haberse caído por la borda. Dice que el collar se soltó, pero algo me dice que quiere creer en lo que le viene bien. Que se lo desabrochara y nadara para salvar su vida es un relato más denodado. Pero yo no creo en ángeles o sirenas y pienso que su amiga tuvo mucha suerte y por eso sobrevivió.

—La tuvo —convine, con la esperanza de aburrirle lo suficiente como para que me dejara en paz.

Dechert siguió hablando.

—Según mis fuentes, estaba demasiado ebria como para desabrochárselo en tierra, así que mucho menos en medio del oleaje. Dudo que a la señorita se le pase por la cabeza que alguien orquestara su caída. Pero hace que me pregunte quién podría haber tenido algún motivo para hacerse con él.

Una imagen escalofriante se proyectó en mi cabeza. Mi prima trastabillando alrededor del yate. Un número de ladrones cualquiera, de quien nadie sospecharía porque todos provenían de familias de alta alcurnia, desenganchando con cuidado los cierres y luego llevándola hacia el borde de la cubierta. «Has bebido mucho. Vamos a encontrarte algún lugar donde te puedas tumbar. ¿Qué te parece ahí...?».

—En fin, ya he hablado con los miembros de la tripulación del yate —me informó—. Fueron los primeros a los que tomamos declaración.

—Cómo no —masculló entre dientes.

—Así que ahora prosigo con los invitados. Y me pregunto si la señorita Fay le ha confesado algo que le pudiera dar miedo de decirme a mí. Algún tipo de asunto que una señorita con modales no le contaría a un desconocido. Algo o alguien con quien pudiera estar enemistada. Una pelea entre mujeres. Alguna aventura amorosa.

Mi sentimiento de protección hacia mi prima refulgió.

—Creo que será mejor que se vaya —le advertí.

Él levantó las manos.

—No he querido insinuar nada. Creí que le gustaría descubrir quién podría haber querido hacerle daño a la señorita. —Me pasó una tarjeta lisa escrita en una de las caras con «PORT ROOSEVELT SOCIEDAD LIMITADA» y su información de contacto en la otra—. Si se acuerda de algo que le haya dicho, lo que sea, le estaría muy agradecido.

El hombre que tenía más aspecto de ser uno de los compañeros de facultad de Tom Buchanan que de un investigador se fue paseando tranquilamente hacia el coche que tenía aparcado.

La tarjeta impresa se iba haciendo más pesada cuanto más rato estaba allí de pie sin hacer nada.

¿Acaso había robado alguien un collar con un valor de cientos de millones de dólares del cuello de mi prima?

¿Alguien había querido asegurarse con tanta meticulosidad de encubrirlo como para quererla muerta?

CAPÍTULO XII

— **N**o te importa que traiga algunas cosas, ¿verdad, Nick?

Respondí a la pregunta presuntamente inofensiva de Gatsby con lo que supuse que era una respuesta igual de inocente:

—Claro, por supuesto.

Para ser precisos, primero respondí en español. Luego recordé que no debía usar ese idioma ni en East Egg ni en West Egg. Así que fingí aclararme la garganta y repetí la respuesta en inglés. Gatsby tenía la habilidad de hacer que mi lengua se olvidara de funcionar correctamente.

La mañana de la llegada de Daisy tuve que apartarme de la trayectoria de una mujer ataviada con un traje chaqueta de color crema y una expresión seria y atenta mientras daba direcciones a tres floristas igual de serias y atentas. Para cuando se fueron, el aire estaba impregnado de un aroma dulce a flores. Unos jarrones plateados con volutas estallaban con peonías y lilas. Unos cuencos derramaban rosas de color carmín y guisantes de olor bicolores. Unos jacintos se amontonaban junto con fresias doradas y rosas. Codesos amarillos y glicinias moradas caían como si estuvieran brotando de la moldura de techo.

Menos mal que le había dicho que Daisy traía el postre. De otro modo quizá hubiese aparecido un casita de galleta de jengibre glaseada del tamaño de un castillo.

Gatsby cruzaba una y otra vez la alfombra del salón; el azul del agua que se veía a través de las cristaleras de la puerta hacía destacar el azul turquesa de su traje. Sus ojos deambulaban entre el reloj colocado encima del marco de la chimenea y el cúmulo de nubes plateadas que se cernía sobre East Egg.

—Va a llover —dijo.

No supe distinguir si me estaba exponiendo una preocupación o solo intentando sacar un tema de conversación.

Tras echarle otra ojeada al reloj, Gatsby aseveró:

—No va a venir.

—Solo pasan cuatro minutos —objeté.

—¿Y estás seguro de que no debería de haber traído más té? —preguntó.

Tras una extenuante deliberación, Gatsby había seleccionado una variedad mezclada con naranja sanguina. Si empezábamos de nuevo, estaríamos allí hasta septiembre.

—Es perfecto —le aseguré.

Los ojos de Gatsby cambiaron su órbita entre el reloj y el mar. Pasaron a dirigirse hacia la puerta.

—Esto ha sido un error.

El retumbo de un trueno distante se perdió en la lejanía. A Gatsby se le descompuso el semblante, como si el cielo estuviera de acuerdo con su afirmación.

—Debería de haber traído distintos tipos. —Gatsby apartó la mirada del reloj—. Debería tener opciones a mano. Me juego lo que quieras que él nunca le ofrece opciones.

—Le encantará el té. Le encantará absolutamente todo. Es imposible que no le guste.

Lo que había creído que era un trueno se transformó en el suave gruñido del motor de un coche. Después del trino de las tres notas del claxon, la voz cantarina de mi prima llegó hasta nosotros.

—¡Nicky!

Una mezcla de miedo y encantamiento iluminó el verde de los ojos de Gatsby. Brillaban con lo que supuse que eran recuerdos compartidos. Quizá ella cepillándose el cabello para apartárselo de la cara con sus manos de piel delicada. El largo de su falda ondeando al lado de sus pantalones planchados. El olor de su maquillaje y perfume a juego, el aroma a flores silvestres de As the Petals, antes de que Daisy aprendiera que llevar polvos de talco y colonia con la misma fragancia era una señal distintiva de una chica que se estaba excediendo por encajar.

—Voy a buscarla —le dije a Gatsby.

Antes de poder ver la cara de Daisy, vislumbré su sombrero color lavanda y el brillo de los botones de perla que decoraban su vestido. Nada más estuve al alcance de su mano tiró de mí para envolverme en un abrazo.

—Tienes buen aspecto —la adulé.

—¿Te gusta? Ya casi le he pillado el truco a mi plancha para ondular el pelo. Me ha llevado una eternidad perfeccionar mi rostro a lo Elizabeth Arden.

Se había emblanquecido la piel con una capa de maquillaje tan gruesa que parecía una muñeca de porcelana.

Su expresión cambió del deleite a la compasión.

—Ay, Nicky.

Me tocó la boca, y una cuchillada de dolor me atravesó el labio. Casi me había olvidado.

—Ya está cerrado —la tranquilicé—. No me duele. A menos que chupe un limón.

Su risa se parecía al susurro de las olas.

—Daisy, tengo que hablar contigo.

—¡Puede que en la pastelería se me haya ido un poco de las manos! —Volvió al coche. No era el biplaza grisáceo perla con el que había ido a buscarme a la estación. Aquel era de un amarillo cuarzo. ¿Cuántos coches tenían los Buchanan?

—Pero tú estás soltero —continuó Daisy imparable— y no quiero que te mueras de hambre solo porque no sabes cómo encender un horno.

—Ayudaba a mi madre en la cocina cada dos por tres —repliqué—. Y no dejé de hacerlo cuando cambié de nombre y ropa. Por favor, ¿me puedes escuchar un momento? ¿Por favor?

La segunda súplica hizo que frenara.

—¿Por qué no me contaste lo del yate?

Suspiró.

—Sabía que me lo acabarías preguntando. Es un asunto completamente bochornoso.

—A mí no me vengas con esas. Te conozco. Sé que adoras que los demás hablen de ti.

Esbozó una sonrisa culpable.

—Por supuesto. Pero no quería que se supiera esa parte. —La sonrisa se evaporó—. Quiero decir, la verdad es que estaba tan borracha que no me acuerdo de nada. Solo tomé champán, una copa o dos, tres a lo sumo, pero el problema fue que no había comido prácticamente nada. Estaba demasiado emocionada por todo, así que se me subió directamente a la cabeza. Apenas me acuerdo de nada. Hasta que noté que las aguas me arrastraban hacia sus profundidades.

Agachó tanto la cabeza que el ala del sombrero le ocultó la cara.

—Debió de ser una experiencia aterradora.

—Lo fue —convino ella—, pero solo hasta que me di cuenta de que lo que tenía que hacer era nadar. Cuando lo tuve claro, dejé de tener miedo. Lo que más me da escalofríos es no saber cómo llegué al agua.

Me incliné hacia el coche a su lado.

—¿Por qué no me lo contaste?

—Ah, no podía decírselo a nadie. Pude sonreír para todas las fotografías, pero cuando alguien me preguntaba sobre ello, simplemente hice referencia a haber nadado y haber llegado a la orilla al alba. De todos modos eso es lo único que querían oír. No podía contar todos los detalles, porque ¿en quién me habría convertido eso? En Daisy la borracha que cayó por la borda.

Se quedó bajo la sombra del ala de su sombrero, pero podía discernir la vergüenza en su voz.

Para todos los demás, Daisy había sido algún tipo de sirena luminosa que nadaba hacia la orilla. Se enfocaban en la fortuna perdida que suponían las perlas desprendiéndose de los hilos y flotando para esparcirse por todos los océanos del mundo.

Para ella, no era más que una recién llegada a East Egg que había hecho una escena descuidada y torpe.

—Le podría pasar a cualquiera —la tranquilicé—. Probablemente yo me habría caído al agua en el muelle la otra noche si no llega a ser por... —me detuve en seco. Contarle cómo había conocido a Gatsby suponía anticiparme; revelarle demasiado pronto la posibilidad de que el chico la estuviera esperando.

—¿Sabe tu madre lo que ocurrió? —opté por preguntar.

—Nicky, no. ¿Por qué te piensas que no te lo dije a ti? Se moriría de la angustia. Habría enviado a mi padre y a mis hermanas hasta aquí para llevarme de vuelta.

Unos minutos antes, había querido todas las respuestas que me pudiera proporcionar Daisy, pero en aquel instante lo único que ansiaba era ayudarla a olvidar toda aquella cuestión.

—¿Qué has traído?

Daisy volvió a la vida.

—Espera y verás.

Me amontonó cajas en los brazos, y con cada una que colocaba hacía un inventario de la cantidad excesiva de dulces que había comprado. Tartas Linzer cubiertas con una reja de pasta. Cuadrados azucarados con fruta deshidratada y nueces («¡Los llaman abejas!»). Galletas glaseadas con chocolate, vainilla y fondant de menta. Pastel de limón cubierto con un baño del mismo amarillo exacto del coche de Daisy.

Escruté su rostro en busca de alguna señal que delatara que todo aquel derroche la hacía sentir ni que fuera un poco triste; todas esas cosas que nuestras familias no se podían permitir en el pueblo. Me daban ganas de empaquetarlo todo y enviarlo a Wisconsin, aunque lo más parecido que podía hacer era enviarles dinero. Quizás aquello era lo que ayudaba a Daisy a evadirse de aquella tristeza, alejándola mediante todos los aparatos que tenía enchufados en casa.

—Y lo último. —Mostró con orgullo una cajita de pastelitos invertidos. Cada una de sus superficies brillantes estaba decorada con una guinda en el centro.

—Es cosa mía —dije cuando levantó la tapa de la caja— o parecen unas... —me quedé callado antes de que se me escapara «tetas» o «pechos» en cualquier idioma.

Pensé que Daisy me replicaría que ya tenía diecisiete años y estaba en Nueva York, y lo que era más, trabajando en la ciudad. Que tenía que actuar como un hombre y no como un niño, riéndome y escandalizándome por cualquier cosa que tuviera la forma redonda apropiada.

Pero mi prima me dedicó su risita que parecía el sonido de unas pompas de jabón, la misma que le salía cuando metía una bola de nieve en la cama de su hermana más mezquina.

Sabía exactamente qué aspecto tenían. Probablemente las había comprado por si me daba cuenta.

—¿Siempre llevas las cosas al extremo? —le pregunté mientras me colocaba otra caja sobre los brazos.

—Siempre que puedo y hasta donde me alcancen los medios de los que disponga —me dijo—. Ya ves, vivo con la filosofía de que la vida puede ser tal y como la soñemos. Con una luz así —dio un giro debajo de las lilas, y tuve que esquivarla para que no me arrollara—, todo dorado y morado.

—Como aquellas pinturas —observé.

—¡Así es! —Dio una vuelta a mi alrededor, con una sonrisa de oreja a oreja—. ¡Los pintores Parrish y Hughes!

Si me paraba a pensarlo, cuando se hubo quitado el sombrero, tenía un parecido más que evidente con la chica de su obra de Hughes favorita. Su vestido era de oro antiguo, sin mangas y decorado con lazos bordados y rosas rosadas. Caía suavemente pero recto, sin la anchura de una falda. Todo el mundo se la podía imaginar recogiéndose el borde del vestido con las manos en una noche de verano, rodeada por un círculo de hadas brillantes.

—¿No te encantan sus pinturas? —preguntó ella.

—Para mí son demasiado recargadas.

—Me había olvidado que no tienes ni un ápice de romanticismo dentro. Ningún tipo de sentimentalidad.

—Lo dices como si fuera algo malo.

—No es malo, solo un poco desesperante. ¿No quieres vivir? ¿Enamorarte?

¿Era eso lo que había dejado prendido a Gatsby? Encarnaba todo el romance de la pintura de una chica, envuelta en las gasas del ocaso, recortada contra una noche de zafiro y esmeralda y en busca de la luna. Había sido así desde que éramos pequeños, siempre haciendo floreras con plantas silvestres y colocando los buñuelos en una disposición tan intrincada como una casa de cartas.

—¿No quieres vivir aventuras alocadas? —preguntó ella.

—Quiero sobrevivir, Daisy. Quiero tener una vida decente. Una vida tranquila.

—Oh. —Sonaba como si le hubiese pinchado el mismísimo frágil globo de su alma—. ¿Tus sueños no son más idealistas?

—Lo sabes todo sobre mí. Una vida tranquila ya es un sueño idealista.

—Ay, pero te mereces mucho más —insistió.

—No me quiero distraer tanto con lo que quizá me merezca como para dejar pasar lo que de verdad puedo ser capaz de poseer.

Gatsby y Daisy eran perfectos el uno para el otro, creyendo en las posibilidades vaporosas del amor y las estrellas moradas. Era algo bueno que Gatsby estuviera enamorado de ella y no de mí, porque en todos aquellos aspectos, yo solo acabaría siendo una decepción. Yo era tan diferente de Daisy como lo era el mono de trabajo que utilizaba en el pueblo de un par de mancuernillas grabadas.

El montón de cajas brillantes de pastelería era lo suficiente alto como para que tuviera que inclinar la cabeza para ver por encima, así que Daisy me guio hacia la casita de campo.

—Serás travieso. —Me dio un manotazo suave en el brazo, y mantuve el equilibrio para evitar que las cajas cayeran—. No me dijiste que habías puesto un parterre de tulipanes.

Las punteras de sus zapatos lavanda sonaban sobre los adoquines. La hierba húmeda y los tulipanes acabados de plantar se movieron con la llegada de Daisy.

Flotó hacia la puerta abierta, unos pasos por delante de mí. Intenté alcanzarla, pero entró antes de que pudiera llegar al umbral.

—Ay, Nicky, ¿qué has hecho? —gritó desde dentro, y casi se me cae la pila de cajas.

Lo había visto. Se había topado con él no con alegría, sino con la exigencia de que le diera explicaciones.

Entré tambaleándome y solté las cajas sobre una mesita.

Me armé de valor para ver las lágrimas empañando los ojos de Daisy y una mirada de conmoción o traición por haber orquestado aquel encuentro sin avisarle.

Pero su rostro brillaba como la plata más fina.

—Ay, es un jardín. —Daisy iba de aquí para allá, resiguiendo con los dedos las rosas y las fresias—. Un Edén.

Se inclinó hacia las peonías.

—¿Has dado la vuelta al mundo en busca de todas estas flores? ¿Solo para mí?

No había ni rastro de Jay Gatsby.

CAPÍTULO XIII

Daisy se hallaba de buen humor como para armar una torre de macarrones, tarareando mientras colocaba los dulces redondos verdes, violetas y rosas.

Y yo estaba de buen humor para patearle el culo al chico que me había convencido para orquestar aquel encuentro solo para esfumarse.

—Discúlpame —dije, insuflando mi voz con más amabilidad de la que sentía.

Gracias a Jay Gatsby, la casita de campo se había convertido en una arboleda. Mi prima había traído tanto azúcar que el aire olía tanto a glaseado como a flores. Y yo me había hecho ilusiones de que Daisy pudiera llegar a cuestionarse casarse con un impresentable como Tom Buchanan.

Empezó a llover. Salí hacia el chaparrón sin llevar sombrero ni paraguas, decidido a cruzar la hierba hasta la mansión.

Entonces la silueta de Gatsby me apareció enfrente, como un espectro acobardado bajo un socarrén.

Se había retirado hacia su interior, escondiéndose debajo de los lilos que goteaban. El cabello empapado se le pegaba a la frente, la ropa se movía al compás de la velocidad de su respiración.

—¿Qué estás haciendo? —le pregunté.

—No puedo entrar —respondió Gatsby.

Me acerqué lo suficiente como para que ambos pudiéramos susurrar.

—¿Después de todo esto?

—No va a querer verme.

Coloqué las manos sobre sus brazos.

—Déjate de tonterías.

Noté la fuerza de sus músculos debajo de la tela turquesa. Cada tendón debajo de mis manos parecía estar tenso.

—Cualquiera se alegraría de verte —le aseguré.

Su sonrisa fue una aguja de sol que perforaba un telón gris de nubes. Y quizás aquello, cómo se podía emocionar por un cumplido tan sencillo, fue lo que me hizo comprender todo lo que se había guardado en el corazón.

Quería que el chico cuyos hombros sostenía con las manos tuviera el centelleo del mundo entero. Y para él, todo radicaba en los ojos de color miel de Daisy.

Los dedos de Gatsby me rozaron la cintura. Mi respiración se aceleró con la anticipación de que su palma se posara en ella. Pero su mano se dirigió hacia mi espalda. Me dio unas palmadas en la camisa en lo que podría haber sido una muestra de afecto amistoso, solo que su mano permaneció allí. Extendió los dedos, con el pulgar resiguiendo el contorno de la parte baja de mi escápula.

Mi respiración se equiparó a la suya, rápida y superficial. Pensé en besarlo, igual que imaginaba que desearía hacer cualquiera que estuviera tan cerca de alguien tan atractivo. Así era como yo debía pensar en besar a una chica, pero solo lo conseguía visualizar si concentraba mi mente en ello. Pero no tenía que esforzarme para proyectar esa imagen con él. Besar a Gatsby era un pensamiento que discurría como el destello del sol, repentino y deslumbrante.

Yo era uno más en aquellos jardines, fascinado por el brillante enigma que constituía Jay Gatsby. Yo no era distinto a los invitados a la fiesta que especulaban sobre si había hecho su fortuna en los campos de plata de Nevada, con el cobre de Montana o mediante el contrabando de ginebra.

Lo solté. Di un paso atrás.

Se le descompuso la cara en el mismo instante que su mano se separó de mi espalda.

—Esta es tu oportunidad —le dije—. ¿La quieres o no?

———— ••• ————

Conduje a Gatsby dentro, esperando que el habitual estallido de alegría de Daisy lo apaciguara.

Pero cuando ella lo vio, se quedó callada. El brillo que desprendía en aquel momento no se apagó, pero sí que se atenuó.

—Jay.

Daisy exhaló su nombre como una nube de perfume vaporizada a través de un atomizador.

Esa respiración lo sorprendió, y dio un paso atrás. Chocó contra una mesa y tiró al suelo un jarrón con flores.

Gatsby se agachó hacia las plantas caídas, negando con la cabeza.

—Es demasiado tarde —dijo, recogiendo los pétalos empapados—. Está roto. No se puede arreglar.

Entonces Daisy se agachó a su lado y levantó con sus manos enfundadas en guantes de encaje las lilas húmedas.

—Nunca es demasiado tarde.

Lo recogió todo y se levantaron a la vez. Le rodeó la cara con las manos húmedas impregnadas de aroma a rosas y él colocó sus palmas sobre las suyas, y la intimidad que envolvía toda la escena hizo que quisiera irme de la casa y de West Egg y quizá también del planeta.

—Voy a ir a por un poco de… —rebusqué en la mente algún artículo innocuo— leche.

Vi la botella de leche a plena vista, tan fría que la humedad había perlado el cristal.

—Limones —me corregí, y se me escapó una mueca. Primero, por la poco apetecible imagen de la leche y el limón juntos en una de esas tazas de té finamente pintadas (no solo les estaba estropeando el romance de toda la situación con mi presencia sino que encima les sugería cortar la leche). Segundo, por el brillo de tantos cuencos de peltre llenos a rebosar de limones, naranjas y pomelos. Todos los había provisto Gatsby, cada pieza de fruta brillaba igual que la de sus fiestas.

Pero el chico y la chica que tenían las miradas clavadas no repararon en lo patéticas que eran mis mentiras. Había servido a mi propósito de que se reunieran.

Salí, ni por leche ni por limones, sino hacia el Western Union en el West Egg Village, para enviarle a mi madre y a mi padre una parte de mi primera paga de Nueva York. Probablemente se tratara solo de chatarrilla comparado con lo que Daisy conseguía enviar a su propia familia, proveniente de la vasta fortuna de los Buchanan.

Pero así aportaba mi granito de arena. Podía ayudar a mis padres que me habían cuidado durante tanto tiempo. Mi madre y mi padre no habían puesto en duda el hecho de que yo fuera un chico desde el día que lo había proclamado, y poder retribuírselo aunque fuera por una mísera parte me dejaba más embriagado que el vino prohibido de Daisy. Entonces pude comprender su atracción por el dinero. Te permitía hacer cosas por la gente a la que querías.

Cuando regresé, la lluvia había dejado de caer, dejando el mundo centellante y refulgente. Estaba tan entusiasmado que me había olvidado de que Daisy y Gatsby seguían en la casita.

Estaban sentados en el sofá brocado (¿o era de damasco? ¿O *Jacquard*? Daisy sabía la diferencia, pero yo no, y siempre intentaba enseñarme a distinguirlos). Tenían las manos a escasos centímetros. La de Gatsby, esa que me había perfilado el borde de la escápula, seguía todavía sobre la tela brillante. Los dedos de Daisy reseguían los patrones relucientes.

Cuando se dieron cuenta de mi presencia, se alejaron el uno del otro, con una sonrisa en el rostro que denotaba travesura y decoro, como si un adulto acabara de entrar en la habitación. Era un año menor que Daisy y dos más pequeño que Gatsby, pero aun así me sentí como si fuera su carabina.

—Jay estaba a punto de mostrarme su casa —dijo Daisy sin aliento, igual que había pronunciado el nombre de él.

—Por mí no os preocupéis.

—No, tienes que venir con nosotros. —Daisy se puso en pie.

Esperaba que Gatsby mostrara decepción, pero reiteró sus palabras al decir:

—Por favor, Nick, ven.

Su voz parecía tan sincera que casi creí que no les estuviera estropeando la velada. Casi me convenció de que mi presencia era necesaria por otro motivo que no fuera evitar meter a Daisy en un escándalo.

———————— ●●● ————————

Mi prima paseó por entre los majuelos y ciruelos, y saludaba cada narciso como si lo conociera de toda la vida. Colocó rosas en el cabello de Gatsby y en el suyo y lo intentó conmigo. Cuando los dos se dirigieron hacia los jardines, las perlas dejadas por la lluvia se desprendían de las flores.

—¿Vives aquí solo? —preguntó Daisy mientras daban vueltas por los suelos de mármol. Sus manos alcanzaban a tocarlo todo a la vez. Pasó la palma por encima del lavanda y rosa de las camas. Toqueteó las páginas doradas de los libros de la biblioteca. Las puntas de sus dedos contaron cada una de sus camisas dobladas, y él las desplegó como si fueran rollos de tela sin cortar. El verde manzana, el azul con monogramas y el coral volaron por la habitación. Daisy y Gatsby estallaron en carcajadas y agarraron el arcoíris que habían sacado de la nada.

—Siempre fuiste el chico más atractivo —dijo Daisy, en tanto que intentaba alcanzar una camisa malva que le quedaba por encima de la cabeza—, así que con razón tienes las camisas más bonitas.

Me dio un vuelco el estómago cuando pensé en estar en aquella habitación con Gatsby y que la tela almidonada de una de sus camisas tocara la piel de mi espalda.

Cuando la lluvia empezó a caer de nuevo, se fueron como una exhalación hacia la hierba. Yo los observé por las ventanas francesas mientras invitaban al agua a que se precipitara sobre sus cuerpos, empapando el traje azul de él y la tela vaporosa del vestido de ella. Cuando volvieron dentro, bailaron, salpicando con gotas de agua el gramófono cada vez que cambiaban de canción.

Eran hermosos, los dos juntos, tan bien avenidos como las nubes rosadas y los primeros destellos de las estrellas vespertinas. Cuando me marché, me pregunté cuántas canciones y camisas tendrían que pasar antes de que se dieran cuenta de que me había ido.

———————— ••• ————————

Señor Nicolás Caraveo
West Egg, Nueva York

Querido Nick:

Siento que te debo más de una explicación. Ay, qué imagen más terrible debes de tener de mí.

Conocí a Jay el tiempo que pasé en Chicago, cuando preparaba vendajes con la Cruz Roja y asistía a todos aquellos bailes patrióticos, los que preparaban las organizaciones civiles para subirle la moral a los soldados.

De nada sirve negar que me enamoré un poco de Jay, al menos tan enamorada como lo he estado de cualquier chico. Ya sabes, Nicky, que ellos siempre se enamoran de mí, pero que yo no les correspondo. Siempre me he preguntado si hay algo erróneo conmigo, si te digo la verdad, pero Gloria dice que esa es la manera más apropiada: que un chico sea el primero en querer a una chica y con más intensidad que lo que ella sienta por él. Y, honestamente, no sé si de verdad estaba enamorada de Jay, pero él fue la persona con la que he sentido más conexión. ¿Supongo que eso es enamorarse? Quizá no fuera la gran historia de romance que aparece en los libros, pero es esa sensación de que alguien puede ver el centro de tu alma y reconocerte, ¿qué otra cosa podría ser sino amor? ¿Acaso los mejores amigos no tienen que enamorarse un poco?

Si te digo la verdad, nunca estuve convencida del todo de casarme. Pero eso es lo que hacen las chicas; así que ya que debía padecer ese trámite, no podía permitir que fuera con un pobre chico de Dakota. Necesitaba el dinero que me otorgara un lugar en la alta sociedad para que valiera la pena, y me había ido a Chicago justo con ese fin. Aborréceme si quieres. Pero ¿de qué otra manera puede una chica conseguir algo en el mundo en el que vivimos?

Supongo que habrás oído hablar de la fiesta, esa que tuvo por objetivo presentarme a la familia de Tom y a sus amigos como si yo fuera una joya en una cajita de cristal. Se parecía demasiado a una fiesta de compromiso, solo que nadie quiso llamarla así, y Tom todavía no había reunido el coraje suficiente como para pedírmelo (y no lo hará hasta que no me gane a su familia). Jordan te lo podría contar mejor que yo, pero es terriblemente cuidadosa con estas cosas, así que dudo que se haya ido de la lengua. No fue una de mis mejores noches. Iba tres copas por delante de Jordan. Pero por lo que puedo recordar, me encontró escondida en la bañera. El agua hacía rato que se había enfriado. Y había estado sentada allí durante tanto tiempo leyendo las cartas de Jay que el papel se estaba haciendo añicos en el baño. Fue una imagen un poco bella, si te soy honesta. Parecían pequeños copos de nieve. Pero eso es lo que pienso ahora; en aquel momento no me encontraba en un estado de mente como para hallar nada precioso, ni siquiera aquel lastre de collar de perlas.

En mi mente sumergida en Sauternes, le pedí a Jordan: «Por favor, diles que no voy a ir. Diles que Daisy Fay ha cambiado de opinión, que no va a bailar el vals agarrada del brazo de Tom ni de ningún otro Buchanan».

Pero Jordan fue lo bastante amable —y de verdad, es demasiado buena conmigo— como para convencerme para que actuara con más discreción. Me dijo que siempre podía acabar las cosas con Tom, pero que si no hacía acto de presencia en la fiesta, si no brillaba rodeada de aquellas arañas y candelabros, sería el fin de mi vida en la sociedad de la ciudad. Tenía razón, por supuesto.

Pero ocurrió algo gracioso mientras Jordan conseguía meterme algo de comida en el cuerpo, enfundarme en el vestido y colocarme aquella ristra infinita de perlas. Pensé en mi madre, mi padre y mis hermanas. Pensé en el dinero que podría enviarles si me casaba con un hombre como Tom. Jordan sabe exactamente de lo que te estoy hablando. Ella envía una buena parte de las ganancias de sus torneos a su familia, ¿lo sabías?

También ocurrió algo más. Me di cuenta de que no había nada malo en mí. El tipo de amor que hay entre un hombre y una mujer nunca ha sido un sueño que haya querido alcanzar, y eso es una virtud, no una falta. Si las historias de los libros no tenían nada mejor que ofrecerme a mí, entonces únicamente era apta para escoger a un hombre que me pudiera proporcionar lo que quería.

Así que deslumbré bajo las arañas, y brillé como aquel maldito y pesado collar de perlas. Daisy Fay volvía a estar alegre, tan alegre como nunca.

Me voy a casar con Tom. Creo que estoy casi segura de que me voy a casar con Tom, en cuanto me lo pida. Solo creo que tengo que pasar algo de tiempo con Jay. Nada indecoroso, por supuesto. Simplemente me gustaría conocerlo un poco mejor ahora que tenemos la oportunidad. Nunca había conocido a un chico que me comprendiera de esa manera; que no piensa que soy tonta o frágil como una pompa de jabón.

Ay, sabes que te quiero, Nicky. Pero no eres de los que entienden de sentimientos. Naciste con ese corazón pétreo de Wisconsin. Hay algo más delicado en Jay, algo que no he encontrado en ningún otro chico.

Jay y yo ni siquiera tuvimos la oportunidad de decirnos adiós como es debido. Así que tal vez ahora necesitemos algún tipo de despedida larga. Lo entiendes, ¿verdad, Nick?

Atentamente, con adoración eterna
Daisy F.

CAPÍTULO XIV

Cuando Daisy se hubo ido, volví a la mansión y encontré a Gatsby doblando con cuidado las camisas que habían esparcido por toda la habitación.

Cuando reparó en mi presencia, me dijo, casi como pidiendo perdón:

—No puedo permitir que lo haga otra persona.

Temía que, un día, eso fuera lo que arruinara el sueño de Daisy y Gatsby. Ella se regocijaba armando alborotos glamurosos, y él iba detrás, limpiando en silencio.

—Me ha dicho que va a venir a una de mis fiestas —dijo Gatsby.

—¿Eh? —recogí una camisa del color rojo del musgo de Irlanda—. Eso es bueno. Es…

Por un momento me pasó por la cabeza ponérmela, pero no sabía si Gatsby lo consideraría como un intento de llamarle la atención, así que me conformé con responder con un simple «genial».

—Me ha dicho que puede que pase algo de tiempo antes de que se pueda escapar.

Abotoné la camisa, la doblé y se la pasé.

—¿Seguirás viniendo? —preguntó Gatsby mientras recogía la camisa—. A mis fiestas, me refiero.

Me miró con la misma expresión de ilusión de un niño delante de las velas de cumpleaños encendidas.

—Por supuesto —fue lo único que fui capaz de pronunciar.

———— ••• ————

Cuando regresé a la casita, me estaba esperando el visitante al que menos ganas tenía de ver. Hubiese preferido que Tom Buchanan se pasara de improviso con su pandilla de amigos de Yale.

—Bonito lugar —observó Dechert.

¿Qué respuesta le podía dar? Sí, el lugar era bonito, pero no era mío, así que de nada servía darle las gracias.

—Se aloja aquí por cortesía del señor Buchanan, ¿verdad? —preguntó Dechert.

Me detuve en el camino de adoquines.

—¿Hay algo en lo que lo pueda ayudar?

—Gasta el dinero como si cayera del cielo, ¿no cree? —Dechert se acercó a mí a paso lento, no con el aire amenazante que siempre había imaginado que desprendían los investigadores o los detectives, sino con una tranquilidad natural. Lo hacía todo más perturbador, como si tuviera todo el tiempo del mundo para ir a donde quisiera—. El polo, las apuestas en las carreras, las cenas, los hoteles, los regalos... Y por lo que parece tiene a otra chica. Al menos una. La mantiene en un apartamento entero solo para ella, de lo más lujoso, por lo que se ve.

Pareció decepcionarle ver que no estaba sorprendido.

—Y de ahí podemos sacar el motivo de por qué tiene deudas por todo Manhattan y Long Island —me informó Dechert.

—¿Deudas? —La pregunta se escapó de mis labios sin querer. La hacienda de los Buchanan era tan grande como me había imaginado que eran los palacetes de las novelas de Jane Austen. ¿Por qué iba a tener deudas?—. ¿Cómo puede ser?

—Ah. —Dechert pareció satisfecho al verme descolocado—. Ahí es donde se pone interesante. Verá, el señor Buchanan es tan derrochador que su abuelo insistió en que la familia le impusiera una paga. Y la dilapida rápidamente cada mes.

Noté una opresión en el estómago.

—Un hombre puede llegar a hacer cosas de lo más estrambóticas para deshacerse del yugo de su familia —dijo Dechert.

—¿Y por qué me cuenta esto? —inquirí.

—La señorita Fay no se ha mostrado muy colaboradora —terció Dechert—. Y he llegado a la conclusión de que tal vez está intentando proteger a su pretendiente. Pero quizá no lo sabe todo sobre él. Quizá hay algunas piezas que no está encajando. Así que, si de verdad es usted su amigo, intentaría hacerla hablar. Por su bien.

CAPÍTULO XV

—Acaba con mi sufrimiento —gruñó uno de los hombres de la oficina cuando entré.

—¿Qué le pasa? —pregunté.

—Se pasó con el veronal anoche —respondió otro hombre, al que yo conocía como Princeton. (No sabía cómo se llamaba, solo su apodo porque mencionaba la Universidad de Princeton más asiduamente que su propio nombre).

En ese momento se sujetó la corbata hacia delante.

—La señora me compró esto por mi cumpleaños —dijo, y el pasador de oro que sujetaba la tela brilló a la luz—. ¿Nos gusta, o creemos que es excederse?

—Como si me importara tu pasador de corbata —dijo el primer hombre—. Tengo una reunión muy importante con Benson. —Apoyó la cabeza contra la pared—. Tenía que dormir bien anoche para no pifiarla esta mañana, así que pensé que usaría una ayudita.

—Pues te ha salido el tiro por la culata —apuntó Princeton.

Revisé los periódicos que había sobre mi escritorio.

—¿Qué es el veronal? —quise saber.

—Barbitúrico —se lamentó el primer hombre.

—¿No os enseñan nada en Wisconsin? —preguntó Princeton.

—¿Tomaste barbitúricos la noche antes de un día frenético de trabajo? —inquirí—. Muy sagaz.

Princeton e incluso su compañero adormilado alzaron la cabeza. ¿Quién me iba a decir que un par de palabras bien puestas podía hacerme sentir como en casa entre estos hombres? Por lo que se veía, Gatsby sí. Me había dicho que usara «frenético» en vez de «atareado» y «sagaz» en vez de «inteligente» o «listo». Me había enseñado a estar a gusto rodeado de hombres que decían la palabra «blanco» con tanta meticulosidad que tenían que aspirar aire solo para pronunciarla.

—¡Carraway! —gritó Hexton—. ¡Ven aquí!

Princeton silbó flojito.

—*Bon voyage.*

Cuando entré en su despacho, Hexton estaba extrañamente callado, estudiando unos papeles que pude ver que estaban escritos con mi letra. Era la mitad de Benson & Hexton que conocía menos, así que pensé que lo mejor era igualar su silencio.

Cuando al fin levantó la vista, preguntó, blandiendo un manojo:

—¿Crees que deberíamos comprar este?

Asentí.

—Dime por qué —exigió, agachando la mirada como si lo consultara con su pasador.

—El precio parece subir y bajar con el trigo, con un ligero retraso —le expliqué—. El trigo está al alza, así que hay la opción de que siga esa tendencia.

—¿Estás seguro? —preguntó.

—Nadie puede estar seguro —respondí—. Cualquiera que asevere algo en este negocio o es un necio o un mentiroso.

Hexton esbozó una sonrisa más inquietante que su mueca.

—Respuesta correcta.

• • •

Cada fin de semana, el olor a fruta, flores y cócteles inundaba los jardines. Cada fin de semana, los invitados se sumergían en el licor que Gatsby nunca bebía, y sus especulaciones continuaban.

—*¿Has oído que no tiene huellas dactilares?*

—*Me han dicho que es el primo segundo del demonio.*

—*Bueno, eso tendría sentido, ¿no crees? El demonio no tiene huellas dactilares tampoco.*

Me convertí en un elemento habitual de las fiestas de Gatsby tanto como los cordeles de luces azules. Le ayudé a buscar a Daisy, quien cada semana decía que intentaría ir a West Egg. Y cada semana las fiestas de Gatsby se abrillantaban más, como si el aire dorado pudiera atraerla desde la otra punta del agua. Las estrellas sobresalían de las cestas del *catering*. La luna pendía baja para darle sorbos al champán.

Cada semana, Gatsby repensaba con qué podía deleitar a Daisy. Un sábado el terreno estaba salpicado de estatuas de hielo. El siguiente, todas las lámparas contenían bombillas tintadas que proyectaban una luz ambarina rosada por encima de los setos y las flores. Luego banderolas y carpas tan azules como el

Mediterráneo se alzaban en el aire, rivalizando con el cielo.

—¿Crees que va a venir esta noche? —preguntaba Gatsby cada vez.

—Puede ser —era siempre mi respuesta.

Cuando me topé con Martha, estaba claro que sabía lo de Daisy.

—Me preocupa —dijo ella—. Se le da bien no dejarse llevar por la ilusión en cuestiones de negocios. Es objetivo, neutral. Pero sobre el resto de su vida, ese optimismo es tan activo que es como si su corazón flotara entre burbujas.

—Parece que no pierde la esperanza —observé—. ¿Todas esas fiestas por una chica? Yo no podría hacerlo.

Martha me dedicó una mirada extraña.

—Las fiestas no son solo para ella.

—¿No?

—Son tanto para los negocios como para el amor —aseguró Martha—. Está claro que las esculturas de hielo y los arreglos florales del tamaño de un poni son para Daisy. Pero las fiestas conforman una buena parte de nuestro trabajo. En estos pequeños encuentros es donde conocemos a la mitad de nuestros clientes.

—¿Gatsby y tú trabajáis juntos? —me sorprendí.

—¿No lo sabías? Somos un grupo bastante numeroso que trabajamos juntos. Somos proveedores de artículos de lujo difíciles de encontrar.

—Supongo que te refieres a perfume francés y chocolate belga —dije.

Martha sonrió.

—He decidido que te puedes quedar. —Buscó a Gatsby entre la multitud y señaló con la cabeza en su dirección—. Jay goza de la distinción de ser uno de los pocos hombres con los que trabajo regularmente. ¿Te lo ha dicho?

Hice un gesto negativo con la cabeza.

—Bueno, es muy discreto con todas las cosas, así que no debería sorprenderme. Así es como me gustan mis amigos. El único lado negativo de la discreción es que deja mucho espacio para las conjeturas. Y mucha gente supone que como soy judía, yo debo de ser la que toma todas las decisiones en el negocio, y que todos mis contactos deben de ser hombres que conozco de toda la vida. Pero a la mayoría de mis socios los he conocido recientemente y en casi su totalidad son mujeres.

—Son... —detuve mi pregunta impertinente antes de que pudiera finalizarla.

—Sí, Nick, también son lesbianas —acabó Martha por mí y se rio—. Mira qué cara has puesto.

—Lo siento —me disculpé—. No estoy acostumbrado a que la gente use una palabra como «lesbiana» sin que la diga susurrando.

—¿Preferirías que la susurrara? —preguntó Martha.

—No —respondí—. Me gusta estar rodeado de personas que hablan abiertamente de quiénes son en vez de musitarlo.

Martha se llevó la mano a aquel lugar justo debajo de la manga, igual que había hecho la primera vez que nos conocimos. Con ese gesto me quedaba más que claro que lo que fuera que tenía en la muñeca no era un reloj. O, si lo era, lo llevaba más por motivos sentimentales que funcionales. Sus dedos desprendían sumo cuidado cuando se deslizaban debajo del puño de la camisa, como si estuvieran comprobando que algo seguía allí y que no se había caído y perdido. Quizá fuera una pieza de joyería heredada de una bisabuela. Pero el gesto fue tan rápido que no tuve oportunidad de poder preguntarle con naturalidad.

Los jardines de Gatsby eran un lugar de baile frenético, en el cual el mundo entero parecía estar pasando un rato alegre. Las mujeres lucían el cabello cortado unos dedos por debajo de la oreja y el colorete redondeaba sus pómulos. Los hombres flirteaban a través de las puertas correderas que daban a habitaciones verdes y doradas. Las uñas de las manos brillaban con motivos de mariposas y estrellas. Los vestidos eran holgados con las cinturas caídas. Pero había algo intrépido en el número de mujeres que iba sin mangas, lo vaporosas que eran las telas y el número de vestidos de un tono rosado, beis o marrón que casi se equiparaba al color de la piel. Nadie pestañeaba ante la visión de faldas lo bastante cortas como para mostrar todo el tobillo, hasta la mitad de la pantorrilla (en el pueblo eso era una señal de que se trataba de un vestido de segunda mano o de una chica con la que me advertían que era mejor que no me vieran). Nombres como Lanvin y Gustave Beer iban y venían como si todo el mundo los conociera personalmente.

—¿Quién es Balenciaga? —le pregunté a Jordan una noche.

Me miró pestañeando con sus ojos maquillados.

—Todo el mundo no para de hablar de él —insistí.

Jordan echó la cabeza hacia atrás y estalló en una carcajada que podía rivalizar con la banda que tocaba.

—Ay, Nick, a veces eres tan dulce que me podrían salir caries.

Me incliné hacia Jordan.

—¿Crees que Daisy hará acto de presencia algún día?

—Paciencia. Ha estado intentando de todas las maneras habidas y por haber que la familia de Tom le organice su puesta de largo, y eso significa que recorre por la ciudad llevando a cabo pequeñas tareas para su suegra. Una asociación de mujeres. Hacen de modelos para alguna exhibición benéfica.

Jordan me agarró del brazo.

—Vamos. Necesito aire fresco y ver las estrellas.

Me guio hacia una terraza, donde nos quedamos cerca de lo que Gatsby me había enseñado que era una balaustrada o balaustre. No recordaba cuál de los dos.

—Dejemos a Daisy a un lado. —Jordan se recostó contra la piedra fría—. Cuéntame sobre ti.

—Nunca sé que responder a eso —confesé.

—Muy bien. Entonces dime algo sobre tu familia. Lo primero que te venga a la mente.

—Bueno... —vacilé—. Cuando mi madre era pequeña, siempre soñó con tener macetas para la barandilla de color azul. Así que mi padre le pidió que se casara con él fabricándoselas él mismo. Todavía no tenían casa, así que no había ningún lugar donde colocarlas. Y las dejó sin acabar, solo la madera desnuda, porque aún no se podían permitir la pintura azul, y porque dijo que quería que la escogiera ella. Para que cuando tuvieran la casa, y cuando pudieran conseguir la pintura, fuera exactamente el azul que ella se había imaginado.

—Eso es muy bonito, ¿no crees? —dijo Jordan.

Analicé las palabras en busca de alguna traza de sarcasmo. Esperé que se riera de mí, de mi familia y de todo el estado de Wisconsin. Pero parecía estar encantada, deseosa, como si se acabara de terminar una novela romántica.

—¿Consiguió algún lugar donde ponerlas? —preguntó.

—Sí. Todavía siguen colocadas. Planta de todo en ellas. Caléndulas, romero, salvia. Mi padre les pasa una nueva capa de pintura cuando la necesitan.

—¿Cómo es él? —preguntó Jordan—. Tu padre.

Me vino a la mente el caballo tallado de madera.

—Mejor al ajedrez de lo que yo seré jamás. Le encanta. Juega con todo el mundo al que pueda convencer que se siente con él.

—Qué manía tienen los padres con esos juegos eternos. El mío juega a las variaciones más complicadas del solitario. Se limita a sentarse con sus cartas, en un silencio cargado de concentración.

—Mi padre es igual. No habla mientras juega al ajedrez.

—Es inquietante, ¿verdad? —preguntó Jordan, aunque su risa era afectuosa y evocadora de una manera que hizo que echara de menos a mi propio padre—. Y lo que es más, parece disfrutarlo de verdad. *À chacun son goût*.

—Me he perdido con ese final —confesé.

—Es «cada uno con lo suyo» en francés —le explicó Jordan—. Y estoy segura de que mi hermano pondría una mueca si oyera cómo lo he pronunciado.

—¿Tienes un hermano? —inquirí.

Jordan asintió.

—Es un poco mayor que yo.

Cavilé entre si era más grosero hacer la pregunta obvia o dejarla sin pronunciar.

—¿Estuvo en la guerra? —dije al final.

Volvió a asentir.

—Infantería. En el regimiento sesenta y cinco.

Sesenta y cinco. Me sonaba ese número pero no conseguía acordarme de dónde. ¿Acaso lo había mencionado algún amigo de la familia? ¿O había sido Gatsby?

Vacilé antes de formular otra pregunta que me parecía una grosería tanto pronunciarla como dejarla pasar.

—¿Se encuentra bien?

—¿Cómo puede estar alguien bien después de vivir algo así? —preguntó ella. Supe que quería cambiar de tema cuando su tono cambió, con una alegría entusiasmada—. Y hablaba en serio con lo de mi pronunciación. Él habla a la perfección francés, español y un poco de italiano. Aprende las cosas con mucha rapidez.

—¿Como los juegos de cartas? —pregunté.

Jordan sonrió.

—Sabe jugar pero nunca se interesó por ellos como mi padre. Aunque sé que mi madre ha jugado con él a veces. Es muy curioso ver a gente tan cómoda en la compañía silenciosa de otra persona. Espero tener yo lo mismo con alguien cuando llegue a su edad.

—¿Cómo es tu madre?

—Lo hace todo bien —contestó Jordan—, desde adornar el árbol de Navidad a ponerse el pintalabios. Sin ella, nunca me habría preocupado por asegurarme de que mi vestido estuviera tan pulcro. Solía obcecarme más con la lectura. A mi padre le encantan los libros. La mitad de nuestras conversaciones se basan en ellos, tanto en persona como por carta. En estos momentos estamos leyendo *Madame Bovary* juntos, y sé que las siguientes noticias que tenga de él versarán sobre cómo no es nada más que una historia sobre ir de compras, aunque, si me preguntas, eso para mí suena como un libro magnífico.

—Creo que Daisy estaría de acuerdo contigo —apunté.

—Ah, y tanto. —Jordan pasó la vista alrededor, como si estuviera comprobando que todavía disponíamos de la balaustrada para nosotros solos—. A mi madre le encantan los libros también, pero ella abandona la lectura para hablar con cualquier persona que se le ponga delante. Le encanta conocer gente. Mi padre, tiene una conversación fabulosa si consigues que arranque a hablar, pero si está inmerso en un libro, se olvidará de tu presencia por completo. Yo era igual de pequeña, y necesitaba unos lentes enormes para leer cualquier cosa. Todavía los necesito cuando la letra es pequeña.

Jordan se giró hacia la bahía.

—Mis amigos y todos los demás se reían de mí por esas gafas, y me cansé de ser el objetivo de sus burlas. Así que empecé a hacerle caso a los consejos de mi madre. Me enseñó todos los secretos del rímel, y cómo moverme, y nunca salir de casa hasta haber conseguido mi mejor versión. Y descubrí lo que ella ya sabía y lo que yo también pero no había querido pensar demasiado en ello. Aprendí que era para mi beneficio propio tener cierto aspecto. La gente trata a una chica de una manera muy distinta dependiendo de su apariencia. Hay puertas que se abren que ni siquiera sabías que eran puertas porque siempre te habían parecido paredes.

Jordan dejó la mirada perdida en el agua, y el viento que barría desde East Egg al West nos rozó las caras.

—Y resultó que una chica guapa podía permitirse llevar gafas al final —dijo Jordan—. ¿Quién lo iba a adivinar?

—Tu madre —respondí.

Jordan se rio.

—Sí, tienes razón. Mi madre. Siempre lo saben, ¿verdad? —Desvió la mirada hacia las ventanas iluminadas—. Será mejor que volvamos dentro antes de que empiecen a decir que somos amantes.

Me guio de vuelta adentro.

—Indudablemente Daisy estará por algún lugar de aquí. Siempre hace su entrada en el momento álgido de la fiesta.

Como si la hubiera invocado Jordan, Daisy apareció. El dorado de su cabello emergió por entre una ráfaga de pétalos y papel brillante. El mismo viento que transportaba el confeti hasta la bahía le revolvía el vestido. El satén colorado era muy suave en la falda y las mangas tenían unos volantes que hacían que el conjunto pareciera estar hilado con las nubes rosas que tenían sobre las cabezas.

—¡Qué encantador es veros juntos! —Daisy nos acogió primero con los ojos y luego con los brazos—. Ay, Nicky, esa camisa tiene el azul perfecto para ti. Y Jordan —alargó la mano hacia las de su amiga— con esos volantes coral pareces un campo de anémonas. Podría tumbarme sobre tu falda y quedarme dormida durante cien años.

—Mi bella durmiente. —Jordan besó al aire al lado de cada una de sus mejillas.

—¿Has decidido que no te podías enfrentar a estas horribles fiestas así que te has unido a ellas, Nick? —Solo cuando Tom Buchanan se inclinó lo suficiente como para compartir su chiste reparé que Daisy no estaba sola.

Su casi no prometido había venido con ella.

CAPÍTULO XVI

—Daisy, tengo que hablar contigo. —Intenté apartar a mi prima solo lo justo como para no atraer la atención de Tom, pero se mantuvo atado a nosotros.

—¿Cómo van los negocios, Nick? —preguntó Tom.

—Como un torbellino —respondí, forzando un tono entusiasta.

¿Dónde estaba Gatsby? ¿Se estaba cambiando de traje por enésima vez? ¿Había visto a Daisy y había salido corriendo hacia su armario, debatiéndose entre las virtudes de una corbata dorada y una que combinara con el color de la bahía que se veía a través de la ventana?

—Los números pasan volando de aquí para allá como avispones —añadí—. Los futuros bajan y de repente es: «¡Vende tres docenas de contratos!».

Tom se rio entre dientes.

—Te acostumbrarás.

Había aprendido que mientras actuara como si tuviera algo que enseñarme, le caería bien a Tom Buchanan. No le había contado a Daisy lo de Myrtle, y probablemente fuera mejor así. Lo más seguro es que Tom diera por hecho que guardaba el secreto por algún tipo de gran lealtad hacia él.

—El otro día me enviaron a buscar a un hombre en el baño —proseguí—. Me dijeron: «¡Tráelo de vuelta ya, ha bajado treinta puntos!».

La risilla de Tom se convirtió en una carcajada completa.

—Que no te veas envuelto en una disputa entre Benson y Hexton. Cuando tienes a un compañero alcista que quiere aferrarse a las cosas hasta el final y otro que es más cauteloso, no quieras acabar en el medio. Eso me recuerda, Nick, que tengo un chiste para ti.

—Ay, por favor, no —imploró Daisy.

—Quiere oír el chiste —afirmó Tom—. ¿Verdad, Nick? Dice así: ¿qué le dice la curva a la tangente?

—Ni idea —contesté.

—No me toques —acabó Tom.

Esbocé una sonrisa sombría y emití una risita por entre los dientes.

Tom se giró hacia Jordan.

—¿Podemos esperar otro triunfo en tu siguiente torneo?

—Nunca espero nada en el campo —repuso Jordan—. No le gusta que entres con expectativas. Yo me limito a llevarle lo mejor que tengo.

—Tengo una pregunta para ti sobre un palo que estoy pensando en comprar —dijo Tom.

Aproveché la oportunidad que me brindaba su conversación sobre el golf para llevarme a Daisy aparte. Interpuse algunas personas entre nosotros y Tom y sus voces amortiguaron las nuestras.

—He estado intentando ponerme en contacto contigo —le recriminé.

—Ay, lo sé. Es la época. Ni un momento de descanso. Inténtalo de nuevo en agosto. —Me envolvió las manos con las suyas—. Todo el mundo se habrá ido. Pasaremos el mes entero juntos.

—Tengo que hablar contigo ahora. —Le agarré la mano con la mía y coloqué la otra en su cintura, para que al menos pareciera que nos lo estábamos pasando bien.

—Nicky, si necesitabas a alguien con quien practicar tus habilidades de baile, deberías habérmelo dicho. Hubiese venido de inmediato.

La guie al ritmo de la música.

—¿Te sorprende verme con tanto maquillaje, ¿no es así? —preguntó Daisy—. No se lo digas a mi madre. Se preguntará si tengo intención de convertirme en actriz. —Se rio—. *Quelle horreur, n'est-ce pas?*

—Daisy —intenté llamarle la atención.

—No se da cuenta de que las actrices ahora son como diosas —continuó Daisy—. Los fabricantes de maquillaje incluso las contratan para hacer anuncios. Todo el mundo hoy en día quiere tener los labios en forma de arco de Cupido como una atractiva estrella del cine.

—Daisy —insistí.

—¿Sabías que a ellas les tenemos que agradecer todo esto? —Hizo un mohín con sus labios pintados de morado oscuro como si estuviera posando para la revista *Photoplay*—. Los tonos claros en los labios se ven grises en la pantalla. Y qué decir de las cejas arqueadas. Todo el mundo quiere ser una estrella de cine incluso en la vida real. Hablar con nuestros rostros como si estuviéramos en una película muda.

—Escúchame un minuto, ¿quieres? —le pedí exasperado.

Se inclinó hacia mí.

—¿Por qué? ¿Tienes algún secreto suculento que contarme?

—No me gusta que estés con Tom —le solté.

—Qué protector —dijo en tono burlón.

—Te lo digo en serio. No confío en él.

—Creo que él tiene más motivos para preocuparse por mí, ¿tú no? —Hizo una mueca con los labios que brillaban con maquillaje—. Me dio esa preciosa pistola. Y pensar que está convencido de que necesito el brazo fuerte de un hombre para que me enseñe a usarla.

—Tienes que alejarte de él.

—¿De dónde sale toda esta preocupación? —preguntó.

—¿Alguna vez te has cuestionado si hubo algo más detrás de tu caída del yate?

—Ya hemos hablado de esto. —La agitación que tenía su susurro lo dotó del sonido del agua corriente—. Estaba tomando champán, y prefiero dejar este asunto zanjado para siempre.

—¿Y si necesita dinero?

—¿Qué dinero? —preguntó—. ¿Dinero para qué? Los Buchanan no tendrían tiempo de contar todos sus dólares ni que les dieras el resto de sus vidas.

—Pero le asignan una paga. Y la está dilapidando. No le basta.

—Bueno, conseguirá más cuando nos casemos —dijo ella—. Su abuelo nunca vio con buenos ojos su estilo de vida de soltero.

—Solo que no se puede decir que te esté urgiendo al altar, ¿verdad?

Le hice dar una vuelta, y ella fingió a la perfección que gozaba con el giro.

La volví a atraer hacia mí.

—¿No crees que un hombre como él no sería capaz de lanzarte por la borda de un yate para que pudiera vender un collar y conseguir el pago del seguro? ¿Quién crees que hace ese tipo de cosas? Los granjeros del pueblo no, eso te lo aseguro.

—¿Estás perdiendo la cabeza allí solo en la casita de campo? —me preguntó—. Ahora me siento fatal por no venir más a menudo de visita.

—¿Cómo pudo desprenderse ese collar? —inquirí—. No me creo ni por un momento que una pieza como esa tuviera un solo enganche tan débil como para desabrocharse solo bajo el agua. ¿No has pensado en ningún instante que quizá te lo quitó antes de que cayeras por la borda?

—Nicky, ¿te estás oyendo? —se escandalizó.

Nos detuve en el sitio y la miré directamente a los ojos.

—O bien te usó, o bien estaba intentando deshacerse de ti.

Su expresión de conmoción duró solo unos segundos. Pero había hecho acto de presencia. Había conseguido que se preguntara si tenía razón.

Me alisó la corbata.

—Eres un encanto por preocuparte por mí. Pero sé lo que me hago.

—¿De veras?

—Daisy. —Jordan tomó a mi prima de la mano enfundada en un guante de encaje, el entramado tan delicado y colorado como su vestido—. ¿Qué lugar será lo suficientemente amplio como para alojar la puesta de largo de Daisy Fay? ¿No está cada familia de Tuxedo Park rivalizando por apreciar tu reverencia en sus mansiones de verano?

A Daisy se le descompuso el semblante. La cinta de un rizo perfecto le cubría el ojo derecho.

—Ya basta con esa cantinela —dijo Tom—. A las chicas se le suben esas ideas a la cabeza. Daisy, quiero que conozcas a alguien. —Con una mano apoyada en su espalda, la guio hacia otra pareja.

—Es repugnante, ¿verdad? —musitó Jordan.

—¿El qué? —pregunté yo.

Le dio un sorbo a la bebida color pastel que sostenía.

—Él no quiere que Daisy pueda estar disponible para nadie más.

—No lo entiendo.

—Cierto. Me olvidaba que eres nativo del medio oeste. ¿Tienen debutantes allí? ¿Corretean por entre las vacas?

—¡Eh! —me quejé.

—Funciona así. Las debutantes consiguen los mejores enlaces, así que mientras Daisy no tenga su puesta de largo, la reivindicación que Tom tiene sobre ella no tiene prácticamente ninguna oposición en la sociedad de Nueva York. Pero si se da a conocer, se estará anunciando a sí misma como elegible para el matrimonio.

—Creo que Tom ya sabe que está preparada —objeté.

—Pero una puesta de largo le estaría diciendo a todo el mundo que todavía está buscando, que Tom en realidad no la posee —explicó Jordan—. Podrían llegarle una docena de proposiciones antes de que sonaran las campanas de medianoche. Eso deja claro por qué Tom no lo ve con buenos ojos. Ahora mismo puede decir que ella es suya sin tener que afianzar ningún tipo de compromiso.

Como si estuviera escrito en los papelitos y los pétalos que arrastraba el viento hacia la bahía, una idea me vino a la mente. Para cuando acabó de formarse, Daisy y Tom habían devuelto su atención a Jordan y a mí.

—Disculpadme. Tengo que encontrar algún sitio donde sentarme un minuto. Creo que he bebido demasiado.

—No bebes en estos eventos más que Jay —murmuró Jordan cuando pasé por su lado.

—Que no se vayan de aquí —le musité—. ¿Por favor?

CAPÍTULO XVII

L lamé a la puerta de la habitación de Gatsby.

—Bajaré en un momento —dijo—. Estoy ocupándome de una correspondencia que hace mucho que tendría que haber leído.

Estaba hablando con el tono estresado que usaba con la gente a la que no conocía.

—Jay, soy yo.

—Ah —se tranquilizó desde el otro lado de la puerta—, pasa.

Cuando entré, cerré la puerta tras de mí y me quedé clavado en el sitio ante la visión de Gatsby en ropa interior.

Cubierto desde el cuello hasta la mitad de los muslos, no había nada particularmente desnudo en él. Llevaba puesta una camiseta de interior, lo suficientemente gruesa como para ocultar el contorno del sostén de debajo, y unos calzoncillos que se ataban a los costados, idénticos en diseño a los que llevaba puestos yo. Mucho más de su persona estaba cubierto que cualquier nadador en bañador disfrutando de la playa, pero había una extraña intimidad en la naturalidad que desplegaba en mi presencia.

—Ay. —Gatsby se quedó quieto—. Lo siento. Debería haberte preguntado si te importaba que estuviera así.

—No. No me importa.

Si se me pasaba por la mente tocar los cierres de sus caderas, sabía que solo se me ocurría esa idea por los nervios y por tener algo con lo que entretenerme. Sí, creía que el chico que tenía delante era atractivo, pero ¿quién no opinaría lo mismo?

Gatsby se puso unos pantalones planchados tan lisos como la arena que la marea suaviza en la costa.

—Daisy está aquí —le dije.

Gatsby dejó a medias la camisa verde primavera que se estaba abrochando.

—La camisa está bien. —Coloqué las manos sobre las suyas para evitar que reconsiderara el conjunto—. He tenido una idea.

Gatsby me miró con una atención llena de esperanza. Sus ojos destilaban el deseo de disfrutar con cualquier idea que le pudiera proponer.

—Daisy. Tenemos que ayudar a hacerla. Quiero decir, tenemos que ayudarla a hacerse a sí misma.

—No lo entiendo.

Me di cuenta de que todavía le estaba sujetando las manos donde se habían quedado quietas cuando se estaba abrochando la camisa. Las solté.

—Si podemos ayudar a que se presente en sociedad para toda la temporada, no se sentirá obligada a casarse con Tom para poder entrar en los círculos de la alta alcurnia. Conozco a Daisy, y si tiene la opción de escoger, lo hará con el corazón, y dudo mucho que el suyo esté con Tom.

—Opino igual —convino Gatsby. El dolor se asomaba por la comisura de sus ojos mientras se encargaba de los últimos botones—. Pero sigo sin entenderlo. ¿Cómo hacemos para que se convierta en la chica del año? No tengo ni idea de cómo funciona eso.

—Sabes lo suficiente —le aseguré—. Me has estado enseñando todo sobre cómo funcionan las cosas por aquí, ¿no es así?

—Solo puedo enseñarte lo que sé. Y hay muchas cosas que desconozco. Descubrí el otro día que se supone que tiene que cortar el mazo de cartas la persona que tienes a la izquierda, no a la derecha, ¿lo sabías?

—¿Qué tiene que ver eso con todo lo demás? —le pregunté.

—Todo tiene que ver con todo. —Gatsby se giró hacia sus corbatas—. Todos tienen este código, es lo único que puede hacer la gente para intentar seguir el ritmo. Un «espejo» pasa a ser una «luna», no dices «perfume» sino «fragancia», «vegetales» en vez de «verdura». «Lentes» en lugar de «gafas». Pero si se te escapa un «fenecer» o «encantado de conocerle», le estás poniendo demasiado empeño. Tienes que decir «morir» y «mucho gusto».

—Basta. —Volví a envolverle las manos. Esa vez intenté hacerlo de la manera reconfortante como lo hacían Jordan y Daisy—. Primero escúchame.

La manera como le estaba sujetando las manos parecía que nos estuviera acelerando la respiración, así que volví a dar un paso atrás.

—Te vas a ofrecer a organizar su puesta de largo. Si ella se muestra como la mujer de la alta sociedad de la que todo el mundo habla, obtendrá su propio poder, y podrá tomar sus propias decisiones. Se ganará el puesto como la mejor chica, la debutante de la temporada.

El dorado del ocaso se derramó por el rostro de Gatsby, y vino acompañado de tanta esperanza que supe que debía refrenarla.

—Aun así puede que no te elija —le advertí—. No puedo hablar en nombre de mi... —me quedé callado antes de decir «mi prima»— mi amiga. Mi amiga quizá no te elija.

—Lo sé. Solo quiero que sea feliz. Quiero que sepa que puede elegir.

—Eso es.

Jordan nos encontró mientras bajábamos las escaleras, con el cabello lleno de confeti.

—¿Qué hacéis los dos ahí arriba como un par de pasmarotes? —Su vestido ondeó detrás de ella mientras ascendía por los escalones—. ¿De qué sirve organizar una fiesta si te vas a esconder en el torreón?

—¿Se lo podemos contar? —preguntó Gatsby.

—Bueno, ahora que lo has dicho —Jordan nos alcanzó a mitad de camino— tendrás que hacerlo.

Con unos cuantos susurros y un exclamado «¡me encanta!» Jordan se convirtió en nuestra cómplice.

—¿No crees que estamos conspirando a sus espaldas? —se preocupó Gatsby.

—Ah, por supuesto que lo estamos haciendo —dijo Jordan—. Pero sabes que si hubiera puestas de largo para caballeros ella haría lo mismo por ti. —Jordan desvió su atención hacia mí.

—Sé que lo haría —confirmé.

—¿Y acaso no urdió prácticamente todo un plan para traerte a Nueva York? —preguntó Jordan—. Creo que ya ha llegado la hora de que alguien maquine a sus espaldas en su favor por una vez, ¿no te parece?

————— ●●● —————

Los tres encontramos a Daisy y a Tom de nuevo, y Jordan aprovechó una pausa con la misma habilidad con la que tomaba ventaja del viento para el *swing* del golf.

—Jay —intervino ella, con el rostro iluminado como si se tratara de una idea repentina—, estaba pensando… y ¿por qué no organizas una pequeña puesta de largo a nuestra querida Daisy?

La sorpresa surcó el rostro de Daisy, y Gatsby fingió lo mismo.

—Mira estas veladas tuyas. —Jordan dio un giro, abarcando la fiesta con los brazos—. Un baile no sería nada para ti.

Tom los inspeccionó a los tres.

—Jordan, ¿por qué iba a hacer él algo así?

Intercambié una mirada con Gatsby y reparé de repente en que no habíamos pensado en absoluto en un posible motivo.

—Mi hermana —improvisó Gatsby—. Vendrá al este, a Nueva York, dentro de unos años. Me gustaría organizarle su presentación en sociedad. Mi familia nunca ha sido muy afín a estas cosas, así que ellos nunca lo prepararían. Somos irlandeses, ya ves, así que no siguen ninguna tradición que proceda de la Corte de St. James o de cualquier otro lugar de Inglaterra. Pero significa mucho para mi hermana, y me encantaría aprender cómo planificar una como es debido. Creo que Daisy sabe lo suficiente como para enseñarme un par de cosas por el bien de mi hermana, así que preparar su puesta de largo sería lo mínimo que puedo hacer como agradecimiento.

Los cuatro observamos la expresión de Tom. Hizo un sonido pensativo.

—A mi madre no le va a gustar ni un pelo.

—No, claro que no —confirmó Daisy.

—Dice que toda esa tradición se está erosionando con el dinero nuevo —dijo Tom—. Todas esas chicas procedentes de familias del oeste. No pretendo faltarle el respeto a su hermana, señor Gatsby.

—Para nada —respondió este.

—Si queréis saber mi opinión —continuó Tom—, pienso que es una ridiculez. Las chicas dando brincos con vestidos blancos un año o dos antes de casarse. Si una chica tiene que exhibirse para atraer a un hombre, ¿no creéis que lo único que podemos hacer es sentir pena por ella?

Aunque Gatsby no se ofendiera por el bien de su hermana, yo sí lo hice.

—Pero, Daisy —prosiguió Tom—, ya eres mi chica, así que nadie se lo tomaría muy en serio.

Daisy tensó la expresión.

—Podría ser una alegre pequeña farsa —añadió—. Una broma para todos tus amigos. Así tendrás la oportunidad de mostrarles ese sentido del humor que tienes, dando piruetas como una cortesana.

La sonrisa de Daisy era tan amarga como el tirabuzón de piel de limón en el fondo de la bebida de Tom.

—Y si ayuda al señor Gatsby con su hermana peque-ña, tanto mejor. —Tom juntó las manos con una palma-da—. Parece que podría ser una auténtica distracción. Daisy, tú te ganas tu fiestecita; Gatsby, usted consigue aprender todo lo que concierne meter a su hermana pe-queña en algún absurdo vestido y exhibirla a todos los hombres de West Egg. Todo el mundo contento. —Tom le dio una palmada a Gatsby en la espalda—. Me muero de ganas de verlo. —Luego se fue detrás de un camarero que sostenía una bandeja cargada de bebidas.

En cuanto Tom estuvo fuera de la vista, Daisy se animó.

—Vosotros tres. —Le propinó una palmada suave en el brazo a Jordan, a Gatsby y a mí.

—¿Y yo qué he hecho? —dije indignado.

—Reconozco una confabulación cuando la veo. Es como si fuera mi tercera lengua. Todos estabais detrás de esto.

—No podíamos permitir que te perdieras la tempo-rada de Nueva York —dijo Jordan—. Vas a ser la debu-tante más preciosa que ha pisado nunca el escenario. Con mi ayuda, por supuesto.

Daisy se giró hacia Gatsby.

—Jay. —Exhaló su nombre de la misma manera que cuando lo había visto por primera vez—. Gracias. No te puedo expresar lo que esto significa para mí.

La luz que provenía de los candelabros de fuera que colgaban de las ramas más altas centelleó en sus rostros.

—Ay, y piensa en el tiempo que pasaremos juntos planeándolo —se entusiasmó Daisy—. Nos pondremos al día de todo. Será como si el tiempo no hubiera pasado.

La esperanza que iluminaba el rostro de Gatsby podría haber encendido cada una de las lámparas del jardín.

Daisy agarró a Jordan por el codo.

—Ven para que hablemos sobre vestidos. No quiero tener el aspecto de una princesita pálida de la Edad Dorada.

Después de aquel baile, Daisy no necesitaría a Tom. La debutante más preciosa de la temporada dándose a conocer en el sitio donde tenían lugar las fiestas más famosas. Después de eso, los diseñadores probablemente querrían pagarle para que se pusiera sus prendas. Los hoteles la acomodarían en sus *suites* para que la vieran en sus vestíbulos. Los perfumistas le ofrecerían sumas inimaginables para que sostuviera ramos de lilas para sus anuncios. Escogiera a Gatsby o no, tendría la oportunidad de elegir por sí misma.

Quizá estaba usando a Jay Gatsby para conseguir alejar a mi prima de Tom Buchanan, pero Gatsby solo podía tener alguna oportunidad con ella si Tom dejaba de ser su patrón y protector.

—¿Es verdad que eres irlandés? —le pregunté a Gatsby cuando Daisy y Jordan estaban fuera del alcance de nuestras palabras.

—Sí. Lo soy.

—¿Y es verdad que tienes una hermana?

—Afirmativo, otra vez. Tiene casi cuarenta años y está felizmente casada y con tres hijos en Ohio.

—Entonces, ¿te lo has inventado? —pregunté—. ¿Justo ahora?

—Ya sabes cómo va esto. —Gatsby estaba lo suficientemente cerca como para que su brazo rozara el mío. El calor de su cuerpo halló la manera de atravesar su camisa y la manga de su chaqueta para luego colarse a través de la manga de mi camisa y llegar hasta mi piel—. Los chicos como nosotros nos acostumbramos a tener que mentir sobre todas las cosas para que así podamos contar la verdad sobre nosotros mismos.

———————— ••• ————————

Querida mamá:

Te traigo las noticias más locas y maravillosas: voy a ser una auténtica debutante de Nueva York. ¿Te lo puedes creer?

Sé que te han contado cosas sobre las personas de sangre azul, y sí, sé que hay bastantes que son horribles. Pero no son tan malos, en realidad, al menos no esos con los que yo me junto. Ninguno ha sido uno de esos niños mimados que han desprendido candelabros del techo y han practicado deporte colocados de cristal.

Todavía no he escogido vestido; estoy dudando entre un Florrie Weswood o un Norman Hartnell. Ojalá estuvieras aquí para aconsejarme. Tienes muy buen ojo, aunque creo que puedo imaginarte poniendo la vista en blanco ahora mismo. Estar inmersa en las tendencias de moda aquí es más práctico de lo que puedas imaginar. Y para demostrarlo, te voy a comprar un Jean Patou y un Maison Schiaparelli, sí o sí. Te los podrías poner para ir a la iglesia, ya verás.

Ay, y ahora que lo pienso, debo darte las gracias por todas las veces que nos preparaste buñuelos cuando éramos pequeñas. La práctica de comerlos me ayudó a superar, la otra tarde, una prueba que ni siquiera sabía que estaba teniendo lugar. Me ofrecieron un profiterol cubierto de azúcar glas, y por lo que se ve la manera en la que lo comí sin hacer un desastre fue una señal para que Doris y Betty Fishguard se acercaran a mí. (Su hija mayor es la que me convenció de que fabricara el polvo de ojos y cejas con la ceniza de la chimenea, aunque ella se puede permitir el cosmético que desee. ¡Está casada con un hombre que probablemente tenga tierras hasta en el sol! No te preocupes, no lo he vuelto a intentar desde entonces. Nunca olvidaré el sarpullido que me salió).

Ahora solo espero acordarme de no causar ningún escándalo por mojar un gofre en el café.

Tu hija en Nueva York,
el centro de todo,
Daisy.

CAPÍTULO XVIII

<small>• • •</small>

Dechert me estaba esperando otra vez. Apoltronado dentro de su coche, admirando los árboles en flor y las luces de la mansión de Gatsby.

—¿Cómo va la fiesta? —preguntó.

Le pasé justo por al lado.

—Si esperas que esté borracho y con ganas de hablar —le solté—, siento defraudarte.

—Qué mal. No sé qué cantidad te habrán pagado por todo este asunto, pero no bastará para que dejemos correr el tema. Claramente no debe de ser suficiente como para que te la juegues a ser el chivo expiatorio.

Me giré para que no pudiera ver cómo me palpitaba el músculo del cuello.

—Como te dije la primera vez que viniste —mascullé—, ni siquiera estaba en Nueva York cuando ocurrió todo. Te puedo enseñar el billete de tren si quieres.

—Es curioso cómo muchos pican con cosas de esas —dijo Dechert—. La gente lo ve y se cree que es una prueba irrefutable. No se da cuenta de lo fácil que es falsificarlas.

¿Creía que iba a ser tan retorcido como para fingir mi propio viaje en tren?

Claro que sí.

Había una fortuna perdida en perlas, y yo era la persona de color más conveniente que había al alcance a quien echarle la culpa.

Pero actué como si no me importara en absoluto y solo quisiera llegar a trompicones a mi cama.

Dechert salió del coche.

—No puedes permitirte el lujo de que te carguen con algo así, Nick. Al final te acabará repercutiendo.

Metí la llave en el cerrojo.

—Puedo seguir las manos.

Dechert meneó la cabeza.

—¿El qué?

Mantuve la mano en la llave pero me giré para mirarlo.

—Es algo que dice siempre mi madre.

—Muy bien. ¿Qué significa?

—Significa que puedo seguir el rastro —expliqué—. No soy estúpido. Las cosas como esas no ocurren porque sí. Es porque gente como tú está maquinando detrás. Así que si esto me afecta —abrí la puerta— será por obra tuya.

———— ••• ————

La tarde siguiente, Gatsby llamó a la puerta de la casita cuando el sol ya caía bajo. Estaba de pie con las manos en los bolsillos y la luz le dibujaba un halo amarillento. Su camisa combinaba con las lilas tardías.

—¿Estás bien? —preguntó Gatsby.

—Estoy bien. —Tenía un aspecto demacrado, y lo sabía. Me había pasado en vela la mayor parte de la noche cavilando sobre todas las potenciales maneras que Tom, Dechert o Port Roosevelt Sociedad Limitada podían culparme a mí por el collar. Era un problema matemático con el que no paraba de atascarme. Demasiadas variables.

—Solo estoy un poco cansado. ¿A qué hora llega?

Las líneas de expresión de Gatsby formaron una pregunta.

—Daisy. —Al cabo de pocas horas se haría de noche, y Daisy y Gatsby necesitarían la ayuda de una carabina—. ¿Va a venir, no?

Aquella tarde era el solsticio de verano, día en el que la luz duraba más y el dorado persistía hasta la noche. Era uno de los días favoritos del año de mi prima, aunque solía olvidarse de su llegada. «Espero todo el invierno y la primavera para esa luz, y luego me la pierdo».

—¿Por qué crees que estoy aquí por Daisy? —preguntó Gatsby.

Encogí mis tirantes sobre los hombros.

—Imagino que tenéis mucho que planear.

—No —dijo tajante Gatsby, y en ese instante el ángulo de visión me permitió ver el color de su traje, un azul que era casi un tono lavanda—. Tenía otra cosa en mente. Es tu cumpleaños, ¿verdad?

El corazón se me encogió.

—¿Cómo lo sabes? —exigí saber.

—Daisy me lo dijo —respondió Gatsby.

—¿Y por qué te iba a contar eso?

—Yo se lo pregunté. Le estaba preguntando sobre ti.

—¿Por qué?

—Hace mucho tiempo que te conoce, ¿no es así?

¿Por qué iba a malgastar el tiempo que estaba con Daisy hablando de mí?

La preocupación le surcó el rostro.

—¿Preferirías que no lo hiciera?

—No. No pasa nada.

—Bien. —Gatsby extendió hacia mí una corbata tan morada como una ciruela—. Porque nos están esperando.

—¿Quién? —quise saber.

Ya estaba a medio camino de su coche, aparcado en el caminito entre la casita y sus terrenos. La carrocería era de un color lavanda apagado un poco más claro que su traje.

—¿Quién nos espera? —insistí—. ¿A dónde vamos?

Gatsby giró la cabeza y me dedicó una mirada que a cualquier chico del mundo le gustaría ser su destinatario; como si hubiera posibilidades infinitas en mí, una luz tan eterna como si fuera yo el día más largo e inacabable del año.

—Vamos —me apremió Gatsby, y así lo hice.

CAPÍTULO XIX

— • • • —

Cuando llegamos a la ciudad, Gatsby me llevó a una floristería de ventanas decoradas con letras doradas. Pero no se detuvo en el mostrador, o ante ninguno de los ramos de flores color pastel, ni siquiera delante de los tiestos colgantes que derramaban pétalos que se parecían a los arreglos que había llevado a la casita de campo.

—Frank. —Gatsby saludó a un hombre blanco que estaba recolocando unas plantas.

Los tallos sobresalían el doble de la altura del jarrón que los contenía. Frank le hizo un gesto afirmativo con la cabeza mientras recolocaba los brotes con una sacudida.

—¿Qué hacemos aquí? —pregunté.

Gatsby se dio la vuelta y las flores le rodeaban la cabeza.

—Ahora verás.

—Jay.

Una mujer negra con las uñas hechas en esa manicura de medialuna detuvo a Gatsby tocándole suavemente en el hombro. Llevaba unas gafas de forma oval que hacía poco que había aprendido que estaban de moda esa temporada —luego me corregí a mí mismo por pensar en «gafas» y no en «lentes»— y un sombrero del mismo tono rosa que las flores que estaba observando.

—¿Y cómo te están tratando las prometidas de la temporada, Irene? —preguntó Gatsby.

—Hay una que me está exigiendo la luna —respondió ella—. Y otra que no sabe lo que quiere, así que todo tarda el doble de tiempo. No sé cuál de las dos me está dando más quebraderos de cabeza.

—Al menos ya casi se ha acabado junio —observó Gatsby.

—Y cuando haya terminado, Belle y yo nos vamos a ir de vacaciones a algún lugar donde nadie pueda preguntarme sobre ramos de novia —dijo Irene.

«¿Belle?», acababa de decir el nombre de una mujer con el afecto de un amante, al alcance del oído de Frank y otros dos floristas. Quería conocer a Irene del mismo modo que quería conocer a Martha, pero a la vez me preocupaba por ella, diciendo el nombre de otra mujer con tanto cariño. ¿Perdería el trabajo si alguien se daba cuenta?

Irene le pasó dos pequeños manojos de flores a Gatsby, cada uno prendido con un broche.

—Pasadlo bien, vosotros dos —se despidió, y luego desapareció en una neblina de pétalos.

Gatsby tomó uno de los pequeños manojos de flores y me lo colgó de una de las bandas de mis tirantes. Me tensé para no estremecerme al notar el contacto de las puntas de sus dedos con mi camisa.

—¿Sabías que las llaman «rosas amnesia»? —dijo Gatsby, tocando los pétalos lilas—. La leyenda cuenta que si las hueles, olvidas los desamores del pasado.

—Creo que la ginebra tiene un resultado parecido.

Gatsby se rio.

—Pero solo durante una noche en vez de para siempre.

Se colocó el suyo y luego se escabulló por detrás de una pared de ramas florecidas.

—¿Dónde estamos? —pregunté.

—En el sitio con mejor ambiente de Nueva York. —Gatsby empujó un panel de madera que se convirtió en una puerta—. En más de un sentido.

La puerta daba a un espacio más amplio que la propia floristería. El zumbido de la música calentaba el aire, y la primera persona a la que reconocí fue a Martha, inclinada sobre una barra al fondo de la sala. Parecía sacada de un catálogo de B. Altman, con un traje de tres piezas con falda, una camisa de cuello alto y una hilera de botones cubiertos de tela que le bajaba por el centro. Estaba hablando con una mujer que llevaba puesto un esmoquin, y no conseguía acordarme cómo se llamaban las solapas de su chaqueta —aunque Gatsby me había explicado la diferencia entre las de muesca y las de pico, no era capaz de acordarme— pero la tela brillaba como el cristal. Por sus expresiones y gestos, Martha y ella parecían estar dándose cumplidos a sus respectivas vestimentas y comentando su confección.

El brillo de las cuentas adornaba los vestidos holgados. Me percaté de la presencia de una mujer a la que había visto la primera vez que había ido a una de las fiestas de Gatsby. Era la que había estado sujetando un tubo de pintalabios naranja. Había podido comprobar desde entonces que el hombre que me había dicho que ella era una estadounidense con ascendencia china había estado en lo cierto, lo que me hacía preguntarme y tener la esperanza de que quizá los neoyorquinos blancos hacían menos suposiciones, aunque lo dudaba. En aquel instante compartía unas risas tan brillantes como el collar que llevaba puesto con la mujer a la que le había estado mostrando el pintalabios. Se tocaban las manos cada vez que las alargaban hacia sus bebidas. (¿Habían estado tan obviamente enamoriscadas en la mansión de Gatsby? ¿Lo había pasado por alto aquel día?). Por el tipo de chico que yo era, no podía evitar reparar en las clientas a las que parecía que las habían designado como chicos al nacer. Lucían vestidos adornados con lentejuelas, cejas fijas y pintalabios de un tono oscuro.

Gatsby se detuvo al lado de una mesa donde dos mujeres estaban sentadas más de lado que una enfrente de la otra. Ambas tenían la tez morena, y una se parecía en aspecto a mi madre en fotografías antiguas, y ninguna de las dos intentaba ocultar la adoración que profesaba por la otra. Sostenían copas de champán, y se reían de esa manera íntima que creaba una gravedad que las atraía más la una a la otra. Llevaban puestos unos trajes de falda lo suficientemente comedidos como para que me preguntara dónde habían estado antes de llegar a ese lugar. Pero también tenían flores moradas prendidas alrededor de sus moños bajos, y estaba prácticamente seguro de que se las habían puesto al llegar.

—Nick —me llamó la atención Gatsby—, te presento a Helen y a Frances, dos de mis primeras amigas aquí.

—Jay, ¿cómo te las has ingeniado para que nos sirvieran esto a la mesa antes incluso de que llegaras aquí? —Helen levantó la copa.

—Sí, ¿te has estado escondiendo en la floristería todo este rato? —preguntó Frances—. ¿Y quién es tu amigo?

—Nick es mi vecino —respondió Gatsby—, y con suerte seguirá siendo mi amigo cuando acabe el día.

—¿Qué? —me sorprendí—. ¿Por qué?

Gatsby tocó la mesa.

—Feliz aniversario, chicas.

—Tres años, ¿te lo puedes creer? —dijeron las mujeres casi al unísono, y luego estallaron en una carcajada. Con esa risa, Gatsby y yo dejamos de existir para ellas, igual que el resto del mundo. La esperanza me subió por el cuerpo como hacían las burbujas en sus copas.

Aquellas mujeres acababan de admitir que estaban juntas. Juntas de una manera que podían celebrar un aniversario. ¿Cómo lo habían calculado? ¿Desde el momento que se habían intercambiado la primera sonrisa? ¿Desde el momento que ambas compartieron el mismo aire impregnado de jazmín?

Mientras Gatsby y yo las dejábamos en su mundo centelleante, me incliné hacia él lo suficiente como para decirle:

—Lo acaban de pregonar en voz alta.

—Aquí se trata de eso —le indicó Gatsby—. Todo el mundo tiene la oportunidad de ser un poco más ellos mismos. Recuérdame que te presente a sus maridos.

—¿Sus maridos? —pregunté atónito.

Gatsby le señaló una mesa donde dos hombres parecían estar tan embelesados como las mujeres.

—¿Has oído hablar alguna vez de un matrimonio lavanda?

—No —contesté, aunque podía suponer de qué se trataba.

—Están muy de moda en el Círculo de Costura de Hollywood. Casarse para mantener las apariencias es mucho más fácil cuando tanto el marido como la esposa se tienen tanto cariño mutuamente como desinterés. He oído rumores de que Alla Nazimova organizó los dos de Valentino. ¿Quieres tomar algo?

—Gaseosa, igual que tú. Ya me viste borracho, no tengo ninguna intención de repetir ese espectáculo.

Así pues, Gatsby y yo bebimos agua con gas entre *whiskys* y martini rosados. El micrófono cambiaba de manos cada dos por tres, y cada vez sonaba una nueva canción. Primero la mujer del esmoquin, que intentó pasárselo a Martha después, pero esta se negó. El gesto negativo sin esfuerzo que hizo con la cabeza —la mirada de «ah no, no me vas a volver a liar con eso»— me reveló lo a menudo que debía de acudir a aquel sitio y la de gente que la conocía. Luego fue el turno de un risueño dueto de la mano de dos chicas con faldas con lentejuelas.

El aire olía a humo, cedro y lápiz de ojos. Las frases que pronunciaba todo el mundo estaban salpicadas con expresiones que desconocía, pero a diferencia de las fiestas de Gatsby, donde me sentía como un paleto, todos los presentes desprendían una aura de generosidad, como si hubiésemos entrado para resguardarnos de la lluvia juntos.

Un grupito empujó entre risas a una mujer que llevaba un vestido blanco decorado con encajes hacia la zona delantera de la habitación. Debía de tener treinta años, quizá treinta y cinco, y era la más bajita del lugar. Sus grandes ojos y cara con forma de corazón tenían un aspecto tan fresco como las flores que le arrojaron a las manos.

Dos celebrantes con sendos vestidos de lentejuelas la flanqueaban.

—¡Tenemos a una debutante esta noche! —proclamó una.

—¡Y va a salir con estilo! —añadió la segunda con un gesto del brazo.

Le espolvorearon pétalos de flor por encima a la mujer.

—¿Qué están haciendo? —le pregunté a Gatsby.

—Un baile de salida del armario —contestó—. Cuando descubres algo sobre ti mismo, vale la pena celebrar la ocasión. Así es como todos lo hacen aquí.

La debutante coronada de pétalos bailó con Martha, y luego con la mujer del esmoquin. Los hombres que por lo general parecían mostrar más interés por los de su mismo género la acogieron con el mismo entusiasmo de bailar el vals con la novia en una boda. Los siguientes fueron unos hombres jóvenes que, pensé, quizá fueran del mismo tipo de chicos que Gatsby y yo.

—Y si no me equivoco —dijo una mujer con un vestido reluciente—, tenemos a un cumpleañero aquí.

Miré a Gatsby.

—No habrás sido capaz.

Él esbozó una sonrisa.

Cuando un grupito se acercó a nosotros, me aferré al brazo de Gatsby.

—Ay, ni de broma. Si yo voy, tú vienes también.

Lo arrastré conmigo mientras nos guiaban hasta el centro del grupo. Una mujer me dijo que mi cumpleaños me convertía en un chico de verano, y una corista con un vestido de lentejuelas me informó de que ese sería mi nombre a partir de entonces. Las manos de uñas pintadas espolvorearon flores por encima de nosotros. Unos hombres que parecían una versión con más años de Gatsby y de mí nos dieron unas palmadas a los dos en la espalda, y la sensación no podía distar más de cuando lo hizo Tom Buchanan.

El volumen de la música subió, y luego la mitad del grupo estaba bailando y la habitación se sacudía con una alegría frenética.

Gatsby se aferró a mí, y yo estaba demasiado feliz como para prestarle demasiada atención al hormigueo que me producía su brazo.

—¿Estás cómodo con todo esto? —me preguntó.

Cerré los ojos mientras diminutos pétalos se agarraban a mis pestañas, riéndome y respondí:

—Es el mejor ambiente en el que he estado.

La fiebre de la celebración que nos rodeaba era la única explicación que tenía para justificar por qué lo besé. Y fue la única explicación plausible que pude encontrar para que me lo devolviera.

Todo fue amable y natural, más como un saludo que un arrebato pasional. Los gritos de júbilo de nuestros compañeros juerguistas nos incentivaba y notaba su boca caliente en contacto con la mía mientras me besaba con más ganas.

Pero cuando nos apartamos, se rio, como si hubiéramos lanzado purpurina o salpicado espuma de champán por todos lados.

Así es como supe que para él no era otra cosa que divertimiento. Así es como supe que no tenía que darle demasiadas vueltas. Nos habíamos dejado llevar por la magia imposible de tantos corazones siendo ellos mismos sin miedo.

Nada más.

———————— ••• ————————

Querido papá:

No tengo respuesta de mamá, así que ha llegado tu turno de que te atosigue.

¿Recuerdas lo que me decías de pequeña sobre cómo las cosas siempre son interesantes cuando estás prestando atención? Bueno, hoy me fijé en cada taxi que he visto. En solo una tarde, vi uno de color gris, uno verde, uno azul marino (en la estación Grand Central), morado (cerca de la biblioteca), incluso uno a cuadros (fuera del antiguo edificio Putnam, en la Cuarenta y tres con la Cuarenta y cuatro. Ocupa una manzana entera, ¿lo sabías?).

Os echo muchísimo de menos a todos. Y tocaría el cielo con las manos si me respondieras.

Atentamente,
Daisy

P.D.: Por favor dile a Amelia que tenía razón sobre lo de comer tostadas con kétchup. Parece ser que es tan vulgar como ella apuntaba. Tú sabes mejor que nadie que de todas mis hermanas, es a la que más le gusta decir: «Te lo dije», así que hazle saber, por favor, que ya me lo he dicho a mí misma de su parte.

CAPÍTULO XX

—¿Es necesario? —pregunté.

—Sí —respondió Gatsby—. Vas a ir a un baile de debutante y eso significa traje de noche completo. Y van a necesitar tiempo para entallártelo. Esto es solo para que nos hagamos una idea de lo cerca que estamos.

—Pero ¿un esmoquin? —insistí—. ¿En serio?

—Eso es un traje de noche completo. Está claro que me he quedado rezagado en tu formación.

Al menos el chaleco era más corto de lo que había visto en fotografías. Y al menos me estaba probando toda aquella ropa en la habitación de Gatsby en vez de en una tienda concurrida.

Con el conjunto puesto al completo, me exhibí.

—Venga, ríete.

Gatsby fijó sus ojos en mí.

—¿Y por qué me iba a reír? —dijo pestañeando, como si volviera de algún otro lugar—. Creo que estamos cerca. ¿Te importa si te toco un poco?

Me aclaré la garganta.

—¿Me importa si qué?

—Ningún alfiler, te lo prometo —me aseguró.

—Ah —se me escapó. Se refería a comprobar el ajuste—. Claro. Adelante.

Mantuve el cuerpo inmóvil, reteniendo cualquier reacción que pudieran provocar sus manos al rozar mis hombros, mi cintura, al comprobar la chaqueta, la tela extra del dobladillo del pantalón. Sus dedos resiguieron la pajarita suelta que colgaba alrededor de mi cuello. No sabía ni por dónde empezar para anudarla.

Estaba lo suficientemente cerca como para que pudiera oler su colonia, algo verde que crecía bajo la lluvia, como la salvia salvaje. Rodeado de los estantes de madera oscura de su habitación, sentí un tirón procedente de lo profundo de mi ser que oscilaba entre el amor y la nostalgia. El verde de aquella colonia y la madera oscura me remitían a los árboles de Wisconsin.

Cerré los ojos durante unos segundos. No quería que me viera hacerlo. No quería que se preocupara por aquel beso, o que se pensara que estaba enamorado de él.

Agarró las solapas, levantando las costuras sobre mis hombros.

—Tienes un aspecto maravilloso.

Habría jurado en confesión que la sonrisa de Gatsby atraía a la luz a través de las ventanas.

—————— ••• ——————

Nada más abrir la puerta de la casita de campo, la silueta de Dechert me dejó clavado en el umbral.

Lo había cazado con las manos en la masa, abriendo un cajón.

Un cuenco de fruta estaba en el suelo. Un jarrón derramaba agua y flores sobre una alfombra. Unos libros que yo no había traído pero que había hojeado se esparcían abiertos por el suelo y los sofás. Cosas que no me pertenecían a mí, sino a los dueños —papel, sobres de carta y bolígrafos, figuritas decorativas— parecían haber volado alrededor de la habitación.

—¡Eh! —vociferé.

Esperaba que echara a correr, y mi cuerpo se preparó para perseguirlo.

Pero se quedó impertérrito. Me observaba mientras me quedaba pasmado en el umbral, como si fuera a continuar su búsqueda conmigo presente.

—¡Fuera de aquí! —grité.

¿Qué otra cosa podía decir? «¿Llamaré a la policía?». Tenía más opciones de construir el cañón a la luna de Julio Verne que que la policía estuviera de mi parte en vez de aliarse con Dechert. «¿Te denunciaré a tu jefe?». No sabía quién era su superior, y aunque lo hubiera sabido, era poco probable que se molestara porque un investigador rebuscara en el lugar donde vivía alguien como yo.

Casi le recriminé a gritos: «No puedes hacer esto», solo que en realidad sí podía.

Nada lo podía detener.

Cerró el cajón con aire cortés, como si estuviera siendo amable. Con un movimiento lento y deliberado de la mano tiró uno de mis libros de texto de matemáticas al suelo. Las páginas aterrizaron desbarajustadas, arrugándose por todos los ángulos posibles. Me conmocionó más que el codazo de Tom en la cara.

—Buenas noches —saludó Dechert, y se fue por las puertas que daban al mar.

Mi cuerpo seguía queriendo darle caza, pero me contuve. Aunque fuera capaz de alcanzarlo, todo aquel asunto tenía mucha más pinta de acabar peor para mí que para él.

Había dejado la cocina en un estado todavía más caótico. Los tarros de harina y azúcar tumbados. El refrigerador abierto. Había oído historias sobre personas que escondían las joyas en los envases de los cereales, pero ¿de verdad se pensaba que iba a meter todas aquellas perlas en la avena?

—¡Nick! —Gatsby se acercaba corriendo a través de la hierba.

—¿Qué haces aquí? —pregunté.

—Te olvidaste esto. —Sostenía en alto un manojo de papeles; números que tenía la intención de repasar antes del día siguiente—. Parecía ser trabajo, así que pensé que quizá los necesitabas. Luego oí los gritos y vi un coche que se alejaba. —Se detuvo en seco lleno de horror al reparar en el estado de la casa—. ¿Qué ha ocurrido?

Quería contárselo todo para que supiera lo mucho que necesitaba apartar a mi prima de Tom Buchanan, pero tenía más razones para no decírselo. La primera era que no me fiaba de lo que pudiera hacer él. Si le daba a conocer cualquiera de mis sospechas de que Tom quizá le había hecho daño a Daisy, o al menos usarla sin importarle si salía herida, Gatsby era capaz de dirigirse a East Egg y empezar a arrojarle los puños. Por mal que pudiera acabar una pelea entre Dechert y yo, esa terminaría todavía peor.

La segunda era lo poco que podía hacer yo. Dechert había estado allí y no había hecho ningún amago de ocultar que era él. No le hacía falta. Yo era un chico de tez morena en una casita prestada, flanqueado por millonarios. Dechert no tenía que temer por ninguna queja que pudiera interponer.

—Han sido unos niños —dije, como si yo no fuera uno según la definición de la mayoría de los adultos.

—Voy a echar un vistazo. —Gatsby deambuló por la casita. El sonido reconfortante de sus pasos tranquilizaron mis latidos.

—Parece ser que no llegaron a tu habitación —dijo cuando volvió.

Era una manera de hacer alusión a nuestro secreto compartido con una discreción de la que nadie más habría sido capaz; supe al instante a qué se refería. «No han hurgado lo suficiente en tus cosas como para ver tus sostenes, o cualquier otra cosa que les pueda decir qué tipo de chico reinventado eres».

—Preferiría no dejarte solo esta noche —me informó Gatsby—. ¿Quieres quedarte conmigo?

—No. Estoy bien.

—Entonces me quedaré aquí contigo.

Quería decir que sí a tener otro latido en la casita conmigo, y que ese latido fuera el suyo. Y en un rincón en lo profundo de mi ser, me podría haber imaginado el calor de su cuerpo al lado del mío, besándolo en la oscuridad.

—No —rechacé su oferta—. No hace falta.

—Entonces al menos permíteme que te ayude a ordenar esto —se ofreció.

—Yo me encargo. De verdad.

Asintió vacilante y un poco triste. No parecía haber lástima detrás del gesto, pero ¿qué podía ser si no? ¿Por qué otro motivo iba a querer alguien como Gatsby quedarse allí, conmigo, más allá de por estar preocupado? ¿Y por qué otro motivo iba a estar preocupado por mí más allá de por ser el amigo de Daisy?

—Escucha —intervino Gatsby—. Sobre lo que ocurrió en tu cumpleaños.

—No tenemos que hablar de ello.

Gatsby me miró parpadeando.

—Es mejor así —insistí—. ¿No crees?

—Claro —convino él—. Es solo que si te hice sentir mal aunque sea un poco…

—Para nada. Nos dejamos llevar por el momento. Para ninguno de los dos significó nada. Todo fue por la diversión, ¿verdad?

Esperaba que se sintiera aliviado con eso. Quería que supiera que no esperaba nada. No quería que se preocupara de que le hubiera atribuido algún tipo de esperanza romántica a aquel beso.

Gatsby quería a Daisy, y yo era Nick. Yo no era una fascinación distante en forma de luz verde. Yo estaba cerca. Existía en el guion de la vida de Gatsby con el único objetivo de facilitar que se pudiera encontrar con la chica a la que amaba.

—Buenas noches, Nick —se despidió.

Tras unos pocos pasos, no fue más que una silueta recortada contra los árboles iluminados por la luna.

—Jay —lo llamé.

Miró hacia atrás, con las lilas bañadas por la luz de plata enmarcándolo.

—Gracias. Por lo de hoy. Por mi cumpleaños. Por todo.

Hizo un gesto con la mano y se desvaneció.

CAPÍTULO XXI

—Wisconsin, yo que tú movería el culo tan rápido como te pueda llevar tu tractor al despacho de Hexton —dijo Princeton—. Está que echa chispas.

—¡Carraway! —bramó Hexton desde su despacho.

—¿Quieres sal de frutas? —preguntó Princeton—. Parece que estés a punto de vomitar.

—¿Vienes montado en el buey de tu familia o qué? ¡Espabila! —añadió con otro rugido Hexton.

Nada más entrar, me arrojó una hoja de papel a la cara.

—¿Te acuerdas de esto? ¿De tu gran idea?

Examiné los números lo suficiente como para reconocerlos.

—Sí.

Me arrancó el papel de las manos y lo lanzó al suelo.

—Bueno, ¡pues fue una genialidad! ¡Subió el trigo, justo como predijiste! ¡Podría empapelar mi despacho con el dinero que hemos sacado!

Me quedé callado, confundido por la manera en la que su cumplido sonaba tan enfadado como todo el resto.

—¡Subidas y bajadas con el trigo! —Hexton pasó por mi lado a largos pasos y sacó la cabeza por la puerta—.

¡Benson! ¡Vuelve a ese pueblo de paletos! ¡Quiero una docena más como este!

Princeton se reclinó contra una columna, sonriendo.

—Un trabajo impoluto, Wisconsin. Quizás aguantes en este lugar, después de todo.

———— ●●● ————

—Llévate esto a la casa club, ¿quieres? —Un hombre con pantalones bombachos me colocó un conjunto de palos de golf en los brazos. Se alejó antes de que pudiera rechistar.

Miré a Jordan.

—¿Crees que debería estar aquí?

Jordan suspiró.

—Todos los hombres que llevan puestos pantalones de golf se piensan que son el príncipe Eduardo, ¿no te parece?

Me di cuenta de mi error. Los pantalones de golf eran algo más largos que los bombachos, me recordé, y más corrientes. Gatsby me lo había contado, pero era incapaz de saber cómo conseguía distinguirlos.

—Y eres mi invitado —dijo Jordan—. Yo digo que deberías estar aquí y por eso aquí estás.

—Creo que el único motivo por el que me han dejado entrar es porque piensan que soy tu *caddie* —repliqué.

—Si no les gusta que estés aquí se pueden ir al cuerno. Eres el honorable invitado de la prodigiosa del golf Jordan Baker.

—Entonces, ¿qué hago con esto? —pregunté.

Se encogió de hombros y la manga de su blusa ondeó.

—Bueno, no te ha dado ninguna propina, y eso según mis reglas significa que es un regalo. Quédatelos.

Los golfistas sostenían los dedos al viento, comprobando su dirección y velocidad, y el viento arrastraba hacia Gatsby el intenso aroma cítrico del perfume Le Jade que se había puesto Daisy. Los dos estaban sentados de lado bajo una de las tiendas para los espectadores.

Cada vez que Daisy se desplazaba de la orilla de East Egg a la de West Egg, dejaba tras de sí la fragancia de un perfume distinto, y ella y Gatsby habían iniciado los preparativos para la puesta de largo de la temporada.

El día que hablaron sobre la orquesta, se había rociado con el azahar, lirios y madera de Narcisse Blanc. Mientras los jardineros de Gatsby hablaban como poetas sobre su proyecto para los terrenos, cada asentimiento encantado de Daisy emitía el aroma nítido a cítricos, lavanda y romero del perfume 4711. Cuando probaron las tartas y las cremas para el postre, riéndose mientras se manchaban mutuamente las narices con glaseado y persiguiéndome con cucharas llenas de crema de mantequilla que parecían bolas de nieve, los hombros de Daisy desprendían el olor de la vainilla y el vetiver de Shalimar. Cuando Gatsby pidió a su florista preferido que le trajera una docena de centros verticales para que pudiera escoger, Daisy desprendía la fragancia de Narcisse Noir, el narciso y el limón tan frescos como un cielo nocturno sereno tras la lluvia. Cada perfume persistía en los jardines y habitaciones de Gatsby, como una decena de fantasmas fragrantes.

—Los estás mirando otra vez —me advirtió Jordan.

—Lo siento.

—¿Por qué te disculpas? —preguntó—. A mí me da igual. Solo he pensado que debías saberlo.

Ese día mi prima llevaba puesto, de entre todas las cosas posibles, un vestido a cuadros de color rosa combinado con unas medias del mismo color, bordadas con enredaderas florales tan delicadas que parecía que podían echar a correr si las mirabas mal. Cuadros rosas y calzas rosas. Por el aspecto mi prima bien podía haber ido a una fiesta de disfraces vestida como una chica blanca. Pero lo llevaba con tanta soltura que una decena de mujeres de la alta sociedad llevarían puesto el mismo atuendo en el siguiente torneo. Era Gatsby quien me preocupaba y el rosa pálido de su traje impoluto. Los hombres que había por allí usaban aquellos voluminosos pantalones de golf, con raya diplomática o sirsaca.

—Todos se ríen de él, Jordan —observé.

Detuvo sus estiramientos de brazos.

—¿A qué te refieres?

—Van a sus fiestas y beben su alcohol y luego se ríen de su papel de pared —dije.

—No les hagas ni caso. —Jordan sostenía un palo de golf de aluminio por detrás de ella, sujetándolo con ambas manos—. Todos ponen mucho empeño en hacer ver que no lo ponen. ¿Ves a aquel que alardea de su número de espectadores? ¿O a aquel de allí, que se saca sutilmente el reloj de bolsillo del chaleco para que todos puedan ver lo caro que es? Y no me hagas hablar de las chicas de aquí. ¿Sabías que se compran los vestidos en París y los dejan en el armario sin tocar durante un año?

—¿Por qué hacen eso? —inquirí.

—Lo llaman curtir —explicó Jordan—, para que nada parezca demasiado nuevo, demasiado entusiasta. Es una cantidad de esfuerzo para no parecer entusiasta que a mí me da la risa, si me preguntas. Dame un vestido nuevo y me lo pondré en mi siguiente fiesta. —Contoneó el cuerpo, todavía sujetando el palo.

»Y por lo del papel de pared, déjalos que hablen. Están todos muy orgullosos de esas fortunas que tienen acumuladas en sus cuentas. Antes comprarían diamantes grandes como una pelota que reemplazar su propio papel de pared raído. Son valores obsoletos. Creen que es todo un logro ser un dinero antiguo. Y así es como lo nombran. No que tengan dinero antiguo, sino que son dinero antiguo. ¿Qué te dice eso?

Una mujer blanca con un vestido azul cielo saludó con la mano enguantada a Jordan, y esta le devolvió el gesto. Me encaramé la bolsa de golf al hombro, con la esperanza de que Jordan no se percatara de que la acarreaba hasta la casa club.

Cuando pasé por el lado de la carpa de los espectadores, eché una mirada furtiva a Gatsby y a Daisy. El sol mandaba destellos a través del cristal tallado de la copa de ella, y él la estaba mirando como si estuviera condensando todas las estrellas en un cúmulo de cubitos de hielo. Para Gatsby, las finas partículas del polvo compacto de Daisy sugerían un mundo al que se le podían suavizar los bordes. Su voz destilaba el dinero que no tenía. La ligereza de sus ademanes prometían toda una vida de rosas sobre la mesa del desayuno.

Cuando Tom se unió a ella en la tienda, Daisy se asomó por debajo del ala de su sombrero, del color del cielo.

—¿Es tu coche el que está ahí fuera, Gatsby? —preguntó—. Un color peculiar. Yo prefiero un cupé azul para mí y dejar los tonos bonitos para las chicas, ¿verdad, Daisy?

—Buenas tardes, Tom —saludó Gatsby.

Tom señaló a Gatsby.

—Yo que tú tendría cuidado con el sol, estás casi tan moreno como Nick.

La tensión se hizo eco en el puño de Gatsby, el que tenía sobre la pierna. Si no hubiese estado acarreando un conjunto de palos de golf, le habría dicho que no valía la pena. Tom me había agotado la paciencia al principio de verano. Siempre que podía, ignoraba la mitad de lo que tuviera que decir.

—Un traje rosa —observó Tom, mirando a Gatsby de arriba abajo—. Algo inusual, ¿no crees? ¿Llevas un reloj de pulsera como complemento?

Para cuando volví de la casa club, Daisy se había marchado del lado de Tom. Jordan y ella estaban bajo una extensa sombra moteada. Se sostenían las manos, y aunque no podía oírlas en la distancia, sabía por la sonrisa de Daisy que le estaba hablando en aquel tono suave y reconfortante suyo. Jordan asentía, respirando hondo lo suficiente como para que pudiera verlo.

Quizá no sabía demasiado sobre cómo funcionaban las amistades entre las chicas, pero la escena era tranquila y dulce de una manera que no podía pasar por alto: Daisy estaba ayudando a Jordan a calmar los nervios. Estaba tanto alentándola para la tarea que se le avecinaba como haciéndola reír para que tuviera un momento para olvidarla. Parecían los pasos ensayados de una rutina, algo que quizá ya habían hecho en muchos torneos anteriores.

Daisy le dio un apretón a las manos de Jordan y luego las soltó. Con un último gesto afirmativo de la cabeza, Jordan se puso encima su actitud de miembro de la alta sociedad y caminó hacia una luna creciente de periodistas que esperaban.

—Jordan Baker, ¿qué crema facial utiliza?

—Aquí, Jordan, ¿eso es un nuevo colorete? ¿Qué color es?

—Jordan, ¿es verdad que lleva las uñas de los pies pintadas de naranja para que le traigan buena suerte?

Sabía que Jordan marcaba las tendencias de moda tanto como cualquier debutante, pero no me podía imaginar que a Walter Hagen le hicieran tantas preguntas sobre su tónico para el pelo o si sus calcetines de la suerte eran lisos o a cuadros.

—Señorita Baker —la llamé, lo suficientemente alto como para que mirara por encima de los periodistas.

—Veo que tenemos a un fan con su propia pregunta —exclamó Jordan—. Jovencito, ¿qué le gustaría saber?

—¿Es verdad que jugó sus primeros grandes partidos desde un punto de salida más adelantado? —pregunté.

—Claro que no —terció Jordan—. Eso es una mentira intolerable y no voy a permitir que la extiendas.

La multitud contuvo el aliento.

Jordan tenía el rostro iluminado como un candelabro.

—Mi primer lanzamiento fue a siete yardas por detrás del punto de inicio —añadió, y la muchedumbre la secundó con su risa animada.

Entre agujeros, Tom saludó a sus amigos de Yale y socios de negocios. Daisy y Gatsby aprovechaban esos momentos fugaces como la luz del sol en las manos. Recogían hojas de la hierba y se las tiraban el uno a la otra, con el verde aferrándose al sombrero de Daisy. Probaron sorbitos de la bebida del otro.

Cuando Daisy comprobó que Tom les daba la espalda, se apretó el pulgar sobre los labios pintados y restregó el color rojizo por los pómulos de Gatsby.

—Ya está, ahora parece que el sol te ha hecho subir los colores.

Eso fue la gota que colmó el vaso para Jordan, que me fue a buscar entre los hoyos doce y trece.

—Haz algo con tu chico, Nick —susurró con uno de los palos aferrado en la mano—. Está siendo descuidado. Míralos.

—Lo sé.

—Entonces detenlo —le ordenó—. No me puedo concentrar si estoy preocupada así por él. Tom está justo ahí y sus amigos no son todos tan estúpidos como parecen.

—¿Qué quieres que haga? —pregunté.

—No me importa si tomas prestado dos conjuntos de palos para que podáis ir los dos a practicar —dijo Jordan—. No hagas que me muerda las uñas por su actitud necia. Me acabo de hacer la manicura.

La siguiente vez que Tom se excusó para ir a saludar a un conocido, lo intercepté.

—Sabes, tenía un profesor que me enseñó toda la física que hay en el golf. —Los nervios por poco hacen que se me quiebre la voz—. Es muy interesante.

Tom se rio.

—De verdad no eres más que un cerebrito, ¿verdad, Nick? Bueno, supongo que necesitamos a algunos como tú para que vigilen el mercado.

Pero funcionó. Involucré a Tom, Daisy y Gatsby en una conversación entrecortada sobre el arco del *swing* y el ángulo del golpe, consolidándome como un auténtico aburrido. Tom se quedó con nosotros, su presencia apagaba el brillo del sol de la tarde, tanto que Daisy y Gatsby se mantuvieron a un brazo de distancia.

———————— ••• ————————

—Hemos tenido que esperar a tu público, que te adora. —Daisy le dijo a Jordan después de que el aplauso enguantado terminara.

—Jordan la golfista, la que arrasa en la pista —dijo Tom.

—Ah, como si hubieras estado observando —le recriminó Jordan—. Conviertes en un despacho cada club de campo.

Daisy pasó un brazo por encima de Jordan.

—Sé que eres la mejor. Pero, en serio, ¿cómo soportas este juego? Es andar interrumpidamente.

—Solo para aquellos que no entienden su arte —terció Jordan—. Venga, tengo que cambiarme. Estoy empapada de estar expuesta al sol.

—Nada de falsa modestia —intervino Gatsby—. Estás fresca como una flor de limón, y lo sabes.

—Deja de intentar que me case contigo, Jay Gatsby. —Jordan sonrió por encima del hombro—. Nunca me voy a enamorar de ti.

—No puedes culpar a un hombre por intentarlo, ¿no? —preguntó Gatsby.

Jordan se agachó hacia Daisy.

—He traído mi Lanvin azul, el que tiene las flores color melocotón. He estado demasiadas horas debajo de tela decorosa. Vamos a centellear un poco.

—Yo he traído el mío de hilo de rayón dorado —dijo Daisy—. El de Madeleine Vionnet. Es rosado y cobrizo a la vez. Una maravilla. ¿Qué opinas de esta tendencia de ir adelante y atrás entre colores vivos y pastel? ¿Crees que se mantendrá?

—Uy, yo creo que durará una temporada —opinó Jordan—. ¿Ese bolso es nuevo?

—Necesitaba algo suficientemente grande como para llevar esa bonita pistolita que me regaló Tom. En todos los bolsos que tenía apenas cabía el pintalabios y la polvera.

—¿La llevas encima? —preguntó Jordan.

—Por supuesto.

—No estará cargada, espero.

—Sí, cargada.

—¿Para qué? —inquirió Jordan.

—Por si Tom decide de improviso que vayamos al campo de tiro. Cree que un regalo no me ha gustado a menos que lo lleve atado a mi persona todo el rato. —Daisy le dedicó una mirada juguetona a Tom—. ¿Te acuerdas de aquel par de zapatos amarillos que me compró? ¿Los que tenían la doble hebilla? Se ofendió muchísimo cuando no me los puse durante varios días seguidos.

—Bueno, ¿no se lo has contado? —preguntó Jordan—. Cora prácticamente le escribe cartas de amor a aquellos tacones verdes de Orsay que tiene y sabe que solo se puede poner un zapato brillante como ese unas pocas veces por temporada.

Siguieron musitando sobre sombreros y los bolsos más pequeños que podía lucir una mujer, guantes y joyería, tacones curvos y cinturas bajas. Sabía sobre faldas y zapatos por mi madre y mis primas, pero aquel era un lenguaje tan desconocido para mí como cuando me daban indicaciones rápidas alrededor de la ciudad.

—¿De qué hablan? —Quería preguntárselo a Gatsby, pero le dirigí la cuestión a Tom por error.

—¿Quién sabe? —respondió este—. Se cambian de ropa mil veces al día. Parece ser que necesites un vestido diferente para escribir una carta que para ir a dar un paseo o atender una llamada telefónica. No intentes entender a las mujeres, Nick. No lo conseguirás jamás. Yo me rendí hace años.

—Yo no creo que sea tan difícil comprenderlas —intervino Gatsby.

—¿Lo oyes, Nicky? —preguntó Tom—. Aquí el señor del traje rosa te va a proporcionar los puntos más delicados de los vestidos de día de una dama. Volantes, collares, lazos, bordados, todo.

El sonido de una risa se elevó en el espacio que separaba a Jordan y Daisy.

—Nicky. —Daisy se acercó a mí rápidamente—. Jordan y yo nos acabamos de acordar de algo divertidísimo y ahora tengo que saberlo. —Me dio la vuelta para poder colocar las manos sobre mis hombros—. ¿Alguna vez has estado dentro de una puerta giratoria?

—Hay una en el edificio donde trabajo —contesté.

—Pero ¿has estado dentro? —insistió.

—Hay unas puertas ordinarias perfectas a cada lado.

—¿Eso es un no?

—Es un no.

Daisy puso la expresión que siempre me alertaba de que me preparara para lo que iba a venir a continuación.

CAPÍTULO XXII

—No voy a entrar en esa cosa —les aseguré.

—¿No quieres enviarle una carta a tu madre en el pueblo y poder decirle que has dado vueltas en la puerta giratoria del mismísimo hotel Plaza? —preguntó Daisy.

—¿De verdad valía tanto la pena esto como para desviarnos de nuestro camino? —masculló Tom.

—Cállate, Tom —le espetó Daisy, y luego se giró hacia mí—. Nick, eres un hombre de ciencia, así que deberías apreciar que las puertas giratorias tienen un propósito científico. Creía que de entre todas las personas a ti te gustaría analizarlo de cerca.

—Ya conozco su propósito —repliqué.

Había leído un artículo sobre las puertas giratorias. También las había en Chicago. La manera en la que dejaban pasar bolsas de aire ayudaba a aliviar la sensación de aire estancado dentro del edificio y la presión que aumentaba a medida que se elevaba la estructura. Eso no significaba que quisiera meterme dentro de una puerta móvil que tanto te podía derribar como te podía llevar a cualquier lado con la misma facilidad.

—No voy a entrar por mis principios —dije—. Parece que no vayas a poder salir nunca.

—Pero no es así, te lo demostraré. —Daisy empujó el primer panel de cristal enmarcado en latón. Aceleró el ritmo mientras cantaba una canción que retumbaba demasiado por el interior de las puertas como para comprenderla.

El encanto de Daisy salió por aquella puerta giratoria. Los huéspedes del hotel la observaron, fascinados por aquella chica vaporosa.

Daisy frenó hasta detenerse.

—¿Lo ves, Nick? Ahora entra conmigo.

—No, gracias.

Daisy exhaló un suspiro sobreactuado con todo su cuerpo.

—Está bien. Entonces, ¿quién va a entrar? ¿Tom?

—No voy a participar en esto —dijo tajante Tom—. No es más que una tontería. Nick ni siquiera quería venir.

—De acuerdo —accedió Daisy—. ¿Jordan?

—¿Y jugármela a que se me rasgue el Lanvin? —Jordan pasó los dedos por encima del organdí de su falda—. Ni siquiera por ti.

Daisy le lanzó una mirada a Gatsby.

—¿Jay? ¿Te importa enseñarle a nuestro chico de Wisconsin que no hay nada que temer?

Gatsby vaciló.

—Si uno de vosotros no entra aquí conmigo ahora mismo voy a armar un terrible escándalo —nos advirtió Daisy. Pero fue el brazo de Gatsby el que buscó con la mano extendida, y tiró de él hacia dentro.

Mientras giraban, inclinaron las cabezas hacia atrás. El pelo dorado de ella y su falda rosa ondeaba tras de sí. Su risa encantadora sonaba distante, amortiguada por los cristales. Cada pocos segundos pasaban lo suficientemente cerca como para que no se interpusiera nada entre ellos y nosotros, y su risa se oía clara y cercana. Luego siguieron girando, y él se desvaneció de nuevo, y su risa sonaba lejana como si viniera de otro planeta. Esa risa era como el foco de un faro, iluminándome y luego dejándome en la oscuridad a intervalos.

Para él yo era una luna a la que arrojarle la luz. Bajo el brillo de la mirada o la risa de Gatsby, yo era luminoso. Cuando dirigía el rayo de su atención hacia mi prima, mi preciosa prima que se hacía pasar por blanca, yo me convertía en un terreno frío y olvidado.

El mohín que hizo Tom con la mitad de su labio inferior estaba en completa contraposición a sus ojos desorbitados. Tenía una expresión tan escandalizada que se podía pensar que Daisy se había quitado el vestido y se había puesto a bailar por el vestíbulo en enaguas.

Daisy y Gatsby habían hecho algo que ni siquiera Tom podía pasar por alto.

En aquel momento, Tom Buchanan, el hombre al que aborrecía, se había convertido en mi horrible e inusitado compañero. Los dos nos habíamos dado cuenta de algo verdaderamente inconveniente.

Tom se acababa de percatar de que Daisy estaba enamorada de Jay Gatsby.

Y yo acababa de enterarme también.

Daisy y Gatsby salieron a trompicones de la puerta giratoria sin aliento con la risa de plata de Daisy cautivando el vestíbulo.

La puerta giratoria seguía rodando, aguantando los restos de su impulso. Mientras se frenaba, mis pensamientos seguían dando vueltas.

¿Le estaba permitido a un chico como yo querer a otro chico? ¿En qué me convertía eso? Tenía unos padres que me habían respetado al decirles que era un chico, y que me habían ayudado a vivir como uno. ¿No debería ser eso suficiente? ¿No deberían gustarme las chicas como algo más que solo amigas a esas alturas?

Debería de haberme sentido atraído por Jordan. Ella era espectacular e irónica, con un cascarón de sarcasmo alrededor de su corazón abierto. No era tan cínica como yo me consideraba a mí mismo ni tan alocadamente romántica como Gatsby. Debería haberme prendado de ella. Pero la adoraba como a una hermana mayor cosmopolita. La admiraba sin envidia, indiferente a con quién se reía o a quién le sonreía. Me había encariñado con Jordan sin sentir ningún indicio de deseo.

Aunque los santos descendieran de los cielos y me bendijeran con el amor por otro chico, ese no podía ser Gatsby.

Él estaba enamorado de mi prima, que había decidido no tener ningún lazo familiar conmigo.

Quería que Daisy estuviera lejos de Tom. Y Daisy se había vuelto a enamorar o estaba más enamorada que nunca de Gatsby. Ese era el mejor resultado posible, ¿no?

—Os propongo una cosa —dijo Tom—. ¿Por qué las chicas no os vais a hacer algunas compras? Probaos sombreros. Y, Nick, estoy seguro de que tienes algunos números que revisar en la oficina, ¿verdad? Gánate la simpatía del jefe cuando llegue el lunes por la mañana. Me lo agradecerás, te lo aseguro.

Mi alivio porque no me metiera en la categoría de «chicas» duró solo hasta que añadió:

—Eso debería darnos al señor del traje rosa y a mí la oportunidad de conocernos mejor. ¿Qué me dices, Gatsby? ¿Por qué no transformamos una de las habitaciones de aquí en una sala de fumadores? ¿Has probado alguna vez el Cohiba? —Tom le dio una palmada en la espalda a Gatsby lo bastante fuerte como para que él tuviera que clavar el talón del zapato en el suelo—. ¿Un Romeo y Julieta?

Puse mala cara. Normalmente no prestaba demasiada atención cuando alguien pronunciaba mal el español, pero el sonido era contundente cuando alguien no ponía ni el empeño en hablarlo bien. Podía oír cómo Tom machacaba las palabras en la boca.

Jordan y yo mantuvimos una conversación silenciosa con la mirada.

Si los dejamos solos..., decía la cara preocupada de ella.

Lo sé, respondieron mis ojos.

Lo único que hizo falta fue un gesto afirmativo de mi cabeza y Jordan estalló con un brío centelleante.

—¿Os pensáis que podéis organizar una fiesta sin nosotras? —Se hizo sitio entre los dos hombres. Pasó un brazo por encima de los hombros de Tom y el otro por los de Gatsby—. ¿El día de mi victoria? ¡Y os hacéis llamar caballeros!

—Tiene razón —añadió Daisy—. No hay ninguna fiesta que se precie si no estoy yo. Diles, Nicky, diles lo que han hecho en mi pueblo desde que me fui.

—No hacen otra cosa que añorarla —dije—. Suspiran en tropel delante de la verdulería. Sollozan porque no está allí para bailar con ellos.

—¡Lo sabía! —profirió Daisy—. ¡Y pensar que alguien se puede creer capaz de pasar una tarde alegre sin mí! —Le ofreció una mano a Jordan, y cuando Jordan la tomó, Daisy le dio una vuelta y la acercó hacia sí. Rieron con la despreocupación de las chicas adolescentes y la gracia imprudente de las mujeres ricas jóvenes.

—Pues está decidido —zanjó Daisy—. Tom, hazme un favor y consíguenos una habitación. Una lo suficientemente grande para que quepamos los cinco.

La irritación que sentía Tom hizo que le subiera el rubor por el cuello y ascendió un poco más cuando Daisy le hizo dar otra pirueta a Jordan.

—De verdad, Tom. —Daisy agarró a Jordan, rodeándole con el brazo la cintura del vestido—. Ha sido tan terriblemente grosero por tu parte, y has herido severamente los sentimientos de Jordan. —Daisy cruzó la mirada con Jordan, a la que respondió con una expresión decaída que no se le habría escapado ni a la última fila de un teatro—. ¿Has visto lo que has conseguido? Ahora resérvanos un salón. Es lo menos que puedes hacer.

Durante los primeros minutos que pasamos en el salón de paredes con papel brocado, Daisy y Jordan hacían piruetas alrededor de la habitación. Gatsby y yo nos sentamos en los extremos opuestos de un sofá unos tonos más oscuro que su traje.

Daisy y Jordan cayeron riéndose y mareadas en el espacio que nos separaba.

—Soy la peor bailarina que hay en el mundo —dijo Daisy con la respiración entrecortada.

—Eres el bombón de cada baile, y lo sabes —repuso Jordan.

Ambas se apoltronaron en unos divanes tapizados con el mismo satén con motivos de hierba doncella.

—Tom, qué idea tan nefasta has tenido. —Daisy apoyó la cabeza hacia atrás—. Hace más calor aquí arriba que fuera.

Desde su lugar en una butaca, Tom esbozó su mejor sonrisa fingida. El vaso que tenía en la mano rebosaba de *whisky*. Tenía la piernas cruzada sobre la rodilla y parecía estar intentando dejar la marca de la suela de su zapato en la tela rosa pálido de la pernera de Gatsby. Pero no la alcanzaba, por más que Tom se intentaba inclinar.

Desde el piso inferior, los vítores de una boda se elevaron por las ventanas abiertas. El perfume del ramo de la novia adornó el aire con un encaje hecho de pétalos.

—¿Deberíamos intentar encontrar a la novia? —Jordan se acercó a una de las ventanas—. ¿Para que nos traiga buena suerte?

—Hace demasiado calor —canturreó Daisy.

—Ay, está muy bonita —apuntó Jordan—. Me encantan los velos capilla, aunque me parece demasiado largo, espero que no tropiece.

—Es como si estuvieras comentando una carrera en el hipódromo —dijo Tom.

Jordan lo ignoró.

—Los vestidos de encaje con mangas largas. Están en todos lados esta temporada, ¿verdad? Daisy, ¿cuándo crees que las novias empezarán a ir sin mangas?

—Mi madre se desmayaría —respondió Daisy.

—Sí, también la mía.

—Mi madre cree que deberíamos celebrar la boda aquí —le dijo Tom a Jordan.

—Tu madre cree que deberías casarte aquí pero con otra mujer —intervino Daisy, cerrando los ojos.

Tom añadió unos cuantos cubitos a su vaso.

—Quizá si movieras algún dedo con los planes sería más amable contigo.

—¿Y para qué iba a hacer eso si ni siquiera me lo has pedido? —estalló Daisy, aunque con un tono más aburrido que enfadado.

—Solo tengo que solucionarlo todo con mi familia, ya lo sabes. Además, hace solo unos meses, no había manera de que dejaras se hablar de vestidos y azaleas.

—Gardenias —dijeron Daisy y Gatsby al unísono.

Un cubito que me había tragado unos minutos antes dio vueltas en mi estómago.

—Ay, tenemos todo el tiempo del mundo para planear la boda —terció Daisy—. Primero, el compromiso, *n'est-ce pas*? Y antes de eso, mi puesta de largo.

Jordan se quedó con la mirada perdida en la ventana.

—¿Cuál creéis que va a ganar?

Gatsby le dio un sorbo a su copa de gaseosa.

—¿Ganar el qué? —preguntó Tom.

—Todos esos edificios ahí fuera. Todos están compitiendo por llegar hasta el cielo. ¿Cuál creéis que va a ganar?

—Me apuesto lo que quieras que todos tienen puertas giratorias —dijo Daisy.

Jordan agarró la rosa de la bandeja de las bebidas y la lanzó a Daisy.

Daisy la sostuvo y se levantó del diván.

—Ay, no vayamos derrochando flores. —Levantó un broche coronado con una perla del sombrero que había llevado puesto aquella tarde. Gatsby observó, embelesado, mientras le prendía en el ojal del chaleco la rosa amarilla.

El desdén en el rostro de Tom espesó el calor que había en el aire.

—¿Cómo consigues alcohol en un hotel? —pregunté con un hilo de voz por lo desesperado que estaba por cambiar de tema—. El hombre lo trajo con su bandeja y todo, y creía que era ilegal. ¿No les preocupa que los atrapen?

Jordan me lanzó una mirada con una mezcla de cariño y lástima.

—Ay, Daisy, ¿cómo lo soportas?

—¿Soportar el qué, querida? —preguntó Daisy.

—Lo dulce que es Nick —respondió—. Es como un polluelo. O un corderito.

—No es ningún animalillo, Daisy —terció Tom—. Diría que es el único de vosotros cuatro que no está haciendo el ridículo. De hecho —se levantó— creo que ha llegado el momento de que traslademos la fiesta a casa.

—Ay, Tom, no —se quejó Daisy—. Nos lo estamos pasando bien.

—Creo que te lo has pasado un poco demasiado bien. —Tom se sacudió unos pedacitos de menta de los pantalones—. Puedo oír cómo el hielo tintinea en tu cabeza.

—No estés tan irritado a causa del calor. Podríamos reservar cuatro habitaciones más y que nos preparen baños helados.

—Podemos hacer eso en casa —repuso Tom—. Hay bañeras de sobra allí. Incluso una azul, si te lo puedes creer. Las cosas estúpidas que quiso instalar mi madre. Y el alcohol es más barato. Vamos, Nick, vas en mi coche.

El calor me pegaba la camisa a la espalda. Una arruga de preocupación cruzó la frente de Gatsby.

—¿Por qué no voy yo con vosotros dos? —propuso Gatsby—. Luego las chicas pueden venir en el coche juntas.

Negué con la cabeza lo bastante sutilmente para que quizá solo se diera cuenta Gatsby y no Tom, un preaviso de lo que iba a decir a continuación.

—Creo que eres, de vosotros tres, el más adecuado para conducir —le dije a Gatsby. Daisy y Jordan se estaban volviendo a calzar los zapatos y poniéndose los sombreros trastabillando.

Gatsby y yo habíamos sido los únicos que habíamos bebido gaseosa. Aunque Tom no me dejara ponerme detrás del volante, al menos habría alguien sobrio en cada uno de los coches. Así que partimos de la ciudad envueltos en el crepúsculo, Tom y yo en un coche, Jordan, Daisy y Gatsby en el otro, con el olor a almidón del hotel aferrado a nuestros cuerpos.

Ni siquiera habíamos salido de la ciudad cuando Tom empezó a meter baza.

—He estado preguntando por tu vecino Gatsby, y ¿sabes qué me han contado? Está metido en una banda de droguerías y un colectivo de cafeterías que venden alcohol de grano en el mostrador mismo. Supongo que eso no lo pone en su tarjeta de visita.

Cuatro millas después, Tom se empezó a exaltar.

—Conozco a ese tipo de hombre. No tiene ningún respeto por la propiedad, en absoluto. Esas fiestas que organiza solo fomentan los matrimonios entre razas. Toda esa mezcla.

Vi cómo aparecía en la distancia el valle de las cenizas. Aquellos picos grises teñían el azul del cielo, oscureciéndolo en la noche mientras avanzábamos por la hondonada.

—No me mires así ahora —continuó Tom—. Te lo dije, tú eres uno de los buenos. No creo que seas tan malo como el resto.

—¿El resto de quién? —pregunté.

No me oyó por encima del rugido del motor y de su propia voz. Siguió echando humo mientras cruzábamos el valle de las cenizas, pasábamos las montañas grises y la sombra de Myrtle Wilson que se asomaba por la ventana de la gasolinera, toda la ruta hasta el ancho camino oscilante de la hacienda de los Buchanan en el East Egg.

—Y él organizando esa ridícula puesta de largo —dijo Tom cuando detuvo el coche—. Como si fuera un príncipe heredero de dinero viejo. Todo es un hazmerreír. Eres demasiado confiado, Nick. Te lo digo ahora. Te verás atrapado en todo este negocio turbio. ¿De dónde viene él? ¿Quién es su familia? De ningún lado y de nadie. —Tom salió, cerrando de un portazo tras de sí—. Era un hombre alistado en la guerra, sin ningún tipo de rango.

Quizá fuera el calor, o el olor de la ceniza mezclándose con la menta del hotel, o el alivio repentino de poder salir de aquel coche. La cosa es que dije:

—¿Y qué rango tenía tu bisabuelo?

Tom se detuvo en seco mientras intentaba hacer funcionar su encendedor.

—¿Cómo has dicho?

—Tu bisabuelo —repetí—. ¿No fue él el que le pagó a alguien para luchar en su lugar en... qué era... la guerra civil? ¿Para poder estar lejos de casa? ¿Sacarle provecho a todo ese baño de sangre? ¿Qué rango tenía?

Tom me empujó contra la puerta pulida de su coche.

—¿Tú quién te crees que eres?

Mi instinto de suavizar las cosas y disculparme entró en acción, pero ese instinto se había hecho cada vez más lento y débil con cada palabra que había abandonado los labios de Tom. No fue lo suficiente activo o raudo como para que me echara atrás.

—Conduces a través de ese valle y no te paras a pensar en ello —le solté—. Está claro que de vez en cuando te viene a la mente Myrtle. A veces. Pero la tierra, toda esa ceniza, ni siquiera te das cuenta de lo que es.

—Es un vertedero para la ceniza que viene de las fraguas de carbón. ¿Te crees que soy tan básico?

—Es lo que queda de todo el trabajo y las vidas y las ruinas que mantienen tu preciosa ciudad y tu preciosa hacienda en funcionamiento —contesté, pronunciando cada palabra con más intensidad que la anterior—. Te diviertes con una mujer por la que te crees que te preocupas. Dejas montones de ceniza a tu paso y ni siquiera eres capaz de dedicarles una mirada. Las personas a las que desprecias son las que hacen que tu estilo de vida sea posible.

—Si la gente como yo te disgusta tanto, ¿por qué viniste a Nueva York? —inquirió Tom.

—Si Gatsby os disgusta tanto a todos vosotros, ¿por qué vais a sus fiestas y os bebéis su alcohol? —pregunté.

La mueca de desdén de Tom le arrugó más la nariz que los labios.

—Me decepcionas, Nick. De verdad creía que eras diferente.

—¿Diferente a quién?

—Al resto de los tuyos.

—Nick —me llamó Gatsby.

No había oído al segundo coche llegar.

Gatsby se adelantó a Daisy y Jordan, que eran como una brisa nocturna de gasa y organdí. Las lámparas del jardín les atravesaban las faldas, haciendo que el largo se mostrara traslúcido en la oscuridad.

Tom miró en su dirección.

—¿Sabes qué? —dijo con voz lo bastante baja como para que solo yo pudiera oírlo—. Está claro que estás fuera de tus cabales en este momento, así que estoy dispuesto a olvidarme de este pequeño arrebato. Por el bien de Daisy.

—Por el bien de Daisy. ¿Y que aguantes con ella sin pedirle la mano también es por su bien?

—Cuidado —me advirtió Tom.

—¿O que vivas en la ciudad y la dejes aquí? —pregunté—. Estoy seguro de que eso supone un gran sacrificio para ti.

—Una palabra más y haré que te saquen de esa casita antes de que salga el sol.

—Adelante —lo azucé—. No quiero nada de ti.

Gatsby, Jordan y Daisy nos alcanzaron.

—Creo que estamos todos un poco exaltados —dijo Gatsby. El tenor natural de su voz no casaba con la respiración agitada bajo su camisa—. Son las nueve de la noche y todavía hace un calor como si fuera mediodía, ¿verdad?

—Tu amigo tiene razón.

Tom me agarró el cuello de la camisa como para hacer un gesto amigable alisándolo. Pero en un movimiento ágil y eficiente, lo estrujó en las manos, arrugándolo más allá de lo que podían aguantar las ballenas.

Un fulgor había prendido en mi interior. Era como la luz de un muelle estallando y que esparcía sus filamentos por doquier. Mi prima y Gatsby conservaban el resplandor del pasado que tenían en común, las risas que habían compartido en el salón de baile y entre los cristales de una puerta giratoria. Pero Daisy todavía llevaba puesta la esmeralda de Tom en el dedo, incluso mientras Gatsby planeaba el gran evento que la coronaría como una chica de alta alcurnia.

Y yo ya estaba harto de todo.

Daisy podía negar nuestra relación, pero no podía negar lo que estaba ocurriendo con Gatsby. Ya eran demasiadas farsas. No podía seguir fingiendo que Tom Buchanan era el hombre apuesto con el que había soñado cuando miraba por la ventana de la habitación que había compartido con sus hermanas. Aquel no podía ser el hombre que se imaginaba mientras seleccionaba la estrellas más brillantes del cielo nocturno de invierno en Wisconsin como si fueran diamantes.

—Daisy —le llamé la atención cuando se acercó lo suficiente como para oírme—. Díselo. Díselo a Tom.

CAPÍTULO XXIII

—¿Que le diga el qué? —se extrañó Daisy.

—Dile por qué has dejado de preguntarle sobre el compromiso. Dile la verdad.

Dile que un hombre que odia a cualquiera que sea moreno o negro no es un hombre al que quieras por marido.

Dile que un hombre que le paga el apartamento a una mujer a la que no conoces no compensa que te regale un velo adornado con diamantes.

Dile que un hombre cuyo amor lleva por requisito que no seas mi prima no es un hombre cuyo amor quieras.

—Ya sabes que he estado planeando como loca mi puesta de largo —se excusó ella—. Ay, he tenido al pobre Jay trabajando hasta agotar sus fuerzas. —Le dedicó a Gatsby una sonrisa dulce y arrepentida—. Simplemente no he tenido tiempo para pensar en la boda. Pero ya lo habrá después. Tendré montones de tiempo para ello. Planearé una boda como no ha visto nunca Nueva York. Después de mi puesta de largo.

—Tu puesta de largo —repetí—. ¿Y del brazo de quién quieres salir? ¿Es él —hice un gesto con el mentón hacia Tom— quien quieres que te presente al mundo?

Tom soltó una risita a la par que Daisy ponía una expresión dolida.

—¿Quién si no? ¿Acaso tienes algún amiguillo en el trabajo que sea más tonto y apuesto que yo? ¿Crees que soy demasiado feo para las páginas de sociedad? —La expresión de Tom era lo bastante amigable. Era la autocrítica lánguida de un hombre que nunca había sido demasiado feo, demasiado bajo, demasiado pobre en nada.

La mirada incómoda de Jordan se desvió hacia Gatsby.

Tom la siguió, tan rápido como bateaba el mazo de polo.

—¿Qué clase de broma absurda estáis tramando? —preguntó Tom—. ¿De verdad os pensabais que iba a salir del brazo del señor del traje rosa? No te lo tomes a mal. —Estas últimas palabras se las dedicó a Gatsby con una calibración perfecta entre educación y sarcasmo—. Daisy está muy agradecida por la pequeña reunión que estás organizando para ella. Aunque por supuesto eso ya lo sabes.

Le clavé la mirada a Daisy, suplicándole en silencio. *Hazlo. Ahora. Dile que quieres salir del brazo de Gatsby. Como si le quieres decir que quieres salir agarrada del mío. Solo déjale claro a Tom que no quieres desfilar por unas escaleras con él. Una vez por todas, renuncia a este hombre que odia todo lo que soy y que podría odiar todo lo que eres si supiera la verdad.*

Por debajo de mi súplica muda escondía una esperanza más profunda y desesperada. No tenía nada que ver con Jay Gatsby y se centraba únicamente en Daisy y en mí y en la tierra de Wisconsin que nos había visto crecer.

¿Te acuerdas de cómo te ayudaba a esconderte de tus hermanas mayores cuando les pispabas el pintalabios?

¿Recuerdas cuando nos zambullíamos juntos en el estanque?

¿Recuerdas cómo una vez estuve bajo el agua durante tanto rato que todos los demás soltaron un grito ahogado, pero tú te echaste el pelo mojado hacia atrás y te reíste, a sabiendas de que siempre volvía a emerger?

¿Recuerdas que fuiste la primera prima a la que le conté que yo era un chico?

Por favor, acéptame. Acepta el marrón de mi piel y el color negro de mi cabello y mis ojos que son una versión más oscura de los tuyos.

Daisy Fabrega-Caraveo, admite que soy tuyo.

Pero Daisy seguía en su tímido silencio.

Asentí en dirección a Gatsby y Jordan.

—Vámonos de aquí.

—¿Por qué os ibais a ir? —preguntó Tom—. Nos lo estamos pasando en grande aquí, ¿no? Hay bebida de sobra dentro.

Crucé una mirada con Gatsby, pero la expresión estoica de su rostro no me reveló nada.

—¿Ya hemos aclarado las cosas, no? —siguió Tom—. El señor del traje rosa aquí presente y yo nos estamos empezando a conocer.

Durante un instante Gatsby permaneció inmóvil, salvo por el movimiento de su garganta mientras tragaba en seco.

—Por supuesto —repuso.

Me marché por el caminito de entrada hacia la calle; no me dedicaron ninguna palabra por encima del hombro hasta que oí el sonido de unos tacones. No era el paso apresurado de mi prima sino unos zapatos livianos y decididos que golpeaban los adoquines con seguridad.

—¿Por qué permites que te irrite de esa manera? —me preguntó Jordan.

Me detuve delante del último seto vivo antes de la verja.

—¿Por qué los aguantas tú? —repliqué—. Eres mejor que todos ellos.

Mientras las palabras abandonaban mis labios, me di cuenta de lo mucho que sentía cada una de ellas. Jordan no tenía la crueldad de Tom, ni la apatía de Daisy ni el optimismo insensato de Gatsby. Ella era la única que lo sabía todo.

—¿Para qué juntarse con ellos? —pregunté.

Me echó una mirada extraña y me dijo:

—Sabes que no te toca a ti velar por el corazón de Jay, ¿verdad?

—¿Pero sí asegurarme de que no actuara de una manera tan imprudente con Daisy?

—Cuando interfiere con mi partido de golf, sí.

Durante ese instante, la risa que compartimos iluminó las lámparas del jardín.

—No me importa su corazón —aseguré cuando se apagaron las sonrisas.

—Por supuesto. —Jordan le dio una patada a una piedra redondeada. Salió volando, dando brincos por la hierba—. Lo que pasa es que hay muchas cosas de tu prima que no sabes.

Estaba a punto de decirle que lo sabía prácticamente todo sobre Daisy.

Luego reparé en lo que Jordan acababa de decir.

—Espera, ¿sabes que es mi prima?

—Claro que lo sé.

—Pero ¿cómo? —pregunté.

—Las chicas nos contamos cosas que no compartiríamos con nuestros enamorados. —Jordan se alisó la falda.

—Y aun así quieres seguir siendo su amiga. ¿Aun sabiendo que es como yo? —El desprecio teñía cada palabra de una manera suave pero clara, como el color del tejido del vestido de Daisy.

Jordan me quitó una hoja del pelo.

—¿Qué quieres decir?

Volví la vista al caminito de entrada a la casa. Por más que aborreciera a mi prima en aquel instante, no quería hacerle saber a Tom la sangre y el color que compartía ella conmigo. Pero estaban lo suficientemente lejos como para no oírnos. Tom, Daisy y Gatsby estaban hablando como si fueran mejores amigos. Tom hacía gestos hacia la arquitectura.

—Has oído a Tom mil veces y sus discursos sobre la mezcla de colores. Cómo todo el mundo se casaría entre razas. Bueno, ¿qué crees que somos Daisy y yo? Existimos porque nuestros colonizadores jodieron a nuestros ancestros de más de una manera. Somos una mezcla. —Extendí los brazos, mostrando mi cuerpo, mi piel, como prueba—. Somos los horribles heraldos de personas de distintas razas que se casaron, Jordan, ¿no te habías parado a pensarlo?

—Sí —dijo Jordan en tono seco—. ¿Y no sería algo espeluznante?

Dejé caer los brazos al lado del cuerpo.

—Eres un poco obtuso, ¿no? —me preguntó Jordan.

—¿Qué quieres decir?

—Mírame —me ordenó ella en español.

Me quedé helado, empezando por la sangre en el centro de mi corazón y luego hasta las puntas de los dedos. En el instante en el que oí a Jordan hablar en español, con el sonido impecable y familiar, me quedé tan paralizado que ni la brisa del océano podría haberme movido los mechones del cabello.

—Mírame, Nick. Mírame de verdad. No como Tom y todos esos hombres me miran. Tú. Mírame de verdad.

Así lo hice. Observé el tono pálido de su piel, el color melocotón de su pintaúñas, el pelo que se había arreglado en un moño perfecto igual que Daisy. Y la vi.

Jordan Baker, la mujer que era una heraldo de las pesadillas de Tom Buchanan tanto como yo. Jordan Baker, la mujer que se hacía pasar por blanca con tanto éxito y probablemente con tanto esfuerzo como Daisy.

—Ay, Jordan —dije en un hilo de voz.

—Ya, basta. No quiero tu lástima. ¿Querrías tú la mía?

—No es lástima —le aseguré.

—Bueno, tampoco quiero tu admiración. ¿Crees que disfruto jugando para un mundo que cree que soy maravillosa pero que no deja que mi propio padre asista a los torneos?

Quizá había algo de iluso en pensar que debería de haberlo sabido. Mi propia prima era la prueba de que era una necedad pensar que podías destaparlo solo con mirar a alguien. Pero Jordan me lo había contado sin decirlo directamente, cuando me había hablado de su familia, solo que no había sido lo suficientemente despierto como para darme cuenta. Su hermano. El regimiento sesenta y cinco. El número me había despertado algún recuerdo en la mente que no había conseguido identificar hasta ese momento. Era la unidad que había oído mencionar de boca de mis primos mayores y de los hijos de los vecinos. Con otro vuelco de estómago, me imaginé a su hermano volviendo a casa a un país que jamás le estaría agradecido por haberlo defendido y que adoraba a su hermana sin siquiera conocerla. Me imaginaba el orgullo dolido de su padre cuando le hablaba de los torneos a los que él no podía acudir.

Con todo, las preguntas reverberaban en mi interior. *¿Cómo no lo había sabido? ¿Cómo no la había reconocido?*

Pero cuando abrí la boca, lo primero que pronuncié fue otra pregunta completamente distinta, la que le había querido hacer a Daisy desde que la encontré en el andén del tren.

—¿Por qué?

—¿Por qué crees? Quería una vida mejor para mi familia. Era buena en algo que me podía ayudar a proporcionársela. Y no solo era buena, sino que además lo adoraba. Todavía es así. Daisy se queja hasta la saciedad sobre lo aburrido que es, pero a mí me encanta. La precisión que conlleva. Lo silenciosa que tienes que ser para ser buena en ello. Pero si quería hacerlo, si deseaba lo que le podría proporcionar a mi familia, tenía que permitir que todo el mundo me transformara en lo que ellos querían que yo fuera.

Jordan se examinó las uñas, el brillo del esmalte.

—Así que como te puedes imaginar, yo seré la última que juzgue lo que está haciendo tu prima. El problema es que no se ha parado a pensarlo con detenimiento, lo que conlleva vivir de la manera en la que lo hace.

»Le habla a su familia, a tu familia, como si nada hubiera ocurrido, como si su vida siguiera igual que antes. Yo no podría hacer eso. Yo los senté y abordamos el tema. Mantuvimos la conversación, por más dura que fuera. La mantuvimos. Pero ella no ha hecho eso con su familia, y dudo que lo haya hecho de verdad contigo.

En un intento de que mi rostro estuviera completamente inexpresivo, sospeché que estaba consiguiendo justo lo contrario.

—Y cree que os está ahorrando a ti y a ellos algo fingiendo que no hay nada de lo que hablar —continuó Jordan—, pero esa realidad encubierta... eso es lo que les va a romper el corazón, porque se supone que son las personas con las que no tiene que aparentar nada. Se supone que contigo no tendría que aparentar nada.

Jordan se giró, y no me pareció que se estuviera apartando de mí, sino más bien que estuviera buscando algo, como en qué dirección podía estar la luna.

Tanto los rumores como la prensa escrita debatían sobre el origen de Jordan, sin llegar a un consenso claro. Era una debutante de Chicago. Era una belleza venida de un pueblecito del valle Hudson. Había crecido en Boston, donde el frío del estado de Massachusetts no la había disuadido de mantenerse lejos ni del campo de golf ni de salir a bailar. Así que no sabía de dónde era Jordan y no se lo iba a preguntar. Me lo diría si ella quería. Pero tenía claros sus orígenes. No los había olvidado ni los olvidaría. Pero me preguntaba si, algún día, Daisy quizá sí. Podía estar tanto tiempo alejada que el nombre Fleurs-des-Bois llegara a esquivar su memoria. El pueblo en el que creció, tan vago y distante como el nombre de un antiguo amigo que no hubiese visto en años.

Gatsby quizá estaba mirando en mi dirección, intentando ocultarlo, pero desde aquella distancia, y con la luz intermitente de las lámparas del jardín, no sabía decirlo con certeza.

—¿Qué provecho le sacas a todo esto? —le pregunté a Jordan.

—No te sigo —respondió.

—No me refiero al golf. Ya sé qué consigues con eso. Me refiero a aguantar a personas como Tom. ¿Qué es lo que quieres?

—¿Tú viniste aquí, no? —Jordan le dio otro puntapié a una piedra y me dio la espalda—. ¿Así que no lo sabes? —Cuando se volvió a girar, un par de lágrimas, llenas como dos perlas gemelas, brillaban en la comisura interna de sus ojos—. ¿No sabes ya todas las cosas que queremos y no podemos tener?

Querida Amelia:

Mamé dice que vas a tener otro bebé, que es la más maravillosa de las noticias. Menos maravilloso es la noticia de que hayas estado enferma con este pequeño igual que te ocurrió con el último. Mamá me contó que te levantas cuando sale el sol para cocinar, limpiar y despedirte de Rodolfo antes de que se vaya a trabajar, pero que acabas enferma en cama para cuando anochece. (¿Por qué las llaman náuseas matutinas? No es que sigan un horario establecido).

He pensado que te iría bien un poco de entretenimiento mientras estás guardando cama, así que aquí te escribo algunas de las cosas más ridículas que he presenciado en las fiestas últimamente.

Un productor nos dijo que vivía tan cerca de la señal de Hollywood que las bombillas brillaban demasiado y no lo dejaban dormir. Creyó que quejarse de eso haría que su fanfarronería pasara más inadvertida.

¡Y deberías ver a todas las chicas intentando ponerse enfrente de las cámaras! Se pasean por delante de los fotógrafos como si no les importara para nada que las nombraran en las páginas de sociedad. Se dedican a apartarse a codazos para conseguir un puesto en la imagen, pero cuando la bombilla parpadea, le dedican al fotógrafo con los ojos desorbitados una expresión que pretende decir: «Ay, no sabía que estabas ahí, ¡qué sorpresa!». Todas intentan hacerse famosas por

azar. Si lo vieras, pondrías los ojos en blanco, y yo te imitaría.

Y no me hagas hablar de las críticas sin fin de las puestas de largo. No se pueden aguantar ni la mitad. Parece ser que los helechos de culantrillo, las rosas y los claveles eran la moda del momento, pero de ayer, así que pobre de la chica que se adorne el cabello y la sala del banquete con ellas esta noche. Rosas blancas y rosadas con lazos dorados parece ser algún tipo de distintivo de chica de campo, pero yo creo que quedan fabulosas, ¿no te parece?

Un par de chicas horribles de alta cuna se estaban burlando de una tercera por celebrar su fiesta en un restaurante. ¡Y se trataba de Delmonico, por el amor de Dios! ¿Acaso hay algún sitio más elegante? Todas juzgan a las demás como si fuera algún tipo de deporte competitivo. Como si el mundo esperara conteniendo la respiración a que decidieran si los broches con zafiros que se ponen en el pelo son elegantes o algo que señala a las nuevas ricas.

Creo que es maravilloso que los nuevos tiempos estén trayendo tantos tipos distintos de puestas de largo. Ya no solo son los bals blancs. *También está el* bal rose, *para mujeres casadas. Mujeres que conducían ambulancias durante la guerra en sus años de juventud y celebran la suya ahora. Incluso el mes pasado, una anciana distinguida —¡todo su cabello era plateado!— decidió que iba a hacer su puesta de largo para celebrar su sexagésimo cumpleaños. Llevaba puestos unos guantes blancos largos, portaba un abanico, y un vestido con tantas perlas que dejó claro que* tenía una fuerte constitución ósea. ¡Incluso coronó su pelo plateado con la más bonita de las tiaras! ¡Y es abuela! ¿No te imaginas que es algo que nuestra abuela habría hecho si hubiese tenido la oportunidad?

Todo es un cambio tan revitalizante comparado con la época en la que las debutantes eran chicas que se sentaban hermosamente al lado de la ventana y bordaban desde el desayuno hasta la cena.

Si me lo permites, te enviaré un vestido de lo más lindo; creo que te quedaría divinamente un Hilda Steward, y puedes ponértelo y hacer ver que estás en Nueva York conmigo. Dará igual lo embarazada que estés, Rodolfo será incapaz de desviar la mirada.

Odio pedirte nada dado tu estado, pero ¿le podrías preguntar a mamá y a papá si están recibiendo mis cartas?

Atentamente,
Daisy

P.D.: Os he vuelto a enviar perfume a todas, pero para que el olor no te moleste, mamá te guardará el tuyo hasta que te sientas mejor.

CAPÍTULO XXIV

—**M**e ofrecería a llevarte a casa, pero conduce Daisy —me dijo Jordan—. Estoy segura de que te llevaría a ti también.

No quería meterme en el coche de Daisy ni quería ir con Gatsby tampoco. Él siempre priorizaría observar a mi prima desde la otra punta de la bahía que fijarse en cualquier persona que tuviera al alcance de la mano.

—No pasa nada. Iré andando.

—Nick, hay millas de distancia.

—¿Alguna vez has estado en Wisconsin? —le pregunté.

Jordan profirió una risa grave y vigorizante hacia el aire nocturno.

—¿Tengo pinta de haber estado alguna vez en Wisconsin?

Sonreí.

—No. La verdad es que no.

Conocer más detalles sobre Jordan y descubrir lo que tenía en común con Daisy, no había hecho que me sintiera más al alcance de su glamur. Todavía tenía el aspecto pulido que proporcionaba el dinero que en comparación hacía que yo me sintiera áspero como la arpillera. El negro de su pelo y el casi ébano de sus ojos contenían toda la elegancia de un vestido de satén.

—El sitio de donde vengo no es ninguna población como Milwaukee o Madison. Está a horas de distancia de cualquier enclave que puedas llamar ciudad. Si tienes que ir a algún lugar sin coche, debes andar largas distancias. Estoy acostumbrado.

—¿Estás seguro? —se preocupó Jordan.

Me giré para ver cómo levantaba el mentón hacia las nubes de color gris perlado.

—Tiene pinta de llover.

Con las manos metidas en los bolsillos, me encogí de hombros.

—No soy soluble en agua.

Cuando había andado una milla aproximadamente, la lluvia me había calado hasta los huesos y el viento esparcía el agua por la carretera. Intenté pensar en ello como algo purificador: una limpieza de cualquier rastro de querer ayudar a Gatsby o a Daisy. Pero cuanto más caminaba, más arrastraba la ropa, que se hacía pesada en la espalda y los hombros. El peso de las perneras de mis pantalones tiraba hacia abajo de ellos desde la cintura.

Un coche frenó a mi lado. Por instinto, me alejé hacia los árboles.

—¿Esto es lo que hacen los hombres jóvenes hoy en día? —dijo Martha Wolf desde el asiento del piloto—. ¿Darse largos paseos taciturnos cuando llueve a cántaros?

Giré la cabeza por encima del hombro.

—¿Puedo ofrecerte un medio de transporte más seco? —propuso Martha—. Creo que voy en tu misma dirección.

Entrecerré los ojos a través de la lluvia.

—No está en casa.

—¿Crees que tu chico es el único al que vengo a ver por aquí? —preguntó Martha—. Conozco a todo el mundo de ambos Eggs. Cada uno de sus residentes. Venga, sube.

—Te empaparé el coche —le avisé.

—Ha visto cosas peores. —Martha abrió de par en par la puerta del asiento del copiloto—. Ahora, espabila o me voy a encharcar.

Le hice caso.

—Puedo saborear ciertas cosas en el aire de lluvia, ¿lo sabías? Como, por ejemplo, puedo prever que esta va a durar hasta la mañana y luego amainará.

—Te estás quedando conmigo.

—Puede ser —dijo Martha—. O puede que no. Lo descubriremos por la mañana, ¿qué te parece?

—Entonces, ¿es verdad? ¿Lo que dijo Gatsby sobre tu paladar?

—Todas las cosas por estos lares se exageran al menos un poco, pero sí —confirmó—. Puedo saber de qué tipo de flores hacen las abejas su miel. Pásame una copa de vino y te contaré la historia de la vida del viñedo. Todo el mundo necesita un talento espectacular, y este es el mío.

—¿Siempre ha sido así? —inquirí.

—Sí y no. Algunas personas hablan como si ya hubiera nacido con ello, pero hay algo en lo que muchas veces no piensan. El talento requiere práctica. Puedes nacer con un oído musical perfecto, pero eso no significa que llegues al mundo sabiendo cómo tocar un instrumento.

—Entonces, ¿cómo aprendiste?

—Mi abuela me enseñó. Mi madre es una cocinera excelente, y no le digas jamás que he dicho lo contrario, pero fue mi yaya quien me enseñó a saborear las cosas de verdad. A ir lo suficientemente lenta como para discernir todas las capas. Se me dan mejor las bebidas que la comida, pero mi abuela… era capaz de probar un bocado de algo y saber qué ingredientes contenía.

La expresión fascinada que mostraba su rostro era algo que no había visto antes en Martha. Tenía un aire tan cosmopolita, como si nada en la ciudad o en el cielo pudiera sorprenderla, y me complació saber que lo que despertaba ese asombro era su propia abuela.

Tras media milla de carretera, Martha me echó un vistazo.

—Ahora es tu oportunidad. Pregunta, adelante.

—Muy bien. ¿Sabe tu madre que eres lesbiana?

Profirió una carcajada de sorpresa.

—Eso no es para nada lo que me pensaba que preguntarías.

—Ah. Lo siento.

—Qué va. Me gusta la gente que me sorprende de vez en cuando. Y sí, mi madre lo sabe. No diré que le fuera fácil aceptarlo. Está claro que desearía que siguiera las normas establecidas, pero me quiere. Las dos sabemos que si quiero seguir yendo a casa, que es el caso, entonces a quién o cómo ame es algo de lo que no podemos hablar abiertamente con nuestros amigos, nuestros vecinos o incluso con parte de la familia.

Me vinieron a la mente los familiares que no había visto desde que había empezado a vivir como el chico que era. Que se lo hubiera contado a mis padres y se lo hubieran tomado tan bien, y que los padres y las hermanas de Daisy también lo encajaran sin problemas ya eran más milagros de los que creía que iba a presenciar.

Martha reajustó las manos en el volante, con un par de guantes de conducir que ayudaban a que las palmas se deslizaran. El puño de su manga se arremangó, revelando una tira de tela que primero me pareció blanca y luego azul cuando la luz plateada de la lluvia se proyectó sobre ella. Ese era el lugar que se había tocado con tanta delicadeza el día que la conocí.

—Es del *tallis* de mi abuelo —dijo. Todavía tenía la vista fija en la carretera, y cuando sonrió, parecía que lo hacía más para sí misma que para mí—. La mayoría de la gente no se da cuenta, pero estaba casi segura de que tú sí habías reparado en ello.

—¿Esto es lo que pensabas que te iba a preguntar?

—No. Creía que me ibas a preguntar qué tipo de trabajo exactamente hacemos Jay y yo.

—Ah. Bueno, si te ofreces.

Mientras Martha hablaba, la luz que se reflejaba de la carretera le hacía brillar el pintalabios.

—Cuando conocí a Jay, su economía no era holgada. Disponía de algo de dinero, pero nada en comparación con lo que necesitaba para comprar esa casa, organizar esas fiestas o cualquier cosa. Pero acababa de recibir una pequeña cantidad del oficial.

—¿Qué oficial? —pregunté.

—¿No te lo ha contado? Bueno, claro que no. Jay no habla mucho de las cosas buenas que tiene. Hablando de lo cual, creo que deberías saber que a la gente que trabaja para él les paga la semana entera pero solo los llama el fin de semana para esas fiestas.

—¿Y eso qué tiene que ver? —me extrañé.

—Nada, pero él nunca te daría una información así, entonces te la doy yo. Es un hombre decente. No permitas que los Tom Buchanan que deambulan por el mundo te digan lo que tienes que pensar.

—Eso nunca.

Giró hacia otra calle.

—Al caso, había un hombre en la guerra, un oficial, y Jay le salvó la vida en las trincheras. Y cuando el hombre murió, le dejó algo. Pero para entonces Jay ya estaba viviendo en Nueva York. Mientras tanto, yo me ganaba la vida enseñando a hombres como Tom Buchanan, a sus amigos y a sus novias a que pareciera que sabían de lo que hablaban en temas de vino. Y Jay pensó que si aunábamos nuestros esfuerzos, podíamos llegar a algún lugar.

—¿Así que ya os conocíais?

—Uy, para nada. —Martha me echó un vistazo—. Ni siquiera nos habíamos conocido en ese punto. Antes de eso él había estado trabajando en las minas como *breaker boy* en el valle de las cenizas. ¿Sabes lo que es un *breaker boy*? ¿Existen en Wisconsin?

—Sé lo que son.

Ojala no lo supiera. Los años que las cosechas eran tan malas que mis abuelos no podían trabajar, habían tenido que ganarse el pan como *breaker boy*. Habían pasado horas separando el carbón de las impurezas, y el azufre de la ceniza y la arcilla les había destrozado las manos y los pulmones. Mi madre culpaba a la industria de que yo no hubiera tenido la oportunidad de conocer a su padre.

—¿Todavía utilizan *breaker boys* aquí?

—Ya no abundan, gracias a Dios, pero quedaban algunos todavía cuando Jay trabajaba de eso. De ahí que no tenga huellas dactilares. Obligaban a los niños a trabajar sin guantes para que pudieran manipular mejor los fragmentos más resbaladizos. Y cuando limpiaban el carbón, producía ácido sulfúrico. Les quemaba los dedos. Cuando llevas a cabo un trabajo así, ni siquiera tienes la opción de mantener las líneas de la piel que dicen quién eres.

Las palabras de Martha me ayudaron a comprender la vergüenza que le había visto a Gatsby algunas veces. No era solo por haber pasado una niñez pobre en Dakota del Norte; venía del polvo de carbón que sentiría para siempre bajo las uñas. Sus invitados podían hacer las conjeturas que quisieran sobre si había amasado su fortuna con la plata de Nevada o el cobre de Montana. Gatsby sabía que la plata, el cobre y el carbón eran cosas que obtenían su brillo tras ser alisados con sangre.

—Entonces, ¿cómo os conocisteis? —pregunté.

—Hacía muchas de sus comidas en bares clandestinos —me explicó Martha.

—¿Cómo se lo podía permitir?

—Puedes comer bien en esos sitios por un precio ajustado, porque el dinero real está en el alcohol, pero si vas a ir para comer, tienes que hacerlo rápido antes de que se den cuenta de que no estás bebiendo. Rotaba los sitios que frecuentaba, un gesto muy inteligente por su parte, porque era fácil recordar a un chico con manchas de hollín en la ropa. Resultó que no solo lo hacía para librarse de comprar bebida. Me estaba buscando a mí. Por lo que se ve, mi reputación me precedía, o la reputación de mi paladar, lo que sea. Y él sabía que lo que yo había estado haciendo significaba que ya había tenido contacto con los ricachones que juegan al polo. Aunque nunca seré como ellos. O amaré como ellos.

Intenté no desviar la mirada hacia su traje: la falda con la chaqueta de hombre que había modificado. Había visto la manera en la que las chicas la miraban; con un interés exaltado, como si no hubiesen sabido hasta ese momento que alguien como Martha pudiera ser posible.

—¿Y nadie te hace sentir nunca como si tuvieras que disculparte por ello? —pregunté.

—Ah, claro que sí. Siempre habrá alguien que intente hacer que te disculpes por lo que eres, pero aprendes a que no te afecte demasiado. Me ayuda a escoger mi propia compañía cuando tengo la oportunidad. Personas que no quieren ese tipo de disculpas. Eso es algo que me gustó de Jay al instante. Él no cree que ninguna persona le deba una explicación.

Mientras los focos delanteros tornaban la lluvia en un millón de agujas de coser, Martha me dio detalles de la idea de Gatsby, cómo aunó el talento de ella y el dinero que el oficial le acababa de dejar. Me habló sobre el arte de importar champán y *limoncello*. Los licores hechos a base de violetas y rosas, con flor de saúco y lavanda. Martha podía distinguir solo con el aroma si una botella había sido adulterada, con la misma precisión que un conservador de museo podía distinguir una pintura falsificada.

Tenían competencia, por supuesto. Existía ya un negocio activo de coñac, que se estaba haciendo cada vez más popular. La gente empezaba a comprender que era casi imposible de mistificar, así que había menos posibilidades de que estuviera contaminado con el veneno del alcohol desnaturalizado. Un principio similar seguía el champán y el alcohol de madera. Pero la reputación de Martha significaba que ella y Gatsby podían importar cualquier cosa y saber a su llegada si era falso, y cuando se empezó a diseminar la información de que nada adulterado se le escapaba a Martha Wolf, pocos llegaban ni siquiera a intentarlo. Si los neoyorquinos acaudalados querían una botella ilegal de Aperol o de Sauternes, y si se querían cerciorar de que fuera auténtica, sabían a quién recurrir.

—Vendemos las cosas para las que la gente rica pagaría cualquier cantidad —continuó Martha—. Las botellas que quieren para alardear delante de sus amigos. Si Jay no me hubiese encontrado y me hubiese convencido de sumergirme en este negocio, quizá todavía estaría dando lecciones en los club de comida.

La lluvia arreció primero, luego aflojó, y Martha me escrutó la expresión.

—Te gusta —aseveró.

—Claro.

—No me refiero a que creas que es un buen ciudadano —contrapuso Martha—. Quiero decir que estás enamorado de él.

Me removí para mirar a Martha. El bamboleo de los focos delanteros en la carretera mojada me permitió vislumbrar su rostro.

—¿Crees que soy gay*? —pregunté.

—¿No lo somos todos? —Martha me dedicó una mirada sonriente—. ¿Jóvenes, gais y radiantes, listos para hacer todo tipo de apasionantes cosas gais?

Di unos golpecitos en la ventanilla como si empezara un brindis.

—Gais y radiantes, todos nosotros.

«Gay» distaba mucho de la única palabra que había oído para designar a los chicos que querían a otros chicos, pero era la más bonita que conocía. Era la única con la que había sido capaz de vivir, teniendo en cuenta las circunstancias.

—No sé si soy gay —dije.

¿Cómo les podría haber pedido a mis padres que hicieran todo lo que habían hecho por mí para que pudiera vivir como un chico, como un hombre joven, si lo iba a arrojar por la borda para querer a otro chico, a otro hombre? La mayoría de los hombres como yo de los que había leído, los que tenían amantes, eran compañeras femeninas. Algunos incluso estaban casados.

¿Había alguno que amara a otros hombres?

¿Existían ese tipo de jóvenes reinventados?

Si amaba a otro chico, ¿me hacía eso menos hombre?

—Quizá la palabra no tenga tanta importancia. Quizá lo sustancial sea la persona. La persona que eres. La persona a la que quieres.

—No lo quiero —le aseguré.

---

* N. del T.: El término «gay» también tiene el significado de «alegre» en inglés.

—Muy bien.

—Tampoco importaría. Siempre tendrá ojos para ella.

—Menudo embrollo, ¿verdad? Los chicos actúan de manera extraña delante de ese tipo de chicas. Creen que una mujer así pone de manifiesto la clase de hombres que son. Es la otra cara de la moneda de los Tom Buchanan del mundo. Los Tom quieren a las Daisy de la misma manera que quieren un reloj caro.

—¿De verdad estás comparando a Tom con Gatsby? —pregunté atónito.

—No estoy comparando a nadie. Lo único que te digo es que todo el mundo tiene sus problemas. Los Tom desean envolver a las Daisy en terciopelo junto a sus gemelos para la camisa. Los Jay quieren a las Daisy para demostrarles algo sobre sí mismos. Si de verdad quieres entender lo que te estoy diciendo, te digo que si yo fuera Daisy, los apartaría a los dos de mi vida.

Me removí en el asiento.

—¿Se lo vas a decir a alguien?

—¿El qué? —inquirió Martha.

Una sola palabra se abrió paso en las brumas de mi mente y se arrastró hasta Manhattan. Si aterrizaba allí, me quedaría sin trabajo antes de que pudiera limpiar los papeles de mi escritorio. Martha podía poseer el poder y el glamur para sobrevivir a los rumores, pero ese no era mi caso.

—Que crees que soy gay —aclaré.

—¿Estás de broma? Para empezar, no es de mi incumbencia decidir lo que eres. Y segundo, cada palabra que usan para designar a las personas como nosotras es un insulto. Eso aclara muchas cosas. Incluso «gay», lo dicen como un insulto. También «lesbiana». Pero a mí me importa más bien poco cómo la usen. Es nuestra palabra. —Desvió la trayectoria del vehículo para esquivar un coche que andaba lentamente por el centro de la carretera.

Intenté familiarizarme con la idea de que alguien se pudiera apropiar de un insulto y transformarlo en algo más delicado, algo adecuado para que cupiera dentro del espacio de un corazón o entre las sábanas.

—Por descontado, también me han dicho que soy terriblemente aburrida. Tengo que enamorarme al menos un poquito de una chica antes de dejarle que me emborrone el pintalabios.

—¿Por qué te hace eso aburrida? —pregunté.

—La gente siempre encuentra alguna pega con lo mucho o lo poco que hacen las mujeres —me explicó Martha—. Si no hacemos tanto como creen que deberíamos, entonces somos aburridas o frígidas. Si hacemos más de lo que creen que deberíamos, entonces somos facilonas o promiscuas. No hay manera de acertar, así que beso a tantas chicas o a tan pocas como quiero.

—¿No optarás por un matrimonio lavanda?

—Ese tipo de cosas salen mejor si se hacen de dos en dos, si puedes conseguirlo. Como una cita doble de por vida, en cierto sentido.

Me acordé de las parejas en el bar, las esposas mirándose a los ojos mientras los maridos hacían lo propio una mesa más allá.

—Pero eso me exigiría actuar como una esposa formal para encajar en el papel de toda esa pantomima. La gente se siente muy amenazada por las mujeres a las que les va bien estando solas, especialmente a las mujeres como yo.

Quería hacerle más preguntas. Qué edad tenía cuando lo descubrió. Cuántos miembros de su familia lo sabían; si podía asegurar cuanta parte de su familia estaba al corriente o lo habían adivinado. Si opinaban que era una chica moderna con sus chaquetas entalladas y su pintalabios más brillante que el tono oscuro típico burdeos o si por el contrario creían que era una hija incorregible, simplemente una variedad distinta de las que llevaban vestidos decorados con cuentas y sujetadores rosas con cordones.

Pero entonces llegamos a la calle angosta atestada de árboles justo delante de la casita de campo.

—Te acercaría un poco más, pero prefiero no perder ningún eje en el barro.

—Está bien. —Estiré la mano para abrir la puerta—. ¿Estás segura de que no quieres pasar?

—Creo que te he dejado bastante claro que no me gustan los chicos.

—No me refería a eso.

—Lo sé. —Me esbozó otra sonrisa de hermana mayor—. Tengo que ir a un sitio.

—Espero que la encuentres —le dije justo antes de abrir la puerta.

—¿A quién? —preguntó ella.

—A la chica por la que te dejes emborronar el pintalabios.

Empecé a empaquetar. No me iba a esperar a que Tom enviara a alguien que arrojara mis maletas a la otra punta de la bahía y pisoteara los tulipanes color pastel que Gatsby había plantado.

Sea lo que fuere que los Tom Buchanan del mundo te permitieran tener, te podían despojar de ello con poco más que marcar en el teléfono de su escritorio.

Lo metí todo sin prestarle atención. Tirantes y sostenes. Camisas y libros.

No importaba si conseguía abrirme camino como analista cuantitativo. Tampoco tenía importancia que pudiera llegar a ganar cien mil dólares. Seguiría siendo un chico moreno descendiente de una familia de betabeleros. Había llegado al mundo apestando a remolacha y tierra húmeda. Siempre me desvanecería bajo la sombra de hombres como Tom Buchanan y el dinero viejo de su familia.

—¡Nick! —La voz de Gatsby cortó la lluvia.

Di por hecho que me la estaba imaginando. Gatsby no podía estar llamándome. Como pretendiente fiel de Daisy que era, debía de estar atento por si veía alguna señal de ella en la orilla. O quizá seguía en East Egg, sobre la lengua de tierra que formaba la costa donde la luna se filtraba por entre las nubes, haciendo que su traje rosa adquiriera un tono cuarzo.

—¡Nick! —Su voz atravesó la lluvia de nuevo.

Se oyó cómo se cerraba de golpe la puerta de un coche, con los faros todavía encendidos.

Gatsby se acercó a mí corriendo.

—He estado barriendo todas las calles en tu búsqueda. Jordan me dijo que te fuiste a pie.

—Martha me trajo a casa. Yo... —tragué saliva para deshacer el nudo de mi voz y le di unos golpes a la maleta con el talón— creo que será mejor que me marche.

—¿Qué? —se sorprendió—. No.

Se acercó un poco más, y detrás de él los focos de luz iluminaban el confeti plateado de la lluvia.

—Quédate —me pidió Gatsby—. Por favor.

La lluvia le había empapado la tela rosa de la chaqueta.

—Tu traje...

—Me importa un pimiento mi traje. —Se quitó la chaqueta y la lanzó a un lado, dejando a la vista una camisa clara sobre los pantalones rosados—. No te vayas.

—¿Qué haces aquí? —quise saber.

Hizo caso omiso a mi pregunta.

—No tienes que decidir nada ahora mismo. Quédate al menos esta noche. —Pestañeó a través de la lluvia—. Creo que me sobra alguna habitación.

Pretendía hacerme reír, y quería hacerlo, pero ni mi rostro ni mi garganta lo consiguieron.

—Anda, ven, por favor.

Me acercó a él lo bastante lento como para que pudiera haberme zafado con facilidad. No lo hice, aunque el sonido y la fuerza de mi corazón rivalizaban con los de la lluvia que caía sobre los adoquines.

El aguacero nos empapó las camisas y los sostenes hasta dejarlos transparentes como el agua. No eran nada más que velos de océano entre su piel y la mía.

Pero yo sabía lo que era aquello. Su agarre férreo, la brusquedad con la que me había dado dos palmadas en la espalda, la manera en la que me sujetaba de una forma más firme que íntima. Aquel era el abrazo de dos amigos, nada más.

El único Caraveo que podría llegar a tener jamás el corazón de Jay Gatsby ya se lo había roto.

—Por favor —me suplicó—. No sé qué haría sin ti aquí.

Seguía con la mano apoyada sobre mi espalda y los regueros de lluvia nos surcaban los cuerpos.

Solo una noche. Decidiría qué hacer por la mañana.

———————— ●●● ————————

Querido Nicolás:

Estoy completamente furibunda con Tom y su pequeño arranque de cólera. Estoy que hecho chispas.

Me he prometido no dirigirle la palabra desde ahora hasta la noche de mi puesta de largo. Si necesito comunicarme con él para algo, le dejaré una nota en uno de mis impresos.

Sé que se arrepiente de haberte hablado así, y sé que no tenía intención de amenazarte, de verdad, pero su orgullo le impide ponerle remedio. Se queda fuera de la puerta de mi habitación con sus exhortaciones. «Venga ya, Daisy» o «Nick está bien y lo sabes». O «a veces me dejo llevar» o, la más nauseabunda de todas, «soy mejor cuando estoy contigo, Daisy. Me haces ser mejor». ¿Por qué tiene que ser mi cometido hacer que un hombre sea mejor?

No para de mandarme pequeños regalos. Un conjunto de guantes de encaje violeta. Un collar de perlas que me da la vuelta tres veces, como si quisiera decirme que ahora se me pueden confiar unas perlas y que no me voy a caer de un barco con ellas. Un perfume en una botella angular con aroma a flores y otra en un envase de cristal negro que huele a melocotón y geranio (me he apuntado el nombre en una nota. Tengo que hacerme con una botella para mamá y tu madre).

Pero me niego a que me aplaque por cómo te ha tratado. Te sorprendería si me vieras rechazando sus ofrecimientos como una gatita de casa refinada insatisfecha con un plato de comida. (Hoy me ha traído una orquídea de lo más inusual. Ni siquiera me gustan esas flores, ¿es que no lo sabe? Tienen mucho temperamento. Estoy hasta la coronilla de pensar que puedo destrozar algo tan bonito a causa de mi dejadez).

Pero pasemos a temas más agradables. Jay dice que te estás quedando con él ahora, y puedo tocar el cielo con las manos de contenta. Los dos sois tal para cual, y creo que deberíais conoceros mejor el uno al otro. Eres tan horriblemente serio y práctico con todo. Quizá él te pueda ayudar a divertirte un poco.

Va a ser una tarea titánica enseñarle a Tom a que no sea tan rencoroso, pero me alegra que al menos pudiéramos sacar de su comportamiento deplorable el *beneficio de que Jay y tú estéis juntos. Así que todo ha acabado saliendo bien, ¿no?*

Atentamente con eterna devoción,
Daisy.

CAPÍTULO XXV

—¿De verdad lo vas a hacer? —pregunté.

—Sigo queriéndole ofrecer la posibilidad de que pueda escoger algo distinto a una vida con Tom. Aunque no sea una vida conmigo.

Los jardineros entraban cajas de madera llenas de tierra negra y cubiertas con bulbos de flores. Al final de la tarde, un río de jacintos color burdeos más oscuro que el azul de la bahía reseguía los terrenos. Las flores añiles estaban tan apretadas las unas con las otras y la brisa del océano hacía ondear los tallos de tal manera que si alguien se tomaba algunas copas de más podía acabar confundiéndolas con agua real. Unos bancos de narcisos flanqueaban ambos lados. Islas de tulipanes corales y campos de jacinto de todos los tonos rosados imaginables rompían la extensión de la hierba.

—¿Y qué opina de cómo está quedando? —le preguntó el jardinero jefe.

—Absolutamente espléndido. Ojalá pudiera usted entrar en mis sueños para embellecerlos así.

El hombre se quitó los guantes, dejando que el ala de su sombrero ocultara una sonrisa orgullosa en su rostro.

—Mañana nos encargaremos de darle forma a los cipreses.

—Ah, creo que están bien —dijo Gatsby.

—¿Confía en mí o no? —preguntó el hombre mientras se iba.

—¿Estás seguro de esto? —le inquirí cuando nos dejaron solos—. Estás admitiendo públicamente tu derrota. Ya sabes que Tom se muere de ganas por alardear de su victoria en tu propia casa.

—Esta no es mi casa —terció Gatsby.

—¿Qué quieres decir?

Barrió la mansión con la vista.

—No me puedo aferrar a este sitio. Solo con su mantenimiento acabaría en la bancarrota.

Me lo quedé mirando.

—¿Qué?

—Con lo que me quedará después de esto y las fiestas, me bastará para llevar una buena vida, pero no en un sitio así.

—Entonces, ¿por qué la compraste?

—Supongo que tenía algo que demostrar. Aunque me parece un poco absurdo ahora, ¿no?

—No, para nada. Pero no lo entiendo. Los negocios parecen iros bien a Martha y a ti, ¿me equivoco?

—Ah, sí —convino—, pero el dinero no es infinito. Es real, y está por escrito y tiene sus límites.

La manera en que lo dijo era tan llana y llena de sentido que me sentí como un ingenuo al instante. Siempre había pensado que la riqueza de los lugares como East Egg y West Egg era inacabable, que si eras acaudalado, eras rico de alguna manera infinita. Pero en ese momento me di cuenta de que esa concepción era tan errónea como dar por sentado que el precio del trigo o el oro nunca iba a caer.

—Esto es por mi culpa.

La preocupación surcó el rostro de Gatsby.

—¿Qué quieres decir?

—Yo te convencí de que le prepararas la puesta de largo a Daisy, y por lo que veo que estás organizando, puede que te lleve a la ruina.

—Que tuviera que abandonar este lugar puede ser una consecuencia, sí, pero ¿y qué? Habré hecho todo lo que está en mi mano. Ella será una debutante con el suficiente prestigio como para saber que tiene otras opciones más allá de Tom. Aunque esa opción no sea yo, tendré la conciencia tranquila por haberlo intentado todo. Se lo merece.

—¿Y luego qué? —pregunté—. ¿Te irás de West Egg?

—Quizá. También puede ser que me vaya de Nueva York.

—¿Me convenciste para que me quedara pero estás pensando en irte?

—Mientras tú estés aquí, se me hace soportable. —Tenía una expresión casi triste cuando pronunció las palabras.

Ojalá no me dijera cosas como esas. Para él, yo no era más que un buen amigo, pero mi corazón seguía el suyo de la misma manera que el de él seguía el de Daisy. Ella era el sol alrededor del cual orbitaba su ser, y yo la luna, ensombrecida y desapercibida.

Un fragmento de alambre floral recubierto de material verde yacía en el suelo, probablemente olvidado al lado del camino de adoquines, y me vino una idea para subir los ánimos.

—¿Me podrías traer un poco de detergente y agua? —le pedí.

Se fue adentro, y mi amor por él creció un poco más por no preguntarme el motivo.

Para cuando volvió, yo había retorcido el alambre en la forma de un panal.

—Me tienes intrigado. —Gatsby colocó el cuenco en una mesa bajo un parasol.

—¿Has oído hablar de las superficies minimales? —le pregunté.

—No. ¿Qué son?

Sumergí el alambre en el agua jabonosa.

—Es la superficie más pequeña posible dentro de un área cerrada. —Sostuve hacia la luz el panal lleno de burbujas—. Minimiza el área dentro de una forma prescrita.

Gatsby se quedó a mi lado, ambos estudiando los colores que discurrían por la iridiscencia.

—¿Hay alguna gran lección que me estoy perdiendo? —inquirió.

—¿Acaso todo debe tener algún tipo de significado? —tercié—. Simplemente quería hacer esto. —Soplé a través del panal y las burbujas volaron en su dirección.

Se rio, levantando las manos hacia las burbujas como si estuviera ofreciendo un lugar donde aterrizar a unas mariposas. Por enésima vez desde que conocía a Gatsby, me maravillé al ver cómo un chico podía tener un corazón tan hecho pedazos y aun así mantener la capacidad de asombrarse inmaculada.

Volví a hundir el alambre en el cuenco.

—Pongamos por caso que la superficie de la piscina se pudiera estirar todo lo posible dentro de su forma.

Gatsby sopló a través del panal empapado y las burbujas flotaron hacia la piscina. En el suelo resplandecía una espiral iridiscente blanca contra el azul oscuro. Mirándolo en aquel momento con las matemáticas en mente, entendí su forma de una manera que se me había pasado por alto durante el ruido de las fiestas.

Bajé el alambre.

—Es una caracola espiral —observé—. Como un caracol de mar.

—Bien visto —me felicitó Gatsby—. Nadie se da cuenta. Solo aprecian los pellizcos de luz que suelta cuando todo el mundo está salpicando a su alrededor completamente vestidos.

Lo había presenciado. Los invitados se ponían trajes de baño para la playa, pero la piscina parecía ser siempre una decisión más impulsiva. Se zambullían en ella con los vestidos y los trajes delicados.

—El hombre que la construyó hizo que colocaran ese patrón con pequeños fragmentos de ópalo. ¿Te lo puedes creer? —Gatsby parecía estar buscando algo bajo el agua—. Sabes, no la he usado en todo el verano.

—¿Por qué no?

—¿De verdad te crees que me voy a meter durante una de mis fiestas? Todavía tengo que encontrar un sostén que pueda ocultar debajo de un bañador.

—Si tus invitados se sumergen con la ropa, ¿por qué no haces lo mismo?

—No me gusta incentivar eso —me explicó—. Especialmente entre los ebrios.

—Entonces métete ahora —le propuse—. Solo estamos nosotros. ¿Por qué no?

Se quedó analizando la piscina, del mismo azul que me imaginaba que debía de tener el Mediterráneo.

—¿Entras conmigo?

—¿Ahora?

—Tengo un bañador extra.

Vacilé.

—¿No sabes nadar? —me preguntó.

—Ah, sé nadar. Soy un nadador excelente.

Gatsby esbozó una sonrisa provocadora.

—Entonces demuéstramelo.

———— ••• ————

Me quedé en el fondo; el azul tan profundo que me podía imaginar que estaba en el lecho del océano. O, si reseguía aquella espiral de ópalo, dentro de una caracola.

A medida que me iba acercando a la superficie, el azul se difuminaba con el sol, que lo plisaba en capas tan delicadas como el tul.

Rompí el agua y meneé la cabeza para quitármela de los ojos.

—¿Cómo haces eso? —Gatsby flotaba en la piscina cerca de mí—. Has estado sumergido durante cien años.

—Pude practicar mucho en el estanque del pueblo —le dije—. Puedo mostrarte cómo.

—No, gracias. Prefiero quedarme donde pueda respirar.

—Venga ya. Tú me has pedido que me meta.

Las manos de Gatsby se deslizaban cortando el azul, como si estuviera jugueteando con el agua.

—Está bien.

Se acercó lo suficiente como para que pudiera comprobar cómo la sal cambiaba su aroma. Lo agudizaba, como si estuviera cobrando vida en el agua.

—¿Estás listo?

Tras su gesto afirmativo, nos sumergimos.

Observamos las versiones borrosas de cada uno. Unos trajes de baño color negro idénticos nos cubrían de los hombros hasta la mitad de los muslos.

Desvió la mirada hacia la superficie, como si estuviera pensando en ir hacia ella.

Le agarré las manos, calmándolo para que permaneciera quieto. Los chicos mayores me habían enseñado que podía aguantar la respiración más tiempo del que creía. Si podía mantener a Gatsby bajo el agua unos cuantos segundos más de lo que pensaba que sus pulmones eran capaces, experimentaría la subida de adrenalina de conseguir hacer algo que pensabas que era imposible.

Unos halos de luz adornaban nuestros cuerpos en el fondo de la piscina, como si fueran las lágrimas de cristal de un candelabro.

Gatsby se me acercó. Cerró los ojos y en la visión acuosa parecía como si fuera a besarme.

Lo había mantenido demasiado tiempo debajo del agua, y debía de estar aturdido. Rodeé su cintura con un brazo y tiré de él hacia la superficie.

—Lo siento —me disculpé—. ¿Me he excedido con el tiempo?

—No —contestó, respirando con bocanadas tan grandes que supe que estaba mintiendo—. Para nada.

———— ••• ————

Querida mamá:

Me entusiasmé mucho al recibir tu carta, aunque debo admitir que esperaba que su contenido no fuera solo preguntarme si me había cortado el pelo. No es el caso. Sé que está demasiado rizado y largo para un bob francés, pero me sé unos trucos de lo más útiles. Si me ato el pelo en un moño bajo, puedo peinarme los mechones de delante para que den la sensación de que llevo ese mismo estilo.

Y no, no me depilo las cejas demasiado. Tampoco utilizo demasiada sombra de ojos ni máscara. Me limito al colorete y al pintalabios.

Mamá, Amelia me contó algo de lo más deleznable. Me dijo que crees que estoy avergonzada de todos vosotros, y que ese es el motivo por el que no os he invitado a Nueva York o he traído a Tom para que os conozca. Por supuesto que no me avergüenzo de vosotros. Me parte el corazón que puedas siquiera llegar a pensar eso. Tampoco me avergüenzo de Nick. ¿Habría convencido al tío y a la tía de que lo dejaran venir aquí si me avergonzara de él? Todo el mundo lo conoce aquí como uno de mis más antiguos y queridos amigos.

Atentamente,
Daisy

CAPÍTULO XXVI

— • • • —

Durante el día trabajaba en la ciudad, dándole sentido a un universo de números mientras los hombres lanzaban órdenes de comercio y anécdotas del fútbol universitario por encima de mi cabeza. Practicaba las palabras que Gatsby me había enseñado («mermelada» y no «conservas», «papel para escribir» y no «hoja de papel», «receptor» y no «radio»). Y Gatsby se ocupaba de sus negocios con Martha y de adornar los terrenos.

Pasábamos las noches en agua salada. La luna tornaba la arena húmeda en plata, y nos tumbábamos en ella, mirando al cielo. La marea se iba acercando a nuestros pies descalzos y las olas más grandes nos lamían los talones.

—¿Por qué no me cuentas más del lugar de donde vienes? —me pidió.

Solté una risotada.

—De donde vengo, damos las direcciones usando los graneros como referencia.

—Quieres decir que es algo tipo: «Toma la calle después del tercer silo», o «gira después de dos graneros rojos y uno verde», ¿ese tipo de cosas? —inquirió Gatsby.

—Exactamente.

—También hacemos eso en el lugar de donde vengo yo.

El ángulo no era el adecuado para ver la luz verde en la otra punta de la bahía. En vez de eso, nuestras vistas la formaban la luna y su capa de estrellas.

—¿Y tu familia? —me preguntó—. ¿Cómo es?

Después de haberme presentado la primera vez como hijo de los Caraveo de Campo Betabel, no había ninguna razón para no decírselo.

—Hace mucho tiempo, antes de que llegáramos a Wisconsin, estábamos asentados en lo que ahora es Texas. Luego se anexionó a este país. Mi familia perdió la poca tierra que les quedaba. A partir de ahí no tardaron en dirigirse al norte en busca de trabajo como jornaleros, betabeleros. Los productores del medio oeste contrataban trabajadores de Texas para cosechar remolacha.

No dejaba de anticipar que en cualquier momento Gatsby se iba a incorporar para asegurarse de que la luz verde seguía allí.

—¿La echas de menos?

—¿A la remolacha? Para nada.

Alargó la mano por encima de la arena y me empujó el brazo suavemente.

—A tu familia.

—A veces —confesé—. Echo de menos jugar al ajedrez con mi padre, y perder cada partida. Echo de menos cómo mi madre puede oír cuando un zorro se acerca al gallinero.

—¿De veras?

—Uy, sí. Es un sexto sentido que tiene. De repente se echa a gritar y sale corriendo fuera. Incluso se despierta del sueño profundo de la misma manera y se va directamente a la puerta.

Gatsby se rio.

—¿En serio?

—Todavía asusta a mi padre, incluso después de tanto tiempo.

En la oscuridad, Gatsby habló de crecer en la pobreza en Dakota del Norte, criado por su tía y la mujer que ella decía que era su compañera de habitación. No las había visto en años, y como no tenían teléfono, solo se contactaban mediante cartas y el dinero que Gatsby les enviaba mensualmente.

—Me pusieron el nombre de mi tío. Cuando les dije que era un chico.

Me habló de cuando se alistó, y esa vez me contó la edad que tenía en aquel entonces. Catorce, la misma que me había figurado.

—Y antes de poderme dar cuenta, estaba en el escuadrón de infantería dieciséis —continuó.

—¿No sabían que eras demasiado joven?

—Me supongo que sí, pero cuando les dije que no tenía mi certificado de nacimiento, no pusieron ninguna objeción. Muchos de nosotros no lo teníamos y aceptaban a cualquiera que se presentara. Solo comprobaron que cumpliera con las medidas mínimas.

—¿Las medidas mínimas? —repetí extrañado.

—1,60 para la altura —aclaró—. 86 centímetros para el pecho. —Con una mano bajo el mentón, soltó una carcajada discreta—. Esto te gustará. ¿Te has fijado en las pocas barbas que hay?

Tenía razón. Lo máximo que había visto en cualquier hombre más joven que el señor Benson era un bigote de lápiz, aunque eso había sido solo uno de los cientos de detalles sobre los hombres de Manhattan y sus cabezas. El olor a cera, el pelo engominado hacia atrás, el brillo de la ropa elegante. Cómo tenían fechas concretas en las que cambiaban los sombreros de verano por los de invierno (día del sombrero de fieltro) y viceversa (día del sombrero de paja), y lo seguían a rajatabla aunque el frío del otoño o la calorina de la primavera llegaran con retraso.

—Sí. ¿A qué se debe?

Las cuchillas eran reglamentarias durante la guerra. Puesto que animaban a que los hombres se afeitaran, mi falta de cualquier vello facial significativo hacía que tuviera un aspecto bien acicalado. Así que después de la guerra, el rostro limpio pasó a estar de moda, y lo mismo con las patillas recortadas.

—¿Les importaba que parecieras ir aseado mientras combatías? —pregunté.

—No se trataba de eso. Con la cara afeitada era más fácil sellar las máscaras de gas.

—Ah. Claro.

¿Cómo había podido preguntar algo tan obvio? ¿Cuántos hombres de mi condado habían vuelto a casa con los pulmones chamuscados por el fosgeno, o directamente no habían regresado?

Gatsby me habló del bosque de Argonne, plagado de cicutas y pinos y del ritmo incesante de las trincheras: seis días dentro y uno de descanso si tenías suerte. No hizo mención al frío y al barro, al peso de la ropa mojada, a las ratas y el olor a muerte, a la gripe que azotó los campos las últimas estaciones de la guerra, sesgando la vida de los soldados incluso más rápido que lo que había tardado mi abuela. Pero él no tendría que haber estado allí.

Mientras que Daisy y yo habíamos sido niños, Gatsby se había visto en la tesitura de tener que ser uno que actuaba como un adulto. Daisy y yo habíamos llorado a primos, tíos y vecinos, pero nos habíamos librado de las amargas escenas que Gatsby había presenciado. Él había vivido en aquel infierno de barro y veneno.

—Crees que todo esto lo hago por ella —dijo Gatsby—. Esta casa. Las fiestas.

—¿Y no es así?

—Soy más egoísta que eso.

—¿Cómo?

—Porque así es como olvido —arguyó—. Así es como muchos de nosotros olvidamos.

Como las iteraciones de un fractal, entendí cómo Gatsby podía poner una expresión tan atormentada en sus fiestas y aun así seguir organizándolas. El brillo de las lentejuelas, el centelleo flotante de los vestidos, los trombones y los clarinetes, el susurro de las cuentas; todo empellía el gris denso que envolvía el bosque de Argonne.

—Pero ¿no te da miedo? Todo ese ruido y las luces brillantes. ¿No te hace revivirlo?

—Sí —afirmó—. Pero se trata de eso. Tengo la esperanza de que si me acostumbro a un ruido como ese, y a fogonazos brillantes en una fiesta, entonces algo que sea atronador o cegador no me asustará tanto. Me acordaré de todo el barullo de una fiesta y olvidaré el ruido que quiero que desaparezca de mis recuerdos.

Sabía que estaba compartiendo conmigo algo que nunca le diría a Daisy. Aquello era un resorte bruto y áspero que no había pulido lo suficiente para poder presentárselo a ella. Y eso hacía que quisiera custodiarlo con cuidado, con afabilidad.

—No les gusta demasiado hablar de ello, y quién podría culparlos —prosiguió Gatsby—. Pero en todas las fiestas de aquí hay siempre algunos de nosotros. Volvimos a casa a un mundo que no reconocíamos y a un país que no sabía qué hacer con nosotros ni le importaba demasiado. Los chicos como tú y como yo sabíamos que tendríamos que trabajar mucho más duro para que nos consideraran hombres, y debíamos hacerlo sin importar lo que habíamos logrado en la guerra. Los soldados negros volvieron a un país que no valoraba sus vidas más que el día que se habían marchado, aunque las habían arriesgado por él. El gobierno todavía no le ha otorgado a Bhagat Singh Thind y a Marcelino Serna la ciudadanía.

Durante un momento vi un hilo de luz en él, una grieta en toda aquella esperanza romántica. Me dejó a la par triste y tranquilo. Triste porque no quería comprobar lo frágil que podía ser en realidad aquella esperanza. Tranquilo por la gran capacidad que aquel chico tenía de ver fuera de sí mismo.

Tom podía seguir haciendo chistes sobre lo moreno que Gatsby se estaba poniendo aquel verano. No tenía importancia. Gatsby sería siempre blanco, y yo siempre sería moreno, y eso marcaba una distancia entre los dos que nunca podríamos acortar, como el espacio inevitable entre dos átomos. Pero Gatsby se percataba de las cosas que estaban mal en el mundo junto con las cosas que eran preciosas. Quizá no había ningún otro chico blanco en Nueva York que pudiera entender a alguien como yo, a una familia como la mía, mejor que Jay Gatsby.

—Ninguno de nosotros tiene la misma historia —dijo Gatsby—, pero muchos perseguimos lo mismo. Vamos en busca de la manera de hacer que una luz brillante o un sonido estruendoso sean simplemente eso, y no otras cien cosas que no queremos recordar.

Gatsby era un hombre que se había reinventado a sí mismo, de muchas maneras distintas. Había pulido su acento y había aprendido a decir «sofá» en vez de «sillón», a brindar con «salud» en vez de «chinchín». Pero la vida de Gatsby, las fervientes fiestas y las camisas planchadas, eran tanto una reacción contra lo que había vivido como un alarde para Daisy y todos los demás. Se había convertido en una versión de sí mismo totalmente incompatible con el polvo de Dakota del Norte y el barro teñido de sangre. Tan dispar que podías llegar a pensar que aquellas cosas le pertenecían a otra persona. Había acarreado su vergüenza y luego la había devuelto al pasado con la luz de cien candelabros.

Gatsby pestañeó al cielo nocturno.

—¿Sabes que enviaremos cohetes a la luna? Suena como una historia de Julio Verne, pero va a ocurrir de verdad.

Ya había girado la brújula de su corazón. Lo único que necesitaba era la luna contemplándose en el espejo de la bahía para devolverle sus sueños. ¿Y cómo podía culparle? Si yo hubiera visto lo mismo que él, hubiera experimentado lo mismo, me aferraría a cualquier belleza que todavía fuera capaz de encontrar en el mundo.

Quería que aquel chico consiguiera lo que anhelaba, incluso si lo que deseaba era una oportunidad para conseguir el corazón de mi prima. Yo había ofrecido mi ayuda convirtiéndola en una debutante cuyo nombre* llevaba consigo el aroma de un ramo en cascada. Había ayudado a despejar el camino para que pudieran caer en los brazos del otro. Puede que Daisy tuviera dudas, pero cabía la posibilidad de que lo escogiera a él. ¿Qué tipo de hombre iba a ser yo si interfería con su felicidad?

Cuando nos adentramos en la marea nocturna, mantuve la distancia. Bajo el agua oscura, no podíamos distinguir lo separados que estábamos, así que las manos de Gatsby rozaron mis brazos. Su tobillo acarició mi espinilla. Podría haberme acercado a él, fingiendo que la cercanía se debía a la corriente, pero aquello era lo más cerca que podríamos estar jamás, compartiendo esa porción de océano.

Gatsby y yo puede que no fuéramos nada para hombres como Tom Buchanan, pero las personas así no sabían que éramos tan divinos como los cielos. Éramos chicos que se habían creado a sí mismos. Habíamos formado nuestros propios cuerpos, nuestras propias vidas, a partir de las costillas de las chicas que en su día dieron por sentado que éramos.

---

* N. del T.: «Daisy» significa 'margarita' en inglés.

CAPÍTULO XXVII

— **S**igues aquí —constató Princeton mientras se iba.

—Pareces sorprendido —repuse.

Se reclinó contra uno de los archivadores. Todo, desde su pelo hasta su pasador de corbata, desprendía el brillo del dinero.

—Si empiezas a quedarte hasta tarde, vas a dejar en mal lugar al resto. No es una buena manera de hacer amigos.

—No estoy intentando perjudicar a nadie. —Pasé unas cuantas páginas—. Estoy intentando encontrar la manera de abordar esto para que se vea mejor.

—Supongo que me voy a arrepentir por preguntarlo —dijo Princeton—, pero qué diablos, ¿por qué no? Lo voy a preguntar.

Apoyé los codos sobre el escritorio.

—¿Has oído nombrar alguna vez a Mandelbrot?

El hombre enarcó una ceja.

—Geometría fractal —aclaré.

Arqueó la otra ceja.

—Piensa en una orilla. Las irregularidades que se encuentran en la naturaleza. El mercado es un poco parecido, al menos hasta donde yo sé.

—El mercado como una orilla —dijo el hombre—. Es una imagen bonita. Díselo a Benson, le gustará. —Alargó una mano conquistadora hacia un horizonte imaginario—. Suena como si todos los barcos estuvieran entrando.

—No es bueno. Los mercados fractales constan de más variables impredecibles de las que se cree.

—¿Y? —preguntó el hombre.

—Y eso significa que los precios de las acciones con los que todo el mundo es tan optimista no van a aguantar —aseguré—. Significa que esta subida espectacular acabará, con toda seguridad, con una catastrófica caída. Pero nadie se está preparando para eso. Todos están tomando decisiones como si fuera a estar subiendo para siempre.

El hombre miró tras de sí, como si estuviera comprobando que nadie husmeara en su conversación.

—Escucha —empezó a susurrar—, sé que eres nuevo por aquí, así que te diré esto por si nadie se ha tomado la molestia de contártelo. —Se inclinó hacia mí lo suficiente como para que pudiera oler tanto su almuerzo como su agua de colonia—. No hay espacio para ese tipo de pesadumbre en este lugar. Benson y Hexton puede que sean tan diferentes como la paja y el acero, pero quieren a gente ambiciosa. Hombres de ideas. Hablando de esta manera, no durarás demasiado.

Se fue rápidamente, como si el polvo mugriento de mi escepticismo pudiera acabar posándose sobre su traje.

Durante todo el trayecto en tren hacia casa, pensé en el optimismo insensato de todos aquellos hombres y que me sacaba de mis casillas. Pero a medida que el valle de las cenizas daba paso a los árboles, una sensación nauseabunda empezó a adueñarse de mí. ¿Cómo podía condenar el idealismo de los hombres de Wall Street y aun así tener en tan alta estima la infinita fe en el romanticismo de Gatsby?

Todo el mundo es proclive a tener sus propios motivos para despreciar a otras personas. Los míos eran el optimismo desenfrenado que exhibían los hombres jóvenes de mi alrededor, observando los números como si fueran el cañón de Julio Verne. Pero no tenía cabida juzgar su intrépida alegría sin juzgar la de Gatsby.

Gatsby era lo bastante necio como para creer que ganarse el corazón de una mujer en particular le garantizaría una vida tan dorada como el cabello de Daisy. No se percataba de que ambos tipos de oro eran falsos.

Pero Gatsby quería a Daisy. Los sentimientos que yo tenía hacia él, él solo los sentía por ella. Y si él dejaba entrever algún atisbo de ese anhelo hacia mí, era solo porque yo conformaba un sustituto conveniente de Daisy. Yo solo le podía atraer porque estaba en su lado de la bahía; más al alcance que el halo de luz verde que se proyectaba en el agua.

Había pocas personas encantadas y maravillosas en el mundo, y siempre estaban destinadas a encontrarse. Gatsby y Daisy. Jordan y cualquier hombre que algún día captara su atención. Las parejas de la estancia detrás de la floristería.

Yo no era uno de ellos, y no tenía nada que ver con el moreno de mi piel o por el tipo de chico que era. Tenía que ver con la esquirla de cinismo que portaba en el corazón. Algunas personas acarreaban sus corazones rotos con una cuidada elegancia. Yo no. Los resortes que sobresalían del mío lo arañaban todo a su paso, y todo el mundo podía oír su chirrido, aunque no supieran exactamente su procedencia.

—Todavía hace calor —dijo Gatsby más tarde—. ¿Quieres darte un chapuzón?

—No. Hoy no.

————— ●●● —————

Querido papá, querida mamá:

De verdad que no hace falta que me sigáis mandando cartas agradeciéndome el dinero. Ya os he dicho que no es necesario. Soy vuestra hija y quiero hacerlo.

De hecho, preferiría que ni lo mencionarais, pero si no hay más remedio, ¿por qué no os lo reserváis para cuando me escribáis con todas las novedades de casa? Os echo de menos a todos y cada uno de vosotros (sí, incluso a Gloria; por favor decidle que me estoy cuidando la figura, esta vez de verdad).

Atentamente,
Daisy

CAPÍTULO XXVIII

⎯⎯⎯⎯ ••• ⎯⎯⎯⎯

Nunca había sido fan de las peleas, pero cuando eras una niña que se pasaba el día en la biblioteca en Wisconsin y que entendías mejor las matemáticas que la chica que se suponía que debía ser, o bien aprendías a correr o bien plantabas cara, y nunca fui buen atleta.

Ese recuerdo me volvió a la mente cuando reparé en la sombra de un hombre que se movía a través de la hierba, acercándose pausadamente.

No era Gatsby. Conocía su figura y la sensación que notaba en su presencia; cómo el aire cambiaba a un azul y verde más intenso cuando estaba cerca. Y no era ninguna de las personas que venía de visita los fines de semana. Una de las cosas que Martha me había dicho se me había quedado gravada en la mente: que casi todos los que frecuentaban la casa eran como ella, como Gatsby y yo o como cualquiera de los presentes del día de mi cumpleaños. Ninguno de nosotros encajábamos en cierto sentido, y siempre nos anunciábamos o carraspeábamos cuando entrábamos en una habitación para no asustar a nadie. Todos teníamos motivos para sobresaltarnos con facilidad.

Seguí mi camino a la sombra de los cipreses. Hice ver que no me había dado cuenta de la presencia del hombre. Jamás ganaría una pelea si no tomaba por sorpresa a mi oponente.

Cuando estuvo lo suficientemente cerca, giré sobre los talones. Lo agarré del brazo e intenté derribarlo usando el punto de apoyo que me había enseñado mi padre (consiguió captar mi atención por la física que acompañaba al movimiento).

El hombre lanzó su otro brazo hacia mí. Me aferré a él y lo usé para hacer palanca y obligarlo a retroceder hacia un muro de contención. Lo solté justo a tiempo para que su impulso lo hiciera trastabillar.

Mientras caía, barajé mis opciones. Gatsby estaba fuera. No había nadie más. No era buena idea jugármela a acudir a mis vecinos más cercanos y que me hicieran caso omiso.

Me decanté por salir corriendo en dirección a la playa, con la esperanza de que cualquier bañista pudiera ahuyentarlo. Y por si al final tenía que pelear, tomé dos copas de cristal de una caja de madera. Las piezas facetadas eran para la fiesta de debutante de mi prima, y estrellé el cáliz de ambas contra una estatua de piedra. Los fragmentos de cristal salieron volando por doquier, reflejando el azul y el rosa del atardecer. Sostuve en alto los tallos de cristal ambos coronados con sépalos puntiagudos.

Dechert se levantó del muro de contención.

—Tranquilo. —Dio un respingo al ver los cristales rotos y volvió a caer hacia atrás—. ¿Dónde aprendiste a pelear así? —Parecía más sorprendido que preocupado.

—Intenta ser el mimado del profesor de matemáticas en un terreno rural —contesté—. Compartía clase con niños cinco y siete años mayores que yo.

—Si alguna vez necesitas trabajo —se puso en pie— estás contratado. —Inspeccionó las manchas de hierba de su traje.

—¿Estás aquí para fisgonear en mis maletas? —inquirí.

—Escucha, no quería tener que llegar a nada de esto, pero no me estabas dando nada.

—Porque no sé nada.

—Estoy de tu parte en esto —me aseguró Dechert.

—Entonces, ¿por qué me estabas siguiendo a hurtadillas? —pregunté.

—Para nada ha sido así. Te he llamado tres veces.

—¿Qué? No es verdad.

—Sí. Te lo juro por el guiso de mi madre. Estabas perdido en algún lugar del cosmos. Empiezo a estar preocupado por ti.

El papel de un hermano mayor angustiado. Me preguntaba qué número de técnica sería aquella en el manual del investigador de Port Roosevelt Sociedad Limitada.

—Yo en tu lugar, me pensaría dos veces con quién voy por ahí —me aconsejó—. Hace que parezcas más culpable.

«Más culpable», no «inocente». Pero en aquel instante, me puse más a la defensiva por la alusión a las personas que frecuentaba.

Bajé los tallos de cristal.

—¿Qué problema tienes con Gatsby?

—¿Gatsby? —Dechert miró alrededor de los jardines y la piscina como si le hicieran gracia—. El circo que hay aquí montado me da absolutamente igual. Por mí como si importa un viñedo entero de Francia. Eso no me incumbe. Me refería a la señorita Fay. Pero en lo que esté metida no tiene importancia, podemos descubrirlo si nos cuentas la verdad.

—¿Crees que yo lo robé? —le pregunté—. ¿Por eso estuviste poniendo la casita patas arriba? ¿Creías que yo lo tenía y lo guardé en algún lado?

—De una pieza no. Dudo que seas tan estúpido.

—¿A qué te refieres con una pieza?

Pero la pregunta se respondió sola.

—Crees que soy un perista —dije con voz queda.

Eso era lo que había estado buscando en la casa. Ni dinero, ni el collar entero. Fragmentos de él. Bolsas con perlas sueltas, o ristras. Fracciones lo suficientemente pequeñas como para que se pudieran vender sin atraer demasiado la atención.

—Intenta verlo desde mi perspectiva. Te presentas de la nada. Tienes un tipo de relación de lo más inusual con la señorita Fay. Confía en ti, claramente. Te hace visitas, sin carabina, sin su novio. ¿Y precisamente vienes a Nueva York justo ahora?

—Aunque creyeras que yo sería capaz de hacer algo así, ¿por qué piensas que Daisy lo haría?

—Ahí es donde se pone muy interesante —dijo Dechert—, porque soy incapaz de encontrar nada sobre la señorita Fay de hace más de dos años. Es como si hubiera salido de la nada, también. Al menos tú puedes decirme de dónde eres. Cualquier respuesta que me ha dado, he intentado seguirle el rastro, pero nadie ha oído hablar de ella. Podrás entender que eso no la hace quedar demasiado bien. No me negarás que parece que sea algún tipo de mujer confidente.

—¿Y qué me dices de Tom? —pregunté—. Me contaste que tiene deudas y que no quiere que su familia se entere.

—Así es.

—¿Y bien?

Dechert soltó una carcajada como si le acabara de contar un chiste.

—¿No me estarás insinuando que Tom Buchanan robó el collar que él mismo compró?

—¿Y por qué no? Podría salirse con la suya, ¿no es así?

—No te hace parecer inocente acusar a un hombre honrado. Te hace quedar en peor lugar.

—Entonces, ¿por qué mencionaste sus deudas? —pregunté—. ¿Qué querías que pensara?

—Que tu amiga Daisy no conoce a su propio prometido. Tiene muchos secretos que no quiere compartir con su familia. ¿Cómo crees que se siente él con todo este embrollo? Ella no sabe lo que puede llegar a hacer cuando descubra lo que ha hecho.

—Desconoces si Daisy ha hecho algo en realidad.

—Ya sabes cómo funciona esto. Si empiezas a hablar, será todo mucho más fácil. Si lo hace ella, se te complicarán mucho las cosas. —Se alejó—. Tienes mi tarjeta si de repente se te afloja la lengua.

El abatimiento posterior a una pelea se acercaba raudo. Antes de que me embargara por completo, recogí todos los fragmentos de cristal que pude encontrar en la hierba. La luz del ocaso los transformaba en rubíes y zafiros.

Para cuando hube recogido todas las piezas que pude encontrar, las luces del jardín se estaban encendiendo. Me senté al borde de una fuente y cerré los ojos.

La agonía de vivir tan cerca de Gatsby estaba haciendo añicos mi ser. Y su amor por mi prima era tan brillante como todas aquellas esquirlas de cristal.

Había ido a Nueva York ante la posibilidad de labrarme un futuro pero solo me había visto arrastrado hacia el pasado de Daisy y Gatsby.

—¿Nick? —La voz de Gatsby me sacó de mi ensimismamiento. Estaba cerca de la fuente, recortado contra el verde y las luces del jardín—. ¿Estás bien? —Se sentó a mi lado y me colocó una mano sobre la espalda—. Estás temblando.

Me puse en pie de un salto. Si seguía tocándome, lo volvería a besar, y esa vez no habría confeti, así que sabría que iba en serio.

—Por favor —le supliqué—, basta. Lo que sea que estás haciendo, que estamos haciendo, tiene que acabar.

—No te entiendo.

—Esto es una transacción. Me estás ayudando, y yo te ayudo a ti. Estamos aquí por lo que podemos aportarnos mutuamente, ¿no? ¿Podemos dejar de fingir que hay algo más que eso?

Me miró con un rostro tan apenado que casi retiro mis palabras, pero las decía de verdad, así que no me retracté.

—Está bien. Lo siento.

Me quedé inmóvil. Eso era lo único que sabía hacer cuando se acercaba a mí. No dije ni una palabra sobre el aspecto que tenía con un traje de noche, el pelo engominado hacia atrás dejando el rostro libre y la luz reflejándose en la tira de satén que bajaba por el costado de sus pantalones.

Mantuve el cuerpo tenso mientras ajustaba mi chaqueta por los hombros. No respiré cuando sostuvo mi pajarita que caía lánguida en mi cuello. La ató con unos cuantos giros de muñeca, con la misma eficiencia grácil con la que exprimía un pomelo.

Era la noche de la puesta de largo de Daisy, y miles de velas titilaban entre copas de cristal y arañas. Cada uno de los cálices contenía el rubor de una Lady Rose, o el cítrico y la lavanda de un jardín secreto. Unas aceitunas importadas de Italia y España llenaban los platos con borde dorado, y los invitados ponían por las nubes las ostras que según decían eran como comerte el mismo mar.

—Ay, Jay. —Daisy flotaba por los jardines flanqueada por Gatsby y yo. El parpadeo de las lucecitas; rosas, moradas y verde menta para la ocasión, proyectaban sus colores sobre su vestido—. Es un sueño. Un sueño perfecto.

—Me alegra que te guste —dijo él.

Escruté su rostro en busca de algún tipo de deseo, pero parecía solo complacido por la alegría de ella.

Desde los jardines hasta el salón de baile, la mansión de Gatsby se había convertido en un mundo encantado.

Fuera, las estrellas lucían como broches de diamante y dentro, los tapices de terciopelo azul salpicados de pequeños cristales daban la sensación de que el cielo nocturno se filtraba hacia el interior de la casa.

El vestido de Daisy era curiosamente simple; satén azul claro que caía hasta sus zapatos blancos.

—Te sorprende que me haya comedido, ¿verdad? —Dio una pirueta y las cortas mangas ondeantes se hincharon como campanas—. Quería dar la bienvenida a mis invitados con un vestido simple de seda, pero no te preocupes. No es mi intención decepcionar. Me cambiaré justo antes de mi entrada.

A excepción de su carta, no había vuelto a tener noticias suyas desde el día del torneo de Jordan, y tuve que hacer acopio de todos mis atributos caballerosos para sonreír por ella.

Cuando Daisy se escurrió por entre los ríos de tulipanes y lirios hacia la casa, el olor a rosas y jazmín la acompañó. Consiguió que cada uno de los invitados se detuviera unos segundos para admirarla. El director de una empresa de telegrama. Hombres con chisteras y bombines que se creían que cualquier tierra en la que hubiera una mina de plata les pertenecía. Mujeres con vestidos verde esmeralda y armiño.

Entre la melodía de la orquesta y el zumbido de las luces, las cabelleras rubias brillaban sobre el satén plateado. Los volantes rozaban contra los lazos y los bordados. Y la palabra «club» estaba presente en todas las conversaciones. Club de yate, club de caza, club de campo… sus menciones enturbiaban el aire tanto como el espeso humo de puros y cigarrillos.

Daisy me agarró por los hombros y me dio la vuelta para que una mujer con el pelo rubio cobrizo entrara en mi línea de visión.

—Aquella es Virginia Muldoon —me explicó Daisy—. Su puesta de largo será en noviembre.

—¿No hará mucho frío? —pregunté.

—No, será festivo. Y es una señal de lo guapa que es y la cantidad de dinero que tiene su padre. Ninguna chica organiza su baile tan tarde en la temporada a menos que esté segura de que todo el mundo acudirá. El padre de Ellen Hornbeam acaba de comprar un edificio que ocupa toda una manzana por cuatro millones de dólares. Su puesta de largo será el veintitrés de diciembre. Sabe que será un éxito también. Solo las chicas que están en la cima pueden organizar bailes durante las Navidades.

Daisy buscó con la mirada por encima de cabezas color platino y grisáceas.

—¿Dónde está Tom ahora?

—Quejándose de lo que él ha denominado «alcohol para nenas». Al menos cuando lo he visto por última vez. —Jordan apareció a mi lado. Sostenía una bebida que combinaba con el color violáceo de su vestido, con la misma elegancia simple que el de Daisy—. Aunque eso no ha impedido que se tomara unas cuantas copas.

—Bueno, ¿me ayudas a buscarlo? —le pidió Daisy—. Tenemos que ponerle la flor en el ojal antes de mi entrada.

Nos esparcimos por los pasillos, buscando en salas y esquinas. Notaba mis pasos inseguros, con los calcetines de vestir que patinaban dentro de mis zapatos Oxford lisos. Eran finos como las calzas de una señorita, y no me cabía en la cabeza cómo todos aquellos hombres podían mostrarse tan seguros de sí mismos con unos calcetines tan ligeros que parecía que te los habías olvidado de poner.

Cada vez que abría una puerta, suspiraba aliviado al encontrarme solo con conversaciones ebrias. Las fiestas de Gatsby normalmente comportaban el riesgo de interrumpir algún abrazo apasionado.

Ante la siguiente puerta, el sonido de dos voces, íntimo y emocionado, me detuvo en seco. Reconocí la de Tom, con el mismo tono con el que hablaba con Myrtle, pero la segunda voz no era la de ella.

—¿A quién estás escuchando a hurtadillas? —El susurro de Daisy me hizo dar un respingo.

—A nadie.

No podía permitir que viera aquello, ni podía contarle lo de Myrtle. Aunque despreciaba a Daisy, no podía romperle el corazón o ver cómo se le rompía.

Ella alargó la mano hacia la manivela.

—Estás actuando muy extraño esta noche.

—Daisy, no…

Abrió la puerta de par en par.

La mujer y Tom estaban entrelazados en un sofá de terciopelo oscuro. Un diván.

—Daisy. —Tom se puso de pie trastabillando—. No es lo que parece.

El cabello de la mujer era tan oscuro como el que habría tenido Daisy si no fuera por el peróxido, y su vestido era tan pálido como su complexión. Parecía un gesto grosero ir vestida de blanco al baile de una puesta de largo, y la mujer levantó el mentón hacia Daisy.

Pero Daisy estalló en carcajadas. Se llevó una mano enguantada a la boca como si se le hubiera escapado la risa en una iglesia.

—Daisy. —Tom se puso su frac—. ¿Por qué no hablamos?

Ella se giró hacia la puerta.

—¡Daisy! —Tom le gritó a la espalda—. ¡Daisy, detente! Te tengo que mostrar algo.

Al oír esas últimas palabras, se quedó quieta.

—¿Otra pistola de cumpleaños? Porque me gustaría mucho tener una de esas en este preciso momento.

—Lo tenía pensado para esta noche. —Se ajustó el pañuelo de seda y los gemelos de su camisa deslumbraban con sus iniciales—. Te lo iba a pedir. De verdad.

—Ay, ¿no me digas? —Daisy miró detrás de él—. ¿Ella te estaba ayudando a ensayar?

—Te lo digo de veras. —Rebuscó en su bolsillo y sacó una cajita de cuero teñido decorado con una hoja dorada—. Sé que a veces me puedo confundir un poco. —Abrió la caja y el diamante que contenía lanzó destellos de luz blanca—. Pero te quiero. Sabes que te quiero.

Daisy se quedó mirando el centelleo pestañeando, y yo aguanté la palabra «no» en la garganta para no gritarla. El resplandor de aquella joya y todo lo que prometía podía nublar lo que Tom había hecho justo delante de sus narices.

Daisy se rio, alto y profundo como el tintineo de la celesta en una orquesta. Su risa era cada vez más estruendosa, y la mirada de preocupación tanto de Tom como de la mujer del diván de terciopelo iban en aumento.

Cuando la risa de Daisy se calmó lo suficiente como para que pudiera hablar, se encaró directamente a Tom.

—No me vales la pena.

Pero podía ver, por el temblor de su mentón, que toda aquella bravuconería no era más que una máscara, puesta por encima para que pudiera ofrecer un buen espectáculo.

Se marchó con pasos cortos y apresurados.

—Daisy —la llamé cuando me pasó por el lado—. Daisy, espera…

—Ay, mira qué preocupado estás —me dijo—. ¿De verdad te pensabas que no lo sabía?

Su sonrisa era afectuosa y compasiva, y yo me detesté a mí mismo por ser tanto cínico como ingenuo.

Daisy siguió avanzando.

—Espera —repetí.

Se giró.

—Eres un amor por preocuparte, pero estoy bien. —Se alisó la falda—. Ya no lo necesito a él.

—Entonces, ¿para qué necesitas todo esto? —le pregunté—. No tienes por qué hacerlo.

—No seas tonto. He soñado con esto. Y mira todas las molestias que se ha tomado Jay. ¿De verdad crees que voy a permitir que Tom lo arruine?

Me quedé descolocado al darme cuenta de que había conseguido exactamente lo que quería y aun así me sentía vacío. Al fin estaba dejando a un lado a Tom, pero seguía queriendo todo aquello. No acabaría con Tom. Se convertiría en el premio del siguiente hombre que se encaprichara de ella. Seguiría transformándose en una versión más pequeña y pálida de sí misma. Daisy Fabrega-Caraveo seguiría viviendo a la sombra de Daisy Fay.

El único hombre que estaba seguro que no le haría eso era el mismo hombre que yo, de una manera egoísta y vergonzosa, quería para mí.

Él la amaba. Sería bueno con ella. La dejaría ser Daisy Fabrega-Caraveo. Su brazo era del que debía salir esa noche, pero no sabía si tenía la mente lo suficientemente despejada como para darse cuenta de ello.

La seguí.

—Daisy.

Solo se detuvo cuando vio a Jordan.

—Voy a ir a cambiarme —les informó y se fue a toda prisa.

—Daisy, escúchame, por favor —le supliqué.

—Nick —me llamó la atención Jordan—, basta. —Era tanto un consuelo como una orden.

Daisy me apretó la mano.

—Sé lo que quiero. —Su risa era una repetición de la que había proferido en el pasillo, y añadió con alegre fascinación—: De verdad sé lo que quiero.

—Yo me ocupo de ella —me dijo Jordan—. Nos las apañamos muy bien la una con la otra. Ella me cuida cada vez que me entra el pánico antes de un torneo. Yo me encargué de ella antes de aquella ridícula fiesta con los Buchanan. Lo hemos hecho cientos de veces.

CAPÍTULO XXIX

—¿**G**atsby?

Lo había estado buscando, y ya lo había llamado una decena de veces, pero su nombre estaba en tantos labios que mi voz se desvaneció en un coro.

—¿Jay? —intenté en su lugar.

Los invitados estaban tan ebrios de champán y belleza que de nada servía preguntarle a ninguno.

Entonces todas las conversaciones se condensaron en una única respiración contenida.

Daisy estaba en lo alto de las escaleras curvadas, radiante como una reina hada. Su falda era una nube de tul, y cada paso revelaba otra capa de un tono ligeramente distinto de rosa o azul pastel.

Unas pequeñas rosas —¿eran reales o unas de tela muy bien hechas?— ribeteaban el cuello de su vestido. Cada uno de los dobladillos de la falda estaba decorado con guirnaldas como si fueran algas. La capa colgaba desde sus hombros y ondeaba como si fuera unas enormes alas que centelleaban entre polvos azules y verdes. Llevaba la cabeza coronada con peonías rosas y blancas y lo que me parecieron unos nenúfares. Por si fuera poco, sujetaba en la mano un cetro rematado con una flor con las puntas doradas. En la otra, sostenía un ramo de flores tan enorme que tenía que abrazarlo contra su pecho. Era un globo de las mismas peonías y nenúfares, con un seguido de lazos azules que acababan con una rosa, un lazo o un conjunto de flores de azahar.

Hizo una perfecta reverencia recatada. Su falda se hinchó mientras se agachaba, y luego se levantó.

Parecía que estaba flotando. Parecía un nenúfar que había adoptado la forma de una chica. Yo no podía ser el único que lo estuviera pensando. Era el equivalente vivo de la pintura de Monet: *Nenúfares y Reflejos de un Sauce*.

La travesura que desprendía su sonrisa me lo dijo todo. Con el aspecto de una flor nacida del agua, Daisy le estaba recordando a todo el mundo que había batallado contra el mar. El vestido rememoraba a todo el mundo su imagen bajo el agua. La mañana siguiente cada diario alabaría no solo su belleza sino también su valentía. Ella sería la debutante que se reía a la cara de su propia mortalidad. De hecho, ¿qué querían todos los presentes sino ser joven, adorable e intrépido?

Todas las cámaras se apresuraron a capturarla. Y todas las cámaras que no lo hicieron, se afanaron unos segundos después, cuando Jordan Baker apareció al lado de Daisy Fay.

Daisy se apartó a un lado para hacer sitio para las dos faldas. Jordan se había cambiado su vestido sencillo y se había puesto un vestido tan espectacular como el de Daisy. Era del tono azul de una llama de gas, e incluso con el peso de los adornos de cuentas color lavanda, la falda se movía y flotaba. Evolucionaba a tonos morados y verdes hacia el borde, los colores de un pavo real que se pasea por un jardín bajo la luz de la luna.

Los polvos de magnesio estallaban en todas las direcciones. El olor pungente llenaba el aire junto a suspiros satisfechos y murmullos entusiasmados.

—¿Esa no es...?

—¿Quién es?

—Es Jordan Baker.

Antes de que acabara la noche, lo declararían el súmmum de la moda de la temporada. Una advenediza miembro de la alta sociedad había entrado en la escena social con una golfista cuyo estilo estaba a la par que su talento deportivo. Los Muldoon y los Hornbeam expresarían sus condolencias a cualquier otra chica que también tuviera planeada su puesta de largo aquel verano.

Al cabo de unos pocos días, las columnas de los periódicos pregonarían que Jordan y Daisy eran la ilustración de una nueva era, una en la que las chicas y las mujeres forjaban su propio camino cruzando los salones de baile hacia el mundo.

———— ••• ————

—Nick. —Tom se abrió camino por la multitud a empellones—. ¿Qué está pasando?

En ese preciso instante localicé a Gatsby. Estaba cerca de la base de las escaleras, observando cómo descendían Jordan y Daisy.

Esperaba verlo alicaído, preguntándose por qué si Daisy no estaba con Tom, no podía estar a su lado.

Pero Gatsby parecía satisfecho, lleno de un nuevo orgullo sin fin.

Cuando Daisy le pasó por al lado, le tomó la mano y la apretó, y entonces ella y Jordan siguieron hacia los jardines.

—Bien por ella. —Gatsby lo dijo tan melancólicamente que creí que podía estar hablando para sí mismo, pero se giró hacia mí y repitió—: Bien por ella.

Los invitados que estaban fascinados se reunieron alrededor de Daisy y Jordan, dejándoles solo el espacio necesario para que pudieran salir altivas hacia la noche impregnada de aroma de flores.

Cuando Tom no pudo llegar hasta ellas, se encaró a mí.

—¿Qué significa todo esto? —preguntó.

La sonrisa de Gatsby era pegadiza. Yo también estaba esbozando la mía, ambos mirando a Daisy y a Jordan.

—No lo sé —contesté—. De verdad que no lo sé.

—¿Crees que esto es gracioso? —terció Tom—. Si Daisy hubiese celebrado su puesta de largo en el club de campo de mi familia, ni a ti ni a la mitad de la gente que hay aquí se os habría permitido la entrada a menos que fuera para servir las bebidas.

Gatsby salió de su estado sereno.

—Sal de mi casa —le ordenó.

—¿Perdona? —se sorprendió Tom—. Todo se ha ido al garete desde que vosotros dos llegasteis a su vida, ¿y quieres que me vaya de tu casa? Y tú… —Fijó su atención en mí. Cuanto más alzaba la voz, más arrastraba las palabras, mostrando con claridad lo bebido que estaba.

Eso es lo que pensaba mientras me lanzaba sus insultos. Probablemente se había estado mordiendo la lengua desde la noche que llegué a East Egg. Pensé en lo borracho que sonaba Tom para que el peso de sus palabras no me afectara.

Evadirme del momento hizo que se ralentizara, pero luego se aceleró, y vi cómo Gatsby agarraba a Tom y lo empujaba hacia la puerta.

Tom lanzó un puñetazo, pero en su estupor había perdido su puntería de jugador de polo. Su puño impactó en el pasamanos, y profirió un aullido con el golpe.

—¿Necesitas ayuda para encontrar la salida? —Gatsby agarró la chaqueta de Tom y le dio la vuelta—. Estaré encantado de proporcionártela.

Tom le dio un codazo a Gatsby en el estómago.

La multitud se estaba apartando de la pelea, abandonando la habitación, y yo me apresuré hacia ellos.

Gatsby gruñó con el impacto, pero se irguió de una manera que denotaba el porte y la presteza de un soldado. Resultaba toda una contraposición a su ademán relajado, como si el espectro del Gatsby de catorce años hubiese ido a ver la puesta de largo de Daisy.

Martha agarró a Tom Buchanan por la corbata de su esmoquin. Estaba dos escalones por encima de él. La delicada caída de su falda hacía parecer que fuera un mar oscuro del que ella emergía. El borde festoneado se movía como las crestas de las olas.

El mundo se volvió a ralentizar, y lo único que vi con claridad fueron los intrincados bordados del vestido de Martha. Rodeaba sus mangas y bajaban por la tela de la falda, y creí recordar que seguía el patrón del bordado de una servilleta de *challah* de la familia. Recuerdo que me contó que incluía fragmentos de la vida con su familia en su vestimenta. Un bolsillo con la misma tela que un pañuelo para la cabeza de su abuela. Un lazo que elegía porque era prácticamente idéntico al velo que su madre había llevado para encender las velas en el Shabbat. Y siempre, la tela del *tallis* de su abuelo en la muñeca.

Martha llevaba a su familia con ella. Portaba su historia en su cuerpo.

¿Qué le habría dicho a la mía si la hubiese tenido delante en aquel momento, cuando había oído las palabras de Tom y había sido incapaz de reaccionar?

El mundo solo volvió a su velocidad habitual cuando oí la voz de Martha.

—Si lo vuelves a tocar —advirtió a Tom—, si tocas a alguien de aquí otra vez, te voy a meter el tacón por el culo. Y me gustan bastante. Son nuevos. No me hagas derrochar unos zapatos de tacón Louie con alguien como tú.

———— ••• ————

Tom más que abandonar la casa salió a trompicones de ella. Empujó a cada uno de los invitados a la fiesta que intentó disuadirlo de que se subiera al coche. «¿No has tomado demasiado fluido preservador? Quizá sería mejor que te pidiéramos un taxi». Les hizo capirotazos a las mujeres como si estuviera espantando unas polillas. Apartó a los hombres, arrastrando palabras sobre Yale y la blancura inmaculada de la línea de los Buchanan.

—Jay. —Daisy se afanó a acercarse a Gatsby, su vestido se extendía como una nube a su alrededor—. No lo podemos dejar marchar así. Prácticamente se ha bebido su peso. ¿Me puedes prestar un coche?

—Iré contigo —dijo Gatsby.

Sentía la rabia hilada en el tejido de mi camisa. Con solo una petición de mi prima, Gatsby volvía a quedar atrapado en el caos que eran Daisy y Tom.

Solo unos segundos después de haber encendido el motor, Tom estampó el biplaza azul contra un muro de contención de piedra. Cuando echó marcha atrás, parecía que se le había caído una rueda, pero aun así se alejó con él. El biplaza azul se ladeaba y el chirrido del metal se iba haciendo más atronador a medida que aumentaba la velocidad.

—Vamos. —Jordan tiró de mí hacia fuera.

—¿Qué haces? —le pregunté.

Me guio hacia su coche color crema metalizado.

—Van tras un Buchanan sobre ruedas. —Tan grácil como la reverencia de Daisy, abrió la puerta del conductor y se deslizó hacia el interior verde—. ¿De verdad crees que no van a necesitar nuestra ayuda?

Estábamos demasiado rezagados como para ver el azul del coche de Tom, pero a veces podíamos entrever el de Gatsby; un punto distante de color lavanda. Dejamos atrás a toda velocidad la ciudad de West Egg hacia el valle de las cenizas.

Jordan observaba la carretera con tanta concentración que se le juntaban las cejas, pero se permitió un momento para escrutar mi rostro.

—¿Por qué estás enfurruñado ahora?

—Vuelve a ir tras ella —contesté—. Siempre la estará siguiendo. No importa lo que haga.

Jordan recolocó las manos en el volante, como armándose de paciencia.

—¿Por qué Jay se ha metido en una pelea esta noche? ¿Por Daisy? No. Por ti.

—Porque Tom estaba arruinando la fiesta de Daisy —le dije.

—Te equivocas. Es por ti, Nick. Algo que ya sabrías si lo hubieras pensado con detenimiento. —Volvió a echarme un vistazo—. Estás a salvo con él, y no digo eso sobre las personas con facilidad.

El paisaje a nuestro alrededor se tornó gris. Los montes de ceniza se elevaban del suelo. Las ventanas de las casas y una cafetería perforaban la oscuridad. También las luces de una estación de servicio donde estaba estacionado un coche color lavanda. No había ni rastro del biplaza azul de Tom.

Jordan detuvo el vehículo.

Un grupo de hombres jóvenes, todos rubios claros y rojizos, estaban acorralando a Gatsby. Dos mujeres observaban la escena: una rubia que pronto reconocí que era mi prima —más por el vestido que por los rasgos— y una mujer pelirroja que identifiqué como Myrtle Wilson.

Myrtle se percató de nuestra presencia antes que Daisy o Gatsby, y se acercó corriendo hacia nosotros.

—¿Qué pasa? —pregunté.

Myrtle aleteó con las manos.

—Se equivocan, ¡tienes que hacer algo!

—¿Qué pasa? —repitió Jordan.

—No sé qué hacer. —Myrtle jugueteaba con los brazaletes que llevaba en las muñecas—. Vi el coche de Tom, así que salí corriendo para intentar atraparlo, pero siguió su camino. Ni siquiera se detuvo. Y luego ese coche color morado salió de la nada justo detrás de él, y la mujer pisó el freno con todas sus fuerzas, dejó el coche clavado para no arrollarme, pero yo ya me estaba apartando. Creía que me iba a pasar por encima.

Si seguía así se iba a sacar los brazaletes a pedazos.

—Estaba intentando quitarme de en medio —continuó— y me caí, y ese chico —Myrtle señaló con una uña pintada en dirección a Gatsby— salió del coche para ayudarme a levantarme y asegurarse de que no me había hecho daño, y mis hermanos lo vieron, y ahora se creen que hay algo entre nosotros. Ay —dobló las rodillas y luego se irguió de nuevo—, sospechan algo. Saben que he estado saliendo por ahí. Pero desconocen qué ocurre en realidad.

Los hermanos de Myrtle estaban hablando con Gatsby, la luz de los focos mostraba los movimientos de sus bocas.

Uno de ellos empujó a Gatsby por el hombro.

Me acerqué corriendo.

—Calma.

Jordan me siguió, sus zapatos lisos levantaban volutas de ceniza.

—¿Qué problema parece haber aquí, caballeros?

—Este personaje ha estado desvirtuando a nuestra hermana —dijo uno de ellos.

—¿Y qué te hace pensar algo así? —preguntó Jordan.

—Ha estado escabulléndose a cualquier hora del día —aportó otro—. ¿Se supone que tenemos que creer que es algún tipo de coincidencia que salga disparada y este tipo le esté sujetando las manos como si estuviera a punto de recitarle un fragmento de Shakespeare?

Miré a Gatsby, suplicándole con los ojos. *Diles que era Tom. Simplemente díselo.*

—Cree que puede pasearse por aquí con su coche moderno y ofender a nuestra hermana —dijo otro—. Pues no mientras nos tenga a nosotros. —Le dio un empujón a Gatsby en el otro hombro.

Me abalancé hacia él.

Jordan me agarró del codo con tanta fuerza que casi pareció un manotazo.

—Claro, ¿por qué no convertimos esto en una batalla campal? —me susurró, y luego volvió a emplear su voz habitual—. Chicos, creo que lo que hay aquí es un completo malentendido. ¿No opinas, Daisy?

Miró a mi prima, que estaba completamente petrificada a excepción de cómo el aire lleno de ceniza le removía el pelo y el vestido.

Jordan le dedicó un gesto afirmativo de la cabeza, animándola e incitándola.

La expresión conmocionada de Daisy se relajó.

—Estoy tan avergonzada —dijo ella.

Cada uno de los hermanos Wilson buscó el origen de esa encantadora voz y la chica que la acompañaba.

—He sido yo, no él. —Daisy bajó el mentón en una muestra profunda de disculpa—. Me he estado llevando a vuestra hermana a la ciudad para pasarlo bien un poco. Hemos entablado una pequeña amistad, nada más. No quería ocasionar ningún problema. Tenía pensado que fuéramos al parque, y quería comprarle un pintalabios en B. Altman. Ay, me recuerda tanto a mis hermanas del pueblo y las echo muchísimo de menos.

Los hermanos de Myrtle parecían sedados por Daisy. Ella aparecería en el sueño etéreo que flotaría detrás de los párpados de esos chicos durante la noche.

No era que Daisy tirara hechizos, sino que ella misma era un encantamiento, y su hechicería nos había salvado. Pero lo detestaba. Había algo monstruoso en la manera en la que mi prima pasaba sin dificultades por el mundo. Quizá no le importaba la destrucción que dejaba a su paso. O más bien, lo desconocía. Nunca miraba atrás para comprobarlo.

CAPÍTULO XXX

C uando Daisy se alejó del halo de luz alrededor de la estación de servicio, la seguí.

—Le has permitido que haga esto —le recriminé.

Daisy se giró en redondo.

—¿Disculpa?

Llegué a su altura.

—Seguiste a Tom y luego permites que culpen a Jay por todo.

—Primero, no he seguido a Tom por su bien —dijo Daisy—. Estaba como una cuba. Lo seguí por el bien de todos los demás conductores. Y segundo, no he permitido que Jay cargue con la culpa. Les acabo de decir que soy amiga de Myrtle, ¿no lo has oído?

—Como si tú fueras a juntarte con alguien que no apareciera en las páginas de sociedad. —Observé cómo el aire nocturno llenaba los pétalos de su falda—. ¿Sigues planeando casarte con él?

Su risa iba acorde a los remolinos de nubes que giraban sobre nuestras cabezas.

—Lo dudo. Me despido de todo eso si es así como se comporta.

Asentí.

—Ah, puedes dar saltos si quieres —dijo Daisy—. No hagas ver que no te llena de alegría.

Pero quería que Daisy hiciera más que apartar a Tom.

Quería que Daisy o bien amara a Gatsby, o bien lo soltara.

Y quizá por eso dije:

—Ha hecho todo esto por ti. ¿Lo sabías?

—¿De qué estás hablando? —preguntó ella.

—La puesta de largo. Todo. Era por ti. Para convertirte en la debutante de la temporada.

—Ah, ¿era por eso? —Su risa fue un trino afilado—. Qué bien que me lo hayas dicho. No sé qué haría sin hombres jóvenes como tú que me explicaran las cosas.

—¿Qué significa eso? —pregunté.

—Significa que no soy vuestra pequeña pompa de jabón.

—¿Vuestra? —me extrañé.

—La tuya, la de Jay, la de todo el mundo.

—Viniste aquí para convertirte exactamente en lo que eres. Esto es lo que querías. Deseabas ser la chica guapa de la que habla todo el mundo.

—¿Y qué? ¿No me está permitido querer eso?

—Por supuesto que sí. Y estábamos intentando proporcionártelo. Te estábamos dando todo lo que querías.

—No me importa si me ibas a conseguir la bendición del mismísimo arcángel Gabriel. Deberías haberme dicho lo que estabas haciendo. No voy a ser el centro de ninguna de tus pequeñas maquinaciones sin que yo lo sepa.

—¿Cómo? —Me acerqué a ella con la noche amarga y cenicienta entre nosotros—. ¿Por eso no te preocupaste en contarme que habías renegado de mí antes de que llegara a Nueva York?

—No renegué de ti.

—Lo hiciste delante de toda la gente de aquí. No era lo suficientemente bueno para ti.

—Sí lo eras. —Su voz se suavizó hasta transformarse en una súplica—. Te traje aquí. Convencí a tus padres. No me digas que no eres lo bastante bueno.

—Muy bien. —Mi voz se volvió estanca—. Entonces demasiado moreno.

—No te atrevas —me avisó.

—Le dijiste a Tom que era el hijo de tu ama de llaves —le recordé—. No podrías haber dejado más claro que no tenía ningún lazo de sangre contigo, que no era parte de tu familia.

Los iris marrones de Daisy temblaron en sus campos blancos.

Daisy Fay se había distanciado de mi piel morena y cabello negro. Me había censurado igual que a una religión falsa.

—Me usaste para que parecieras ser la hija de alguna familia pudiente. Y luego le rompiste el corazón a Jay.

En ese momento estalló en una carcajada desatada y perforante.

—Lo siento, ¿yo rompí su corazón?

—¿No es así? —pregunté.

—Tienes que hablar con Jay. —Miró por encima de mi hombro—. Tiene que contarte la verdad, y tú necesitas oírla.

—¿Estás enfadada con él?

—Para nada. Estoy enfadada contigo. Me preocupo enormemente por Jay, eso nunca lo olvides. Lo quiero, pero no de esa manera. Y él no me quiere a mí de ese modo tampoco. Eso lo sé.

—Entonces no sabes nada —repliqué.

—Claro que no. ¿Por qué debería? Se supone que no debo saber nada por mí misma. —Se inclinó hacia delante con la falda ondeando en la noche—. Los hombres aman las cosas caras, preciosas e inservibles. Así que estoy destinada a ser una. Se supone que no debo ser más que una preciosa y pequeña necia.

—Nick. —Gatsby me llamó desde la luz de la estación de servicio—. Vamos a casa.

—Daisy irá conmigo —dijo Jordan—. Creo que a todos nos vendrá bien dormir un poco.

Daisy clavó sus ojos en los míos.

—Habla con él.

Por una vez, su actitud no se relacionaba con las cajas de cosmético de color azul claro decoradas con flores rosas. No hablaba de ella imitando a las rubias virginales en columpios colgados de árboles que salían en los anuncios.

Aquella era la Daisy que conocía, la que saltaba del árbol más alto hacia el estanque cuando todos los demás todavía estaban calculando la distancia.

—Por favor —insistió—. Solo tienes que hablar con él.

Gatsby nos llevó en el coche lejos del valle de las cenizas hacia el exuberante verde de West Egg.

—¿Alguna vez has oído nombrar a la «luz mala»? —le pregunté.

—Creo que no. ¿Qué es?

—Es una luz de aspecto precioso, incluso encantado, que alumbra algo en decadencia. Es la luz que resulta de algo que se descompone en el suelo bajo ella. Viene del vapor que emana esa decadencia.

Un remolino de ceniza giró en el aire.

—Así que ves esos hilos preciosos de luz verde pero que luego te guían hacia un pantano en el que te puedes ahogar, o a un prado lleno de serpientes, o a un bosque del que quizá nunca logres salir.

—¿Alguna vez has visto una? —inquirió Gatsby.

—No.

—Entonces, ¿cómo lo sabes?

Podía saborear mi propia sonrisa, amarga como la ginebra.

—La madre de Daisy me advirtió sobre ellas.

Qué ironía cómo la madre de Daisy había sido tan diligente en advertir a sus hijos, sobrinas y sobrinos. «Escucha, cuidado si encuentras algo así de brillante, salido de la nada». Daisy, su propia hija, se había decolorado hasta estar tan pálida que lo único que quedaba de ella era un brillo verdoso.

—Desde la distancia parece que sea algo que quieras —continué—, pero si te acercas demasiado te das cuenta de que es veneno.

A mi corazón más verdadero del mundo:

No me puedo creer lo que hemos hecho. No me puedo creer que saliéramos juntas de esa manera. Ninguno de esos hombres que habían estado fardando sobre sus millones podía volver a cerrar la boca.

Todo el mundo hace unas preguntas de lo más ridículas, como, por ejemplo, si lo que tenía tu vestido era encaje de Bruselas, o si es verdad que yo llevaba ligas doradas con diamantes (¿de dónde sacan esas ideas?).

No le diré a ninguna alma que lo único que había en mis ligas eran las flores de azahar que tú me colocaste. No les diré cómo esos pétalos impregnaron con su aroma mis muslos mientras saludaba a cada uno de los aduladores invitados.

Con cada fotografía que veo de nosotras, deliro de felicidad. No hay nadie más en la Tierra con quien me habría gustado salir. Eres la persona que más me encandila del mundo. ¿Lo sabías?

Atentamente, locamente enamorada,
Daisy Fabrega-Caraveo

CAPÍTULO XXXI

—Caballeros.

Otro hombre de la Ivy League universitaria que mencionaba más veces en qué universidad había estudiado que su propio nombre —creo que este había ido a Harvard— propuso un brindis a las cuatro de la tarde.

—A partir de aquí, no pueden bajar.

Todo el mundo levantó la copa con un murmullo de asentimiento menos yo.

El hombre de Princeton se percató de mi mano vacía.

—¿Nadie te ha dado una bebida? Qué raro, si siempre parece que necesites una.

—No bebo —repuse.

—¿No serás mormón? —Vació la mitad de su copa de un trago—. No sabía que había mormones en Latinoamérica.

Ignoré la retahíla de datos incorrectos.

—Lo probé nada más salir del tren a mi llegada en Nueva York. Parece ser que mi cuerpo no gestiona demasiado bien el alcohol.

—Te conoces a ti mismo. —El hombre de Princeton levantó la copa—. Respeto eso.

El hombre de Harvard continuó:

—Si creéis que hemos llegado al punto más alto, entonces preparaos para alcanzar las estrellas. ¡Y después de las estrellas, la luna!

Todos los presentes estallaron en aplausos.

Eran descuidados con mis datos, y con la luna, y con el dinero de la otra gente.

—La luna está más cerca que las estrellas —solté antes de que pudiera pensármelo dos veces.

Algunas risas desperdigadas reemplazaron el aplauso que se iba apagando.

—¿Hay algo que quieras decir, Carraway? —preguntó el hombre de Harvard—. ¿Quieres darnos una lección de geometría?

—Nada, estaba pensando en el brindis, y supongo que no vamos a hablar de las patatas.

Solo se rieron unos pocos de los chicos más jóvenes, los que debían de haber empezado la universidad en Yale y Cornell cuando los hombres como Tom Buchanan ya estaban en el último año, pero el resto me miraba con una expresión helada.

—¿La compra en exceso de patatas de la semana pasada porque nadie revisa sus papeles? ¿Cuánto dinero se perdió con eso? —especifiqué.

—Todo el mundo comete errores, Carraway —dijo el hombre—. Incluso tú, estoy seguro. Jamás llegarás a nada si les tienes miedo. Además, eres de Idaho, ¿verdad? ¿No deberías habernos avisado sobre las patatas?

—¿Y los futuros de los dólares canadienses? —pregunté—. ¿Qué me dices de esos? Los hombres a quienes se los compraste ni siquiera eran de Canadá. Ni sabían de qué estaban hablando.

—¿Cómo se supone que debíamos saber que eran unos estafadores? —se defendió otro de los hombres.

—Compraron los futuros justo antes de que te convencieran de que los adquirieras, y cuando lo hiciste el precio subió y los vendieron —le hablaba al último hombre que había abierto la boca—. Y habrías sabido qué se traían entre manos si hubieses preguntado sobre ellos.

Los agentes desviaron la mirada, como si hablar de lógica o álgebra lineal pudiera ensuciarles las corbatas de seda.

Podía aprender las palabras adecuadas y los colores apropiados para las camisas, pero me quedaba ahí. Mi cuerpo se resistía a dar el siguiente paso.

—El mercado no aguantará infinitamente —les advertí—. Así es como funcionan los mercados. Y si seguís dando por sentado lo contrario, mucha más gente aparte de vosotros va a perder mucho.

—Vamos a ser los capitanes del universo, amigo mío. Y tú estarás de vuelta en Minnesota.

—Os vais a arruinar u os haréis ricos a costa de las demás personas —zanjé el tema.

—¡Carraway!

Me di la vuelta ante el sonido de la voz de Benson.

—Mi despacho —me ordenó.

Lo seguí.

—Parece que al fin Benson va a hacer limpieza —dijo alguien, aunque no me giré para averiguar quién.

Benson cerró la puerta de su despacho.

—¿Qué diablos te crees que estás haciendo?

—Usted es quien me contrató para que analizara los números. Los precios del trigo predicen los de la plata. Cuánto oro compran los inversores cuando les preocupa la inflación. Líneas de tendencia. Modelos. ¿Por qué me pidió que lo analizara si no quería oír lo que descubriera?

—Porque nadie quiere oírlo. Ese tipo de comentarios puede derribar un lugar por completo, Carraway.

—No me llamo así. Ese no ha sido nunca mi nombre.

—No importa. —Sacó su talonario de cheques—. Tampoco me iba a acordar.

Garabateó la suma de mi último pago.

—Sabe que tengo razón. Hay cosas que puede hacer ahora para que cuando llegue la recesión no arruine a todo el mundo.

Benson arrancó el cheque, sopló sobre la tinta fresca y me lo dio.

—Te deseo toda la suerte del mundo.

———————— ●●● ————————

Señor Jay Gatsby
West Egg, Nueva York

Querido Jay:

Sé que probablemente te haya decepcionado hasta el infinito, y creo que ha llegado la hora de que te dé una respuesta clara. Debería de haberlo hecho hace semanas.

No puedo hacer lo que me pides. Como ves, mi corazón va donde esté el de Jordan, y el resto de mi ser lo sigue. Creo que eso ya lo sabes a estas alturas.

Me vino a la mente que nunca te conté cómo me enamoré de ella, y puesto que tú también eres un romántico, pensé que te gustaría saberlo.

¿Sabías que la señorita Buchanan tiene en su baño privado una bañera de cristal? ¿Te lo puedes creer? Me juego lo que quieras que esa mujer instalaría un suelo de cristal con un acuario debajo solo para poder decir que tiene uno. Al caso, la primera vez que Tom me dejó sola aquí, se lo mostré a Jordan, y le propuse que nos metiéramos. Me desvestí y me quedé con la camisola y los calzones, rodeada de burbujas color lavanda. Jordan se quedó vestida, así que pensé que eso significaba que no se iba a meter. Pero entonces lo hizo, llevando puesto todavía su vestido de charmeuse verde. Parecía una sirena circundada por espuma de mar, y reparé que había estado enamorada de ella hacía mucho tiempo y no me había percatado de ello, y que ella había estado enamorada de mí durante mucho tiempo y lo sabía.

Quizá hubo veces en las que me había dado cuenta un poco, cuando veía el rojo de su pintalabios en una copa de champán, o cuando me dijo que los ramos de novia los hacían cada vez más grandes y que iba a tener que prepararme duro para que pudiera sostener uno. Pero no lo había pensado con detenimiento hasta que nos vi en la bañera de cristal de la señorita Buchanan.

Y así fue. Nos lanzamos burbujitas la una a la otra como si fuera nieve, y le cedí mi corazón sin remedio. Ya sabes de qué sensación hablo, ¿verdad?

Atentamente, te sigue queriendo,
Daisy

CAPÍTULO XXXII

C on aquel papel blanco en el bolsillo, me marché del edificio. Salí a la acera a tiempo de oír el silbido distante de la National Biscuit Company. El papel me pesó más en el bolsillo por el aire húmedo y la comprensión de que había fracasado en mi empeño de ser un hijo agradecido, un hombre que cuidaba de su familia.

Eché a andar y sonaron las campanas de la Iglesia Episcopal de San Jorge. Pasé por la sombra del edificio Flatiron, donde los hombres se reunían en la Quinta Avenida con la Veintitrés, esperando a que las corrientes de aire que levantaba el tráfico removieran las faldas. Continué en dirección norte hacia el parque, donde el brillo del cristal de la puerta giratoria del Plaza me detuvo.

Hay un momento antes de saltar al agua en el que la duda no tiene cabida. Si pasas ese momento, puede que no te zambullas. Fue con ese pensamiento en mente que aguanté la respiración y me metí en la puerta giratoria.

Di una vuelta y seguí girando, vislumbré el vestíbulo y volví a salir. Primero el aire fresco del mármol y luego el aire cálido de la tarde, y vuelta a empezar.

—¿Señor? —me llamó una voz.

Seguí girando, mi mundo no era más que metal y cristal.

—¿Señor? —repitió la voz.

Continué dando vueltas, intentando arrojarme a la órbita.

—Señor. —Esa vez la voz me llegó decidida y alta.

Frené, volviendo a la Tierra.

El panel de cristal se interponía entre la cara preocupada de un conserje y yo.

—Señor, no puede hacer eso.

—No se preocupe —le dije en español y contuve el aliento—. Ya me voy. —Acabé de girar hasta salir a la calle—. De todos modos hay algo que tengo que hacer.

—————— ●●● ——————

Señor Nicolás Caraveo
West Egg, Nueva York

Querido Nick:

A estas alturas ya debes de estar terriblemente confundido. Supongo que yo también lo estoy.

Pero intentaré explicarlo de la mejor manera que pueda: creo que a veces repites tanto lo mismo que te cansas de ello. Quizá no si se trata de algo correcto. Si haces lo correcto una y otra vez, imagino que acaba formando parte de ti, como si fuera tu propio aliento. Pero cuando es algo malo, llega el momento en el que lo haces por milésima vez y te das cuenta de lo mal que te ha estado sentando durante todo el tiempo.

Verás, me he pasado la mitad de mi vida intentando agradarle a todo el mundo, intentando actuar de manera que gustara a todos los de mi alrededor. Pero ¿sabes qué he descubierto? Si te conviertes en alguien que le gusta a todo el mundo, acabarás por no gustarte a ti mismo demasiado. Si todo el mundo te adora, entonces en realidad nadie lo hace.

Por eso tú vas tras ella, Nick, tras la estrella que te ayuda a encontrar tu camino. Todos necesitamos algo por lo que valga la pena arriesgar cuanto tenemos. Aunque el mundo no crea que sea lo correcto, aunque el mundo piense que deberías perseguir otra cosa, no debes perder la convicción.

Espero que Jay y tú estéis satisfechos. Vaya, eso suena un poco desvergonzado, ¿no crees? No me refería de esa manera. Quería decir que espero que hayáis podido hablar las cosas.

¿A que no adivinas lo que le dije la semana pasada? «Sabes que un día seré vieja, ¿verdad? No seré tan agraciada como ahora, al menos no para el mundo. El mundo puede pensar que soy inofensiva, dulce y algún tipo de encantadora anciana, y no le sorprenderá verme agarrada a tu brazo. ¿Me seguirás viendo bella entonces?».

¿Y sabes qué me dijo? Me respondió: «Sí, por supuesto. No importa la edad que tengas, seguirás siendo un sueño para mí».

Creo que pretendía que fuera un comentario afable, pero lo único en lo que podía pensar yo era: madre mía, ¿seguiré siendo un sueño llegados a ese punto? ¿No seré un cumplimiento todavía? Me parece agotador.

¿Acaso se hace una idea de lo cansador que es ser el sueño de otra persona?

Ha intentado con todas sus fuerzas convencerme de lo locamente divertida que sería una vida con él, y estoy segura de que tiene razón. Pero me preocupo por él. Ir detrás de mí o de alguna otra chica como yo es algo que lleva haciendo durante tanto tiempo que no sabe hacer otra cosa.

Así que asegúrate de que lo sabes, Nick. De que sabes la luz que estás siguiendo.

Atentamente,
Daisy

CAPÍTULO XXXIII

Encontré a Gatsby en la biblioteca, cortando las páginas de un libro con un abrecartas que acababa en espiral.

—¿Todavía la quieres? —le pregunté.

Levantó la vista.

—¿Qué?

Ojalá no llevara puesta aquella camisa. Como había estado poniéndome su ropa, me había dejado varias para que me las probara. Aquella, de color rojo vino, no me había quedado bien, pero en aquel momento pensaba en el contacto de la tela en mi espalda y luego en la suya.

—Ha permitido que te carguen las culpas por lo de Tom —le espeté.

—Yo lo propuse —replicó Gatsby—. No quería que ella se viera humillada por nadie que se hubiese enterado de que él la había dejado.

—¿Y todavía la quieres, después de eso?

—Sí. —Los dedos de Gatsby resiguieron unas cuantas hojas sin cortar—. Por supuesto. ¿Por qué querría pasar el resto de mi vida con ella si no la quisiera?

La lámpara verde de Daisy era una luz mala, un brillo tentador que atraería a Gatsby a la bahía.

—¿Qué tiene ella? —me exasperé—. ¿Qué te hace estar tan enamorado de ella que no te importe lo que haga?

A Gatsby casi se le cae el libro.

—¿Enamorado de ella? —Sostuvo el libro con firmeza—. Nick. Solo me he enamorado de una persona.

—Sí, ya lo sé. Todos lo sabemos.

—Mucho me temo que no lo sabes. —Dejó sobre la mesa el libro y el abrecartas—. Nick.

La luz de una lámpara cercana proyectaba un halo ambarino en un lado de su rostro.

—¿Acaso no sabes que soy gay?

El verde de sus ojos se tornó en dos luces malas, como una linterna brillante que brilla a través del estanque. Todo lo que tenía que ver con Jay Gatsby me atraía hacia un pantano, un prado, un océano, y me quedaba perdido allí.

El tiempo que pasó como un soldado menor de edad en la guerra.

Su historia como *breaker boy*.

¿Cómo había llegado a pronunciar las palabras «soy gay» con tan poca duda?

¿Cómo lo había logrado? Ni siquiera estaba seguro de si los chicos como yo —como nosotros— tenían permitido reclamar la palabra «gay».

Había tantas cosas bajo la superficie de aquel hombre. Parecía que se mostraba de frente para que pudieras verlo todo, pero solo estaba exponiendo el reflejo de la superficie. Como el cristal liso del mar, con la refracción ocultando todo lo que hay debajo.

—Si eres gay, entonces, ¿por qué ibas detrás de Daisy?

Devolvió el libro recortado al estante.

—¿De verdad te tengo que contar todos los detalles?

—Sí. Así es. Llevas anhelando estar con ella desde hace años. Compraste esta casa. Organizaste esas fiestas. Para ganarte su corazón.

—No —terció Gatsby—. No para ganarme su corazón, sino para que aceptara mi propuesta.

—¿Por qué te importa tanto que aceptara tu propuesta? Si no la quieres, ¿por qué?

—Porque soy gay y… —vaciló y se quedó callado a media frase.

Yo inhalé el resto silencioso, su verdad, incluso antes de que la comprendiera.

—A Daisy le gustan las chicas.

Gatsby jamás lo habría dicho en voz alta. Nunca diría eso de otra persona. Pero él no tenía que decírmelo a mí. La cercanía que siempre había sentido con mi prima pasó al centro de mi mente.

—Daisy ha estado intentando decirme que le gustan las chicas —me di cuenta de repente—. Y yo no la he escuchado.

«Ya sabes, Nicky, que los chicos siempre se enamoran de mí, pero que yo no les correspondo».

Claro que Daisy no se iba a enamorar de Gatsby. Él era un chico.

—Entonces, ¿para qué era la propuesta? —pregunté—. Si no estás enamorado de ella y ella no lo está de ti, entonces, ¿para qué?

—Porque eso es lo que haces si puedes. Alguien como yo se casa con alguien como ella. Yo no la quería de ese modo. Quería la vida que podíamos tener juntos.

Había estado abriéndose lentamente en mi interior, pero de repente estalló.

—Un matrimonio lavanda.

—Eso es —afirmó Gatsby—. Podríamos hacernos camino en el mundo, y ella podría estar con quien quisiera, y a mí no me importaría porque yo estaría con quien quisiera. Y entonces me enamoré de ti, y ella estaba enamorada de Jordan.

—Daisy está enamorada de Jordan —dije, como si mi mente necesitara repetirlo para procesar esa información.

—¿De verdad que no te has dado cuenta? —inquirió—. ¿Creías que la manera en la que se pavoneaban juntas no era más que un numerito? Así era como Daisy siempre lo había querido. Ese era su sueño más ansiado como debutante. Quería a Jordan prendida de su brazo y ella agarrada al suyo. E hicieron un trabajo magnífico fingiendo que todo era un espectáculo, pero se quieren.

Daisy que sostenía las manos de Jordan. Las dos dando piruetas con sus faldas de organdí hasta marearse. La manera ingeniosa con la que encontraban excusas para tocarse.

Todo había estado allí. Sin saberlo, había sido un espectador de su romance todo aquel tiempo.

Gatsby resiguió con los dedos el cobre espiralado de la lámpara. No me había dado cuenta hasta ese instante que el abrecartas casi tenía la misma forma.

—Y cuando Jordan y tú entablasteis amistad, pareció que fuera algún tipo de destino.

La lámpara transformó el verde de sus ojos en el mismo tono bronceado del abrecartas.

—Yo podía casarme con ella y si Jordan y tú os gustabais tanto como parecía, vosotros podíais hacer lo mismo el uno por el otro algún día. Podríamos ofrecernos mutuamente la protección que el mundo nunca nos proporcionará.

»Por eso acepté seguir tu idea con la puesta de largo de Daisy. Porque tenías razón. Le daría un tipo de poder que las mujeres como ella normalmente no tienen.

—¿Todos queríais que me casara con Jordan? —pregunté—. ¿Cuándo lo decidisteis?

—Nadie decidió nada. Me quería casar con Daisy para que tanto ella como yo pudiéramos ser felices. Jordan y tú, eso ya era cosa vuestra. Solo empecé a pensar en ello cuando te encariñaste tanto con ella y cuando me enamoré de ti.

Alargué una mano hacia la pared para estabilizarme.

—¿Cuándo tú qué?

———————— ••• ————————

Señor y señora Darío Fabrega-Caraveo
Fleurs-des-Bois, Wisconsin

Queridísimos mamá y papá:

Si os creéis los diarios de por aquí, soy la debutante más famosa —y sí, quizá un poco infame también— de todo Nueva York. Un hombre quiere escribir un guion para una película sobre mi vida. Los cuchicheos que recorren Nueva York dicen que por mi causa, todas las debutantes llevarán peonías en el cabello. Mamá, me muero de ganas de mostrarte las fotografías.

Estoy feliz. Estoy casi segura de ello.

Pero me temo que desde que llegué a Nueva York, he perdido algo de práctica en decir la verdad. Cuento las partes bonitas e intento olvidar el resto. Vosotros me enseñasteis a hacer eso, para que pasara lo que pasase, me fijara en las cosas buenas. Pero creo que me he excedido y lo he convertido en algo horrendo.

Le hice una cosa horrible a Nick. Vosotros sabíais que lo había hecho, y yo sabía que lo había hecho, pero lo que es peor es que era incapaz de ver por qué estaba tan mal. No podía imaginarme qué era tan espantoso como para que no quisierais hablar conmigo.

Papá, ¿te acuerdas del día que me sorprendiste contándoles a las chicas de la escuela que teníamos sangre real, que descendíamos del mismísimo Moctezuma?

Me dijiste que el engaño es algo indómito. Crees que lo tienes, que lo controlas, como una cerilla encendida o un caballo salvaje. Pero entonces el caballo se escapa. La llama de la cerilla prende en un fuego desatado. Te arrastra con él, y de repente, ya no eres tú quien lleva las riendas. Él decide a dónde te lleva.

Primero, empiezas a mentir.

Luego, te conviertes en una mentirosa.

Y por último, te conviertes en una mentira.

Pero ahora, os voy a contar la verdad, porque no puedo soportar transformarme en una mentira para vosotros.

Siento no haberos contado nunca que mi corazón corresponde a otras mujeres. No estaba segura ni yo misma hasta hace poco. Pero ahora siento que la palabra «lesbiana» es como una canción preciosa en mi lengua y solo quiero cantarla a todas horas.

Creía que tal vez podría amar a un hombre si era lo suficientemente dulce y sensato, pero he conocido al hombre más dulce y maravilloso, y no soy capaz de enamorarme de él. Es de lo más extraño. Es todo lo que habría dicho que quería, lo que cualquier chica desearía. Si mi hada madrina me hubiese pedido que le hiciera una lista de todas las cosas que me gustan en un hombre joven, él es lo que habría aparecido. Pero solo lo quiero como amigo, como una hermana quiere a su hermano. Es como si tuviera todos los ingredientes dispuestos para preparar una tarta o una sopa de tomate, pero no pudiera seguir la receta. No hay manera de que los ingredientes se unan.

Cuando me di cuenta de que estaba enamorada de mi amiga Jordan, es como si esa cocina, en la que antes era incapaz de preparar una tarta o un merengue, se convirtiera en la tierra de los dulces. El aire se llenó de azúcar glas y algodón de azúcar. De repente el mundo estaba formado por tarta tres leches, gominolas y las galletas de jengibre con forma de cerdito que hacíamos para la Nochebuena.

Sueno como una ridícula enamoradiza, ¿verdad? Pero la amo, y si algo he aprendido de veros a vosotros, es que querer a alguien vale la pena aunque tengas que exponer tu propio corazón a un espectáculo absurdo.

A veces puedo actuar como una necia, pero no lo soy. Sé que si queremos una vida juntas, tendremos que seguirla con la discreción más astuta que haya en la Tierra. Pero la gente lo hace, ¿no? Nosotras también podríamos, ¿no creéis?

Atentamente,
Daisy

CAPÍTULO XXXIV

—Nick.

La manera en la que Gatsby dijo mi nombre hizo que me tuviera que asir a una estantería para mantenerme recto.

—No me importa si no me correspondes —continuó—. Quiero que seas feliz. Quiero que Daisy y Jordan sean felices. Todos nosotros tenemos que encontrar la manera de vivir. Así que sí, Daisy era mi sueño, porque mi sueño era que pudiéramos amar a quien queramos sin tener que responder ante un cónyuge al que le ocultamos secretos o ante el mundo entero, cuando no es asunto suyo.

Se agachó, y el pelo le cubrió los ojos.

—Intentamos encontrar la manera de hacernos a nosotros mismos. La manera para ser nosotros mismos. Eso ya lo sabes, pero Daisy no quiere eso. Y tengo que respetar lo que ella desea. Me he aferrado a ese sueño durante demasiado tiempo. Pero no me corresponde a mí decidirlo.

Me quedé maravillado por cómo aquel chico vivía tanto en los sueños como en los detalles. El corazón romántico de Jay Gatsby era mucho más práctico de lo que me había dado cuenta.

Organizaba aquellas fiestas rocambolescas con la esperanza de que Daisy acudiera y se asombrara, pero al mismo tiempo esas fiestas impulsaban su trabajo con Martha.

Una vida con Daisy era su versión del sueño americano. No podía casarse con otro hombre, igual que ella no se podía casar con una mujer. Pero sí que la podía llevar al altar a ella, y luego podían cambiarse de cama tras apagar las luces.

Él podía ser un hombre de éxito con una preciosa mujer agarrada a su brazo, y sus corazones podrían estar un poco menos asustados que compartiendo el buzón con otra persona cualquiera.

Su sueño era dejar que ella fuera auténtica, y que él también lo fuera.

—¿Estás enamorado de mí? —pregunté.

Gatsby sonrió.

—Bien. Es la segunda vez que lo digo. Empezaba a pensar que me estabas ignorando.

—¿Estás enamorado de mí? —repetí.

—Desde que nos encontramos en el muelle.

—¿Por qué no me lo dijiste?

—Creí que podía haber algo entre nosotros, pero no tuve el coraje de preguntártelo. Y entonces me besaste el día de tu cumpleaños, pero luego parecía que quizá desearías no haberlo hecho. No quería presionarte. No quería que hicieras nada que no quisieras o para lo que no estuvieras preparado. Especialmente desde que empezaste a vivir conmigo. Lo último que quería era que pensaras que me debías algo.

—¿Has querido besarme otra vez? —pregunté.

La sonrisa que afloró en sus labios contenía esa esperanza infinita que no había visto nunca en nadie más.

—¿No es evidente?

Un puñado de luces verdes se desataron. Agarré a Jay Gatsby por los tirantes, y lo besé bajo el temerario hechizo de mil luces malas. Me devolvió el beso como si yo fuera la luz de cada bombilla y candelabro de sus jardines.

Le coloqué la mano en la nuca, y su piel olía a la menta y el musgo de su *aftershave*. Él extendió las palmas sobre mi espalda, y las mías se deslizaron por encima de la tela roja de su camisa. Sus dedos encontraron el agujero debajo de mi omóplato, el mismo punto exacto que había tocado el día que estábamos fuera de la casita de campo. El deseo que había acumulado en mi frágil corazón despegó, tan ruidoso como aquellas fiestas en las noches de verano.

Era un chico besando a otro chico. Nuestros dedos se deslizaron hacia las trabillas almidonadas de nuestros pantalones. Los pulgares rozaron el cabello recortado de nuestras nucas. Agarramos tirantes y cuellos de camisa y los botones de las camisetas como si la única manera de mantenernos unidos fuera despedazarnos mutuamente.

Nos besamos entre ríos de jacintos azules y narcisos dorados.

Nos besamos con el rumor de la bahía todavía aferrado a nuestra ropa, y el océano espolvoreó sus estrellas reflejadas sobre nuestra piel.

Portábamos la sal y la luna sobre nuestros cuerpos, esparciendo la luz del mar sobre las sábanas de Gatsby.

—Mariposa —dijo Jay.

—¿Qué? —le pregunté.

Estábamos tumbados en la oscuridad, pero aun así me moví para mirarlo.

—Mariposa —repitió—. Me olvidé de comentarte esta palabra. Es la que usan para los chicos como nosotros. Pretenden que sea un insulto, pero yo la tomo como que somos seres que transformaron su belleza.

Me besó, y noté el contorno de esa palabra reapropiada en mi propia boca. Me besó, y vi la purpurina que centelleaba en su pelo en la primera fiesta. Me besó, y esos mechones plateados florecieron en calor y fuego.

Llegué a Nueva York como un puñado de tierra de Wisconsin, pero era precisamente esa tierra, ese preciso cuerpo y corazón el que Jay Gatsby quería. Una lluvia de estrellas podía tener un nombre de lo más inexacto, pero en aquel momento, entendí su concepto. La tierra de la que estaba hecho yo resplandecía como el polvo cósmico, iluminándose con más intensidad a medida que caía más velozmente.

Sí, había un espacio inevitable entre los átomos. Cuando mi palma se apoyaba contra la suya, cuando sus labios estampaban la huella perfecta de su boca contra mi mandíbula, sabía que todavía había una distancia invisible entre las partículas cargadas de su cuerpo y el mío. Pero no podía notar esa distancia. Éramos electrones que cruzaban la órbita del otro, liberando cuantos de luz y energía.

Conociendo a aquel chico, tocándolo… Era tan fractal como medir la línea de costa. En cada curva y recoveco, aparecían una infinidad más. Cada rasgo suyo que estudiaba, quería conocerlo con más profundidad y detalle, cada bahía, canal y bajío.

Jamás lo aprendería todo de él. Era tan imposible como saber la extensión real de la costa a lo largo de la bahía. Pero quería acercarme lo máximo posible.

CAPÍTULO XXXV

C uando Jordan me vio, su expresión era a la vez
cómplice y aliviada, así comprobé que ella ya sabía
que yo estaba al corriente.

—¿Te lo tuvo que decir o lo descubriste tú solo?
—me preguntó mientras nos sentábamos a una de las
mesas de la cafetería.

—Me lo tuvo que decir —confesé.

—¿Y nosotras? —inquirió unos momentos después.
Removía la cuchara en su taza, el sonido del metal deli-
cado contra la porcelana—. ¿Te tuvo que contar lo de
Daisy y yo o eso sí que lo descifraste?

—También me lo tuvo que decir.

Una pareja saludó con la mano a Jordan mientras se
iban, y ella les devolvió el saludo hasta que estuvieron
fuera de la vista.

—Entonces ahora ya lo sabes todo. —Jordan se cruzó de tobillos, y sus rodillas movieron los pliegues de su
vestido de color damasco.

—Y sabes que Daisy te ha elegido a ti, ¿verdad? —le
dije.

—¿Qué te hace pensar eso? —preguntó Jordan.

—Su puesta de largo.

Jordan negó con la cabeza y levantó la cucharilla de la taza.

—Todo lo que viste, por supuesto fue muy divertido, pero no fue más que un espectáculo. Un acto. Por ambas partes. No me lo tomo en serio porque ninguna de las dos quisimos darle ese significado.

—Creo que ella quiso decir algo con ello.

—La mitad de lo que hace Daisy Fay es una actuación —terció Jordan—. No te puedes tomar en serio cómo se comporta delante del público. Eso ya debes saberlo a estas alturas.

———————— ••• ————————

Había aprendido a no hacerle caso al sonido estridente del teléfono de Jay. Entre los preparativos previos al baile de Daisy y el trabajo de Jay, sonaba a todas horas.

—Es para ti —me dijo Jay, con la voz suave como la mañana. Supe por su tono, y por la pequeña sonrisa que afloraba en sus labios mientras se apartaba el pelo de la cara que sí, que había ocurrido de verdad. Había tenido lugar la noche de dos días antes. Jay Gatsby me había dicho que me quería.

—¿Quién sabe que estoy aquí? —pregunté.

Él sonrió.

—Tu madre.

—¡¿Qué?! —Cuando agarré el teléfono, casi se me cae el auricular—. ¿Mamá? ¿Desde dónde llamas?

Me contó que acababan de instalar un teléfono en el pasillo. Tanto la casa como el equipamiento estaban pagados. Daisy había eliminado las deudas de mi familia, de su familia y de varias otras ramas. Mi madre tenía un timbre en la voz incómodamente avergonzado, como si nuestro cura nos hubiera honrado con una visita personal y ella hubiese llevado puesta la bata cuando había llegado.

El estómago me dio un vuelco. Solo me quedaba mi última paga para enviarles a mis padres, y aquello aligeraba la losa que me suponía haber perdido el trabajo. Pero ¿no era aquella la manera de Daisy de sentirse menos culpable por distanciarse de nosotros?

—¿Cómo fue la boda? —preguntó mamá. Podía entrever cómo hacía un esfuerzo por sonar animada.

—¿Qué boda? —me extrañé.

—Tu tía me dijo que esto era algún tipo de regalo de bodas de parte de Tom —me explicó mamá—. ¿No es así?

Un regalo de bodas. Menuda gloriosa mentira. ¿O estaban confundiendo la puesta de largo con la boda?

Mi silencio se extendió lo suficiente como para que mi madre se echara a reír.

—¿Es que ya no te cuenta nada?

—No demasiado.

—Qué lástima —se apenó mi madre—. Siempre habéis sido tan cercanos. Ella era la única que podía seguirte el ritmo. Y la única rival que tenías en el estanque.

En un instante, me hallaba en el agua iluminada por el sol con Daisy, sumergiéndonos hacia la oscuridad. Ella era la única que conseguía hundirse a la mitad de profundidad que yo. La oía reír a través del agua, y en esa risa, su traje de baño se convertía en un vestido vaporoso. Su pelo se aclaraba. Pasaba de ser una chica en un estanque de Wisconsin a una miembro de la alta sociedad que sabía que podía nadar hasta la orilla.

La sirena debutante de East Egg.

Nada más colgar la llamada de mi madre, llamé a la hacienda Buchanan. Podía verla en la otra punta del agua, la mansión cerniéndose sobre la orilla como si vadeara la distancia que separaba a los dos Egg.

—¿Está la señorita Fay? —pregunté.

—Ha salido —respondió la mujer en el teléfono de los Buchanan.

—Ay, no, ¿no he llamado a tiempo? —Exageré mi propia aflicción.

—Va de camino al tren —dijo la mujer con un lamento compasivo.

—Bueno, gracias. No hace falta que le transmita ningún mensaje.

—¿Qué está pasando? —quiso saber Jay cuando hube terminado con el teléfono.

—Necesito pedirte un favor pero no me puedes preguntar la razón.

—Muy bien.

Hice un repaso de los horarios de tren en mi cabeza.

—¿Cuánto tiempo puedes tardar en llevarme a la estación de tren?

————— ••• —————

Siempre había sabido que ser tan bella como mi prima presentaba inconvenientes. Y siempre había sabido que el primero y más importante era la atención no solicitada de los hombres.

Pero otra desventaja —me di cuenta en ese instante— era lo fácil que era localizarla en el andén de la estación. Las capas de su vestido, cada una con un tono distinto de rosa, ondearon cuando llegó el tren.

A bordo no me acerqué a ella. Sabía que no me traería nada bueno acercarme a una chica blanca de aspecto adinerado siendo un chico moreno en camisa, tirantes y pantalones (con el calor, ni siquiera me había llevado la chaqueta).

Pero la seguí por aquí y por allá. La misma muchedumbre en la acera que me dificultaba seguirle la pista hacía imposible que supiera que iba detrás de ella. Bajo los escaparates de las tiendas, el olor a cedro se filtraba hacia la calle, sus sótanos llenos de barriles y cajas con alcohol.

Se me hizo un poco más difícil seguir a Daisy cuando giró hacia una callejuela lateral. Unos bloques de apartamentos elegantes deslumbraban con sus fachadas prístinas. Edificios de piedra rojiza inmaculada se alternaban con paredes encaladas y los balcones llenos de plantas de los áticos se asomaban a la calle.

La falda de Daisy, ahuecada por su paso, se alisó cuando miró por encima del hombro.

—Siempre has sido la persona de la Tierra que más ruido hace al andar, ¿lo sabías?

CAPÍTULO XXXVI

—Este es el de tu madre.

Una mujer mayor, que me acababan de decir que se llamaba Ruth, colocó un collar sobre una mesa de madera baja. El largo cordel alternaba perlas color melocotón, rosa y dorado.

El collar iba en conjunto con la rica paleta del apartamento: el negro y el plateado acentuaban el amarillo, el verde y el malva oscuro. Unos espejos redondos colgados en paredes opuestas proyectaban inacabables copias de Ruth, Isabella —la anciana a quien Ruth definió como su «querida amiga y compañera de piso»—, Daisy y yo.

—Y estas son para tus hermanas, tus primas, tus tías —siguió Isabella—. Tú decides. Las conoces mejor que nosotras.

Las vueltas mezclaban perlas color crema y rosa, berenjena y rosé, chocolate y verde, salmón y champán, aceituna y albaricoque, había más tonalidades en esas joyas de las que sabía que existían.

Con cada vuelta, se me formaba un nudo más apretado en la garganta, como si su peso se estuviera aferrando a mi cuello.

—Daisy —me dirigí a mi prima, apenas con aliento para pronunciar su nombre—. ¿Qué has hecho?

—¿Te gustaría probar un poco de miel de naranjo? —Isabella levantó la tapa de un escritorio de cortina y sacó un tarro de cristal—. Combina de maravilla con ese tipo de té.

—Isabella —dijo Daisy con voz severa—, por favor no lo envenenes. Es mi primo.

Las dos mujeres suspiraron al unísono con exhalaciones idénticas.

—Qué adorable.

—Puedo verlo —intervino Ruth—. Ahora que lo dices, puedo verlo, sobre todo en la comisura de los ojos.

Isabella devolvió el tarro al escritorio y cerró la tapa.

Yo me recliné en el sofá, aturdido.

Daisy había tomado el collar y lo había desmontado en piezas. Acababa de admitir que yo era su primo. Y lo había admitido para que aquellas ancianas ataviadas con broches no me mandaran a la tumba.

—Y este es para esa tía favorita tuya. —Isabella sacó un cordel más corto de color azul, verde y cobre.

—¿Le gustará, verdad? —me preguntó Daisy.

—A mí no me metas. —Me dirigí a la ventana abierta con la esperanza de que la brisa me ayudara a despejar la cabeza.

—Y este. —Ruth le presentó cariñosamente una ristra de perlas color lavanda y berenjena, azul oscuro y azul plateado—. Ya sabes para quién es.

Coloqué las manos sobre el alféizar.

—¿Por qué lo hiciste?

Ruth intercambió una mirada con Isabella.

—¿Me podrías ayudar con ese aparato de la cocina? Lo carga el diablo.

—¡Y que lo digas! —contestó Isabella—. Siempre se queda encallado.

Las dos mujeres nos cedieron el salón.

—Es toda una historia, Nicky —dijo Daisy.

—Esto no —aseguré mientras le dedicaba un gesto de desdén a las perlas—. La casa de mis padres. ¿Por qué lo has hecho?

—¿No estás contento? —preguntó.

—No —respondí—. No lo estoy. Nadie te pidió que lo hicieras.

—Pero ¿no era ese el motivo para venir a Nueva York? ¿Para que las cosas fueran mejor para ellos?

—Vine a Nueva York para ser yo quien ayudara a que las cosas les fueran mejor. Quería ser yo quien lo hiciera. Yo quería darles eso. Quería devolverles todo… —Las palabras se atoraron en mi garganta.

—¿Devolverles el qué? —inquirió Daisy.

—Les debo todo. Igual que te lo debo todo a ti. Te conté quién yo era antes que a ninguna otra persona, y aceptaste lo que te dije. Me aceptaste como chico. Y luego me animaste a que se lo dijera a ellos aunque juré que te equivocabas, pero en realidad tenías razón. Se lo dije y me aceptaron y me convirtieron —hice un gesto vago hacia mi propio cuerpo y mi ropa de hombre— en esto. No me pude reinventar a mí mismo porque necesitaba que lo hicierais tanto tú como ellos, por eso quería hacer algo por ellos. Por ti.

Ruth e Isabella aparecieron en el umbral de la puerta de la cocina, hombro cubierto de gasa contra hombro cubierto de gasa.

—¿Va todo bien por aquí?

—Creo que mi primo necesita algo de aire fresco —dijo Daisy—. ¿Os importa si volvemos en unos minutos?

Si Daisy reparó en las miradas que nos estaban echando mientras caminábamos por el parque no lo mostró. Pero una mujer joven tan bien vestida y aparentemente blanca como Daisy, caminando al lado de alguien como yo, atraía desde curiosidad hasta desprecio.

—Lo siento —se disculpó ella—. No sabía lo mucho que significaba para ti. Debería haberlo pensado.

No podía recordar si le había oído pronunciar las palabras «lo siento» por algo más sustancial que pisar a alguien por error o tirar un cuenco de azúcar.

—Entonces, ¿has descubierto la verdad? —me preguntó Daisy—. ¿O todo esto es una gran sorpresa para ti?

—Ha sido hoy. ¿Cómo lo hiciste?

—Dos ancianitas que salen para darse un paseo nocturno en bote. Lo único que tuve que hacer es encontrar su barca, dejarlo con ellas, y luego nadar hasta la playa. Era un cachivache pesado, esa parte es verdad. Me habría ahogado si hubiese intentado alcanzar la orilla con él puesto.

—Pero ¿por qué? No eres una ladrona. A pesar de las acusaciones de tus hermanas sobre sus peines y pintalabios.

—¡Siempre los devolvía inmediatamente!

—Daisy —le recriminé.

Soltó un suspiro liviano como la brisa.

—Si no iba a ser la señora Buchanan entonces necesitaba sacar algo de provecho.

—Tú eres la que ha estado posponiendo el compromiso.

—Sí, porque descubrí lo de Myrtle. Me di cuenta de algo que hace meses que debería haber sabido: que él quizá nunca me pediría la mano. Podía prometerme un diamante y doce yardas de encaje de Alenzón, que si su familia no estaba de acuerdo, jamás me lo pediría, y aunque lo hiciera, nunca habríamos llegado al altar.

—Dechert cree que lo maquinamos todo juntos —susurré.

—Pero tú estabas en Wisconsin.

—No importa.

—Sí importa. No puede demostrar nada.

—No le hace falta.

Daisy me agarró la mano.

—No voy a permitir que ocurra eso.

—¿Cómo puedes estar segura?

—Porque tú no sabes el resto del plan —me dijo—. Pero yo sí.

—¿Cómo? —exclamé—. ¿Cuál es el resto? ¿Pendientes? ¿Brazaletes?

Dos imágenes me vinieron a la mente a la vez. La primera, el último collar que las ancianas habían mostrado.

La segunda, Jordan al lado de mi prima en lo alto de las escaleras de Gatsby.

El collar combinaba a la perfección con el asombroso vestido de Jordan.

—El que es azul y morado, es para Jordan, ¿verdad? —supuse.

Daisy agachó la cabeza, su sombrero ensombrecía su rostro.

—El lila es su color favorito.

—Entonces, ¿eso es lo que hiciste con él? —pregunté—. ¿Encargaste que hicieran joyas para todos los demás? ¿Acaso podrán llevarlas puestas?

Daisy se rio y se inclinó hacia mí.

—Eso es una fracción de lo que había en el collar —susurró—. El resto se desmontó y se vendió. ¿A qué te crees que se dedican Ruth e Isabella? Hacen y venden piezas.

Seguí andando.

—Daisy, van a rastrear el dinero.

—No —aseguró ella—. No lo harán. Porque verás, cuando te gusta conocer a gente como a mí, haces amigos, y algunos de esos amigos son los contables más creativos que hay en Nueva York.

—¿Y por qué ibas a confiar en ellos?

—Porque algunos son como nosotros.

Solo Daisy era capaz de encontrar una manera tan discreta de decirlo.

—Y son buenos —añadió—. Si quieren esconder algo, se desvanece. Las deudas de nuestras familias aparecen como que se saldaron gracias a benefactores locales generosos que, por casualidad, hicieron grandes donaciones filantrópicas a iglesias, albergues y organizaciones benéficas en la misma área a la vez. Todo es muy meticuloso y se basa en los números. Te gustaría.

Daisy le había dedicado a aquello la misma atención esmerada que la que había empleado en su transformación de Daisy Fabrega-Caraveo a Daisy Fay.

Mantuvo su mano enguantada en mi brazo, fulminando con la mirada a cualquiera que no apartara la vista.

—¿Nada más sobre mi puesta de largo? —me preguntó—. ¿Creías que tenías que devolvérmelo?

—¿Cómo lo iba a hacer si no? ¿Cómo te lo podía devolver? ¿Cómo se lo podía devolver a mi familia?

—¿Por qué le tienes que devolver nada a nadie por algo que siempre te dieron como un regalo?

Me encogí ante la pregunta.

—Y en cuanto a lo otro —prosiguió—, todos vamos a salir de esta.

—¿Cómo?

—Porque vas a resolver un problema matemático para mí. Te gustará. Es incluso más enrevesado y aburrido que los que probablemente estés solucionando en ese trabajo tuyo.

No le había contado que me habían despedido.

—Pero si quieres conseguir el problema matemático, tienes que ayudarme con algo más. ¿Me lo prometes?

—A ver si lo he entendido bien. ¿Quieres que haga algún cálculo matemático para ti, y como pago por el privilegio de hacer eso, consigo hacer otra cosa por ti?

—Sí, es exactamente eso, porque eres lo bastante curioso como para querer ver de qué problema matemático se trata. Te conozco. No serás capaz de quedarte de brazos cruzados sin saberlo.

Suspiré.

—Está bien. Te ayudaré con esa otra cosa. ¿Qué tipo de matemáticas es?

Ella sonrió.

—El modelo de corrientes y la distribución de detritos en la marea de un estuario.

Me la quedé mirando.

—¿El qué?

CAPÍTULO XXXVII

La otra cosa, por lo que se veía, involucraba que Daisy pidiera prestada la llave de la casita de campo y que los dos la llenáramos con el perfume de las flores y el azúcar. Pero esa vez, en vez de las peonías y los lilos que Gatsby había llevado para Daisy, nosotros colocamos jarrones de cardos marinos morados, montones de hortensias azules, rosas color lavanda con las puntas rosadas y nubes azules de arañuelas. Los macarrones y pasteles combinaban con tanta precisión que me preguntaba si Daisy había llevado las flores a los chefs pasteleros para que pudieran teñir la masa y el glaseado.

—Ay, no te vayas, por favor —me suplicó Daisy cuando terminamos—. ¿Te puedes esperar hasta que llegue?

—No me necesitas aquí.

—¿Por favor? —me pidió—. Sabe que tramo algo. Lo sé. No soné natural cuando le pedí que nos viéramos aquí.

—No, la verdad es que no —dijo Jordan.

Ambos nos giramos para encontrarla en el umbral de la puerta.

Daisy se levantó del sofá de un salto con las capas de su vestido ondeando a su alrededor.

—No fue solo un numerito —dijo Daisy.

Jordan parecía estar un poco aturdida y Daisy le tomó las manos como había hecho antes del torneo.

—Salir contigo —especificó—. Lo sentía de verdad.

Me retiré hacia la otra puerta, lo bastante cerca como para que Daisy supiera que no la había abandonado pero lo suficiente lejos como para cederles a las dos la habitación y las mil flores.

—Nos elijo a nosotras —dijo Daisy—. Te elijo a ti, si tú me quieres a mí. Quiero ir adonde tú vayas. Quiero asistir a cada uno de tus torneos porque aunque el golf sea la cosa más aburrida que me pueda venir a la mente, cuando eres tú la que participa, de repente se convierte en el deporte más interesante del mundo. Haces que el golf sea más emocionante que cualquier fiesta. Y si eso no te dice que estoy enamorada de ti, entonces no sé qué lo hará.

Aquella era Daisy. Ninguna actuación, ningún espectáculo para el público, solo su rostro esperanzado e ingenuo mientras esperaba la respuesta de Jordan.

—¿Por qué pareces estar tan nerviosa? —preguntó Jordan.

Daisy tiró de las puntas de los dedos de sus guantes de encaje.

—Porque lo estoy.

¿Era así como habían actuado la una con la otra al principio de conocerse, embobadas y vacilantes en el limbo entre la amistad y el flirteo?

—Bueno, pues no lo estés, porque te quiero ver en cada uno de mis torneos aunque no sepas distinguir un palo de otro. Porque aunque no entiendas el golf, entiendes lo que necesito antes de jugar o antes de que salga allí y me hagan una decena de preguntas sobre mis zapatos favoritos o mi pintaúñas. Y si de verdad sientes lo que dices, si de verdad estás preparada, entonces sí, te quiero.

—Estoy lista —dijo Daisy—. Sé que no lo he estado, pero ahora sí.

Jordan la besó, y la gasa color rosa orquídea de su vestido rozó las capas del de Daisy. Juntaron las frentes, con los ojos cerrados y sus sonrisas iluminadas con la misma sorpresa que debían de haber sentido la primera vez que se habían besado. Y cuando Daisy se quitó los guantes para poderle colocar el collar de perlas azules y lilas alrededor del cuello, me pareció un gesto tan íntimo como deslizar un anillo de compromiso.

Para Daisy, el gesto sería lo más romántico posible si no había nadie más presente aparte de la mujer a la que amaba, así que salí por la puerta mientras mi prima le abrochaba el collar, y las dejé solas en la casita.

———— ●●● ————

Esa noche, una perla color oliva fue arrastrada por la marea hasta la playa, un punto pálido enredado entre las algas.

—Mira. —La recogí y le mostré a Jay.

—Estás de broma. —Le sonrió, y la perla le devolvió el gesto con un resplandor verde azulado.

El día siguiente, nos contaron que habían encontrado algunas más a lo largo de la playa. Perlas amarillas y grises. Rosas y ambarinas. El oleaje arrojaba una a la arena cada pocas millas. Si eras una chica lo suficientemente afortunada como para cruzarte con una, podías considerarte destinada a ser preciosa y adorada.

Pronto todas querían que los demás se pensaran que se encontraban entre esas chicas afortunadas. Las muchachas atestaban las playas con sus trajes de baño amarillo, azul o escarlata. Durante los siguientes días, Jay y yo sospechamos que el número creciente de historias que se contaban estaban enormemente exageradas. Todo el mundo quería haber encontrado una perla del collar que Daisy Fay había perdido en la bahía. Separaban ristras de sus joyas y colocaban sus propias perlas sobre la arena húmeda para que las pudieran encontrar milagrosamente. Se entablaban discusiones sobre los colores reales que había tenido el collar original. Aunque, por supuesto, cuando Dechert intentaba rastrear alguna de las perlas, la futura debutante le respondía: «¿Quién, yo? No he encontrado nada». Ninguna de ellas se iba a arriesgar a que le pudieran confiscar su tesoro encantado.

Sospechaba que Daisy había previsto la cantidad de hallazgos falsos que tendrían lugar. Me preguntaba si aquello había sido parte de su plan desde el principio: lanzar un puñado en el agua y esperar que la corriente las expulsara, y si me necesitaba a mí para hacer los cálculos de dónde exactamente las iba a arrojar el oleaje. Encontrar unas pocas perlas dejaba en evidencia que un número inconcreto seguía perdido, dando vueltas por el oscuro oleaje como pequeños planetas.

———— ●●● ————

Nicolás Caraveo
East Egg, Nueva York

Querido Nick:

Dudo que te sorprenda saber que tu madre ha estado hablando con Daisy, y espero que no te importe lo que Daisy le ha contado. Tu prima se inmiscuye siempre. A eso se dedica.

Nunca te dije exactamente el motivo por el que me mostré tan reacio a que aceptaras ese trabajo en Nueva York. No quería que creyeras que la masculinidad era financiera. Quería que pensaras en tu propia hombría en otros términos que no fuera el dinero. Jamás me imaginé que se trataba de algo peor que eso, que creías que tu derecho de ser un hombre era algo que tenías que devolvernos con intereses.

Por favor, acepta lo que te hemos dado. Si alguna vez quieres que nosotros aceptemos algo de tu parte, debes consentir esto de la nuestra. Por favor, no lo consideres como una deuda que tienes que retornar. No nos debes nada por verte como quien de verdad eres.

Haz tu propia vida, Nicolás. Una de la que nos puedas contar cosas orgulloso.

Tu padre

CAPÍTULO XXXVIII

—¡Nick!

Salí a la superficie de mi sueño al oír la voz de mi prima llamando mi nombre. Intenté situar dónde me encontraba. ¿Wisconsin? ¿La casita de campo? Y entonces me llegó el aroma a flores del chico que estaba tumbado a mi lado.

—¡Jay! —Los pasos de Daisy resonaban sobre el suelo. El pánico me invadió.

La habían descubierto. Dechert, o Tom, o alguien de su familia había descubierto lo que había hecho. Mil historias de perlas arrastradas por las corrientes no había sido suficiente.

Jay y yo nos pusimos la ropa y nos encontramos con Daisy en el piso inferior. Un rayo de luz iluminaba la gasa color menta de su falda y mostraba su rostro perturbado.

—Está por todas partes —les informó Daisy—. La bahía, el valle, la ciudad. Todo el mundo lo sabe.

—¿Sabe el qué? —Jay se detuvo en las escaleras mientras se abrochaba la camisa.

—No me creyeron —continuó Daisy—. La mentira sobre Myrtle y yo. Todos piensan que Jay tiene una aventura con Myrtle.

El mundo se puso patas arriba.

No se trataba de una fortuna en perlas francesas e italianas.

Era la confusión posterior a la puesta de largo de Daisy.

—¡Daisy! —La voz de Jordan retronó por la casa. Llevaba puesta la ropa blanca de su traje de golf, y se paró en seco al vernos—. He venido tan rápido como he podido.

—Ay, es horrible —se quejó Daisy—. Y ahora Tom quiere demoler el mundo por esto.

—¿Por qué? —preguntó Jay.

Resoplé lo suficiente como para que se me cerraran los ojos.

—Porque es Tom quien tiene una aventura con Myrtle.

—Cree que Jay arruinó su casi pedida de mano y su aventura —añadió Jordan.

—Por qué no me sorprende… —metió baza Jay.

—No te lo tomes a broma —le advirtió Jordan—. Esto no va a quedar así. Nadie se va de rositas cuando ofende a un Buchanan.

—Me han dicho que viene de camino. Vuelve de la ciudad.

—¿Cómo lo sabes? —inquirí.

—Trato mejor a las criadas de esa familia que ellos —contestó—. Jay, tienes que salir de aquí.

—¿Salir de aquí? —repitió él confuso.

—Temo que quiera matarte. Tom prácticamente no tiene nada más que el polo y su orgullo, y por su manera de ver las cosas, le has arrebatado lo segundo. Te culpa por humillarlo delante de todo Nueva York.

—¿Crees que esto acabará si Jay se marcha? —preguntó Jordan—. La venganza de Tom nos abarca a todos. Yo era tu acompañante para tu puesta de largo. Aunque él sea demasiado obtuso como para saber lo que hay entre tú y yo. Yo ocupé el lugar que él consideraba que era suyo. Y probablemente culpa a Nick por respirar el mismo aire que él. Ese es el nivel de lógica que tenemos que presuponer de Tom. Si cree que Jay lo ha humillado, piensa lo mismo de todos nosotros.

—Entonces nos marchamos todos —propuso Daisy.

—No —repliqué yo.

Todos se quedaron callados.

—No vamos a huir —proseguí—. No de él y no así.

—Entonces, ¿qué propones que hagamos? —preguntó Daisy.

—¿Todavía tienes la pistola?

—Sí —respondió ella, recelosa.

—¿En serio? —intervino Jordan—. ¿Ese es tu plan? ¿Le vamos a disparar?

—No.

Los miré a los tres.

A mi prima.

A la chica a la que amaba.

Al chico al que yo amaba.

Y dije:

—El plan es contraatacar.

———— ••• ————

Jordan sostuvo en alto varias botellas de granadina.

—Sabes que es un plan nefasto, ¿verdad?

—¿Nefasto? —repitió Jay—. ¿De verdad crees que es tan malo como para ser nefasto?

—Sabes que puedo interpretar este papel —dijo Daisy—. Creo que me he estado preparando estos últimos meses para esta actuación, ¿no?

—Esto no va de tus habilidades como actriz. A nivel estratégico, todo debería funcionar. —Comparó las dos botellas de sirope de grosella—. Pero en cuanto a los detalles prácticos para que ninguno de nosotros acabe muerto, es un plan terrible.

La mirada preocupada de Daisy era como la luz de un faro que nos iba enfocando alternadamente a Jay, a Jordan y a mí.

—¿Crees que puede acabar muerto?

—Vamos a intentar fingir una muerte. —Jordan sostuvo una botella de licor de grosella negra hacia la luz—. Siempre que se hace algo así, existe la posibilidad de que alguien acabe muerto de verdad. Vamos a confiar en la habilidad de Daisy de disparar y fallar mientras aparentamos que no está intentando errar. ¿Sabéis lo difícil que es eso?

Miré a Daisy, recordando la cantidad de veces que les había disparado a aquellos lobos para asustarlos pero nunca les había acertado.

—Sé exactamente lo difícil que es —concluí.

———————— ••• ————————

Tom llegó gritando.

—¡Gatsby!

Gritaba el nombre de Jay desde el camino hasta los escalones.

—¡Gatsby! Sal aquí.

Se encontró con las puertas cerradas, así que rodeó la casa a grandes pasos hacia la parte trasera, aplastando con los pies los bulbos de las flores.

Nosotros cuatro estábamos preparados como actores en una producción teatral. Dos estaban listos para que los viera Tom, la debutante y el chico del traje rosa. Los otros dos escondidos en las sombras, un chico nervioso y una chica de la alta sociedad cuyos dedos estaban manchados con el rojo de los licores y siropes.

Ninguno de nosotros oyó nada. Ninguno pudo. Así que más tarde, pusimos en común los detalles de nuestras respectivas escenas para entender cómo había transcurrido todo.

Tom no paraba de gritar el nombre de Jay, pero empezó a alternarlo con el de mi prima.

—¡Daisy! Estás aquí, ¿verdad?

El chico nervioso en las sombras se convirtió en una extraña imitación de mi ser. Observaba la escena como si la estuviera recordando, más que viviéndola. En aquel momento, él era más Nick Carraway que Nicolás Caraveo.

—¿También quiere matarla a ella? —preguntó Nick Carraway—. Tenemos que hacer algo.

—Calla —susurró Jordan—. Y escucha.

Esperé a la siguiente vez que Tom gritó. Jordan tenía razón; la manera como chillaba «Daisy» era más bien una furia desesperada que una acusación.

—No quiere matarla —agregó Jordan—. Quiere que vuelva con él.

—Estás de broma.

—Todo el mundo la adora ahora —dijo Jordan—. Así que por supuesto quiere eso. Va a intentar arreglar las cosas con ella. —Jordan observó por la ventana, abierta para dejar pasar el sonido—. Hasta que vea de lo que ella es capaz.

Justo cuando Tom giró la última esquina de la casa, pudo ver a Daisy ante él. A ella y el azul oscuro del agua de la piscina que se mostraba por entre las ramas de los olivos y limoneros.

—Jay —dijo Daisy, con un jadeo lleno de arrepentimiento que ni siquiera Mary Pickford podría haber mejorado—. Jay, ¡lo has arruinado todo!

«Mantente de espaldas a Tom», le había indicado Jordan al chico del traje rosa. «Es la única manera de que esto funcione».

Así lo hizo el chico del traje rosa.

Tom vio la Remington del mango de caracolas que le había regalado a Daisy por su cumpleaños. Brillaba en las manos de la chica. La debutante y el chico con el traje rosa no podían ver la reacción de Tom, pero los dos que estábamos observando desde la ventana sí.

Tom frenó su avance, escudado por las ramas y los setos.

—Daisy, por favor —suplicó Gatsby con un hilo de voz.

Ella levantó la pistola.

—¿Ella? —A Daisy se le rompía la voz, y la madera pulida oscura brillaba—. ¿Tanto tú como Tom la queréis a ella en vez de a mí?

—No la quiero —negó Gatsby—. No he querido a nadie que no seas tú.

—¡Mentiroso! —Daisy gritó a la par que disparaba. En el momento de apretar el gatillo, el mango de caracolas emitió un resplandor azul.

Gatsby cayó a la piscina.

«Aparta la cara lo más rápido que puedas», le había indicado Daisy.

Así lo hizo.

El chapoteo del agua le dio la vuelta a su cuerpo y solo se veía el pelo y el traje rosa.

«Cuando estés en el agua, mantente bocabajo», le había dicho Jordan.

Así lo hizo.

Oculto dentro de un bolsillo interior de la chaqueta, esperaba un botecito de perfume lleno con la sangre falsa que había preparado Jordan. Con un movimiento rápido camuflado en el agua revuelta, Gatsby quitó el tapón. El rojo oscuro se esparció velozmente a través del azul del agua.

Tom estaba inmóvil, su respiración asustada mecía los setos.

Teníamos la esperanza que echara a correr en ese instante. Pero sabíamos que tal vez Daisy necesitara asustarlo un poco más.

Daisy se giró de la piscina para encararse a los árboles.

—Sé que estás ahí.

Su voz era una mezcla a partes iguales de seducción y amenaza, combinadas con cuidado como el sirope y la grosella negra.

—Sal, Tom —le ordenó—. O dispararé.

La sangre falsa se diseminaba por el agua, manchando el traje rosa de Gatsby.

—Daisy, ¿qué has hecho? —preguntó Tom.

—¿Qué problema hay? —repuso con su voz más dulce, que hacía juego con sus ojos empañados—. ¿No has venido para recuperarme?

Tom vaciló.

—Se supone que tenía que salir corriendo —susurró Jordan.

—Lo sé. ¿Por qué no lo hace?

—Porque cree que ella le disparará.

CAPÍTULO XXXIX

«Quédate bajo el agua todo el tiempo que puedas y luego sal».

Ese pensamiento se convirtió en una respiración compartida entre Jay y yo. Me lo imaginaba como aire que se movía entre nuestros pulmones. Pensé en el momento en el que nos tomábamos de las manos cuando estábamos sumergidos.

«Puedes permanecer sumergido más tiempo del que crees, pero cuando te quedes sin aire, sal».

—Está interpretando el papel demasiado a la perfección —masculló Jordan.

Daisy meneó la pistola. Tom se encogió.

—¿Acaso ya no me quieres, Tom? —preguntó ella con una voz tan liviana como su vestido de gasa verde.

—Tranquilízate, Daisy —le pidió él.

Daisy dio un paso en su dirección, intentando bloquearle la vista del chico que estaba conteniendo la respiración.

—¿Quieres que organice una boda? La planearé. Reservaremos el Plaza para este fin de semana. Tú puedes hacer que suceda, ¿verdad, Tom? Después de todo, eres un Buchanan, ¿no?

—Daisy —dijo con el tono más suave que pudo—, creo que estás cansada. Estás agotada.

—Sé lo que estás intentando hacer. —Apuntó con la pistola—. Me has humillado con la aventura que has mantenido con esa chica, ¿y ahora te crees que puedes cortar conmigo sin más?

Avanzó, sus pasos lentos retumbaban sobre el pavimento de piedra.

—¿Por qué me empujaste en el yate?

—¿Qué? —se sorprendió Tom.

—Discúlpame. Barco. ¿Es menos llamativo si lo llamo barco?

—Yo no te empujé —aseguró Tom.

—Entonces, ¿por qué no consigo acordarme de nada? —Daisy apuntó más arriba con la pistola.

—Ibas bebida. —Las palabras se escaparon de la boca de Tom como si Daisy las hubiera arrancado con un susto.

—¿Contabas con eso? —preguntó Daisy—. ¿Así podrías librarte de mí con más facilidad?

—Eso nunca. ¿Cómo puedes pensar eso?

—¡Me estabas usando! —casi gritó Daisy—. Tú lo planeaste todo. Pretendieras matarme o no, estabas dispuesto a asumir el riesgo. Te importaba bien poco si me ahogaba.

—Estás diciendo sandeces —dijo Tom.

—Sé lo del seguro.

—¡Pues claro que había un seguro, Daisy! —Tom levantó la voz—. Eran 350.000 dólares. ¿¡Te creías que una pieza como esa no estaría asegurada!?

—Qué oportuno que lo llevara puesto esa noche. Y que tú me pidieras que me lo pusiera.

—Quería alardear de ti con él puesto.

—Más bien querías jactarte de tu dinero que alardear de mí —lo corrigió ella.

—¿Por qué no pueden ser las dos cosas? —preguntó Tom—. Un hombre quiere enseñar las cosas bonitas que le puede colocar a una chica. ¿Es eso algún delito?

—¿Y ahora qué? —Daisy ladeó la cabeza—. Hiciste que me acostumbrara a esas cosas, ¿y ahora me vas a olvidar?

—Eso nunca, Daisy. —Tom levantó las manos—. Sabes que siempre cuidaré de ti.

Aunque sus voces sonaban distantes, pude oír la apertura en sus palabras. La invitación. Daisy aceptaría. Lo usaría para alejar a Tom de la casa y del chico que aguantaba la respiración bajo el agua.

Antes, Daisy poseía el poder que le otorgaba que un hombre rico la quisiera. Pero en aquel momento se encontraba de pronto atemorizado de ella y no quería más que liberarse de su presencia; y ese era un poder más grande que que él pensara que ella era preciosa.

—¿Cómo? —preguntó Daisy—. ¿Qué me quedará a mí?

—Te quedarás el anillo. —El esfuerzo por sonar persuasivo tensaba la voz de Tom—. No te pediré que me lo devuelvas. No después de mi comportamiento.

—Ah, el anillo. —Le dedicó una risa amarga—. Menudo pequeño recordatorio de toda esta farsa. —Se lo quitó del dedo y lo lanzó a la piscina. La esmeralda centelleó mientras caía hasta el fondo, removiendo el agua lo suficiente como para ocultar cualquier burbuja de aire proveniente del chico debajo de la superficie.

—Te puedes quedar el otro también —añadió Tom—. El diamante.

Daisy apuntó la pistola directamente a su pecho.

—Te conseguiremos algo de dinero —dijo desesperado Tom—. Montones.

—¡No tienes nada! —gritó Daisy.

La conmoción en el rostro de Tom iba a la par con su miedo.

—Es verdad, Tom. Sé lo de tus apuestas, el estado de tus cuentas y tus deudas. Cómo tu familia te da una paga mensual. Y no me hagas hablar sobre el apartamento de Myrtle, sus vestidos y sus joyas. No tienes el dinero para saldar la factura en el Biltmore, mucho menos para darme algo a mí.

—Lo conseguiré. Hablaré con mis padres. Les contaré lo de mis deudas. Se lo contaré todo. Te enviaremos a dar la vuelta al continente, no tendrás que encontrarte con nadie de aquí.

Daisy echó la vista atrás hacia el chico en la piscina.

Los susurros de debajo de la ventana eran demasiado débiles como para que Tom pudiera oírlos.

—Tengo que sacarlo de ahí.

—Todavía no. —Jordan era fría como un cristal lustrado—. Si entramos en acción demasiado pronto lo echaremos todo a perder.

—No puede estar debajo del agua tanto rato.

—Sí que puede.

La respiración de Jay Gatsby era la mía. El esfuerzo de sus pulmones era el mío. Necesitaba el aire tanto como él.

—Llamarás a la policía. —El lamento de Daisy perforó el aire.

—¿Por él? —Tom profirió una risa genuina—. Puedo hacer que todo esto desaparezca. Mi familia puede. Mi padre juega al tenis con el inspector, pero dudo que ni siquiera tenga que llamarlo. Gatsby estaba involucrado con todas las personas inadecuadas. Podría haber sido cualquiera de ellas. Nadie se creerá que tú lo hayas hecho. Podrías entrar en la comisaría a confesar y se limitarían a reír.

Tom quería con todas sus fuerzas que todo el mundo supiera que Gatsby había llegado a su fin de aquella manera. El rival de Tom estaba muerto, y él tendría el privilegio de poder inventarse su ignominiosa muerte.

—Tenías razón sobre él. —Daisy le dedicó una mirada apenada a la piscina—. Todo este tiempo.

—Lo sé. —Tom casi consiguió que su voz se tiñese de lástima.

—Llama a tu banco. —Daisy apuntó la pistola hacia las ventanas francesas, y los dos desaparecieron en el interior de la mansión.

En cuanto al chico que estaba aguantando la respiración bajo el agua, el mundo empezó a apagarse hacia la oscuridad. El frasco de perfume que ya estaba vacío lo envolvía en sangre falsa. El pesado cristal le cayó de la mano.

Lo último que vi con claridad fue el frasco de perfume al lado del anillo de esmeralda de Daisy. A través del agua revuelta parecía un planeta rosado al lado de una estrella verde. Las líneas de las incrustaciones de ópalo que giraban desde el centro de la piscina eran la espiral de una nebulosa.

Yo era el que más tiempo podía contener la respiración, así que había adoptado el rol de Jay Gatsby. Pero me estaba quedando sin aire, manteniéndome desesperadamente bocabajo para que Tom no pudiera percatarse de que en realidad estaba bien vivo. Ya no podía pretender que era Gatsby. Mi conexión con él se debilitó.

Ni siquiera era Nick Carraway, la versión de mí que Jay había interpretado mientras se escondía al lado de Jordan.

Volvía a ser Nicolás Caraveo.

Era un chico que se sumergía en un estanque, permaneciendo bajo la superficie tanto rato que asustaba a mi madre y entusiasmaba a mi prima Daisy.

Era el hombre joven que escuchaba la voz de mi padre en el andén de la estación.

«Recuerda esto, Nicolás. El mundo te puede mirar y ver a un peón, pero eso solo significa que nunca anticiparán tu próxima jugada».

En mi última bocanada de aire, lo entendí.

El mundo esperaba que me moviera en la misma dirección, como un peón. Siempre recto, hacia delante, exactamente hacia donde querían que fuera.

Así que la respuesta era no ir recto.

Era moverme como el caballo que era.

Cuando oí el salpicón en el agua, fue como escucharlo en un sueño lejano. Cuando noté el brazo de Jay a mi alrededor, la sensación vino cubierta por una neblina.

Tiró de mí hacia la superficie, y mis pulmones se abrieron con bocanadas ansiosas de aire.

Jay y Jordan me sacaron del agua. Antes de que pudiera desplomarme, me llevaron al amparo de los setos y los árboles.

—Cuando crea que han acabado ahí dentro, gritaré —susurró Jordan—. Pensarán que te he encontrado.

Jordan apoyó la espalda contra la pared, escrutando las ventanas francesas.

Yo me tumbé en la hierba con el aire despejándome la cabeza mientras Jay me sostenía.

Me tocó el lado de la cara.

—No me puedo creer que hayas hecho eso.

—¿Ha funcionado? —Ni siquiera tenía que intentar susurrar. Mi voz no era capaz de hacer otra cosa.

—Eso creo. —Con un dedo cauteloso, Jay me apartó un mechón de pelo de la frente. Estaba mucho más claro.

Daisy sabía cómo aclarar el cabello oscuro, y había arramblado frenéticamente con el bicarbonato de soda, el peróxido, y todo lo que tuvo a mano, hasta que le vino a la mente algo que conseguiría el efecto más rápido. «Nunca le hagas esto a tu pelo a menos que sea cuestión de vida o muerte», me había advertido. No había conseguido aclararme el pelo hasta el tono rubio de Gatsby, pero en el rato que había tardado Jordan en crear aquella magnífica sangre que en aquel instante manchaba el traje rosa, Daisy había conseguido que se pareciera lo suficiente como para que me pudiera hacer pasar por Jay.

Jay me besó en la frente.

—Gracias.

—Ahora o nunca —susurró Jordan—. Preparados.

Respiró hondo.

Su grito habría silenciado el aplauso educado de mil espectadores de un torneo. Impelió a Tom Buchanan a salir corriendo, diciéndole a Daisy que hiciera lo mismo. Se oyó un leve tintineo de metal; más tarde sabríamos que se trataba de Tom lanzándole las llaves de la casita de campo a Daisy y ordenándole que se ocultara allí hasta que enviara un coche por ella, para que no los vieran juntos.

Daisy hizo un buen amago de marcharse. Cuando Tom se hubo ido a toda prisa, ella regresó, corriendo a través de la hierba. Se detuvo cuando me vio en los brazos de Jay y a Jordan al lado de la piscina. El alivio pareció dejarla sin aliento.

Bajó la vista hacia la piscina. Los restos difusos de sangre falsa se arremolinaban alrededor del planeta de cristal rosado. La estrella de esmeralda centelleaba en los brazos de ópalo de aquella nebulosa submarina.

Daisy bajó los escalones de la piscina directamente al agua. La falda flotaba a su alrededor. Dejó que el agua la cubriera y se sumergió, con el cabello hinchándose como su vestido. La luz atravesó las capas de tela, haciendo que el agua a su alrededor pareciera brillar. Volvía a ser aquella sirena vaporosa que todo el mundo se había imaginado cuando había caído del yate.

Se dirigió al fondo y luego volvió a nadar hacia las escaleras. Empapada en agua salada, Daisy Fabrega-Caraveo sostenía la estrella verde, como una sirena que acabara de salir del mar.

CAPÍTULO XL

Mantuvimos a Jay alejado de East Egg y West Egg durante unas pocas semanas, lejos de cualquiera que pudiera darse cuenta de que el gran Gatsby estaba más vivo que nunca. Daisy y Jordan volvieron a sus vidas en la alta sociedad de Nueva York. Jordan se vistió de luto por su amigo. Daisy exhibió una frialdad desalmada con casi olvidarse de él, haciendo que todo el mundo la despreciara o la admirara por cómo se había aprovechado de un chico que estaba tan claramente enamorado de ella. Cualquier mención a mi ausencia solo se basaba en recordarme como uno de los camareros de las fiestas veraniegas.

Jay y yo habíamos acordado una fecha para marcharnos pero no un destino cuando Martha me mostró un telegrama de Los Ángeles.

—¿Cómo lo has conseguido? —pregunté.

—Si Wall Street no quiere sacarle provecho a esa fabulosa mente matemática —contestó—, entonces el Instituto Tecnológico de California lo hará. Serás el ayudante de un profesor durante un tiempo. El amigo de un amigo, pero te va a ayudar a empezar los estudios y luego te graduarás y reinventarás el álgebra, supongo.

—¿Cómo te lo puedo agradecer? —le pedí.

—Con que me menciones en todos los discursos cuando seas un matemático famoso, me sirve. Ah, y cuando venga de visita, te exijo que me trates de la manera más gay posible. No conozco ningún club para los nuestros en Los Ángeles. Espero que los encuentres.

—Eso está hecho —intervino Jay.

—¿Y vosotras? —les pregunté a Daisy y Jordan—. ¿Nos visitaréis?

—¿Estando tan cerca de Hollywood? No os podréis deshacer de nosotras —respondió Jordan.

Cada uno de nosotros abrazaba el sueño americano y de la ciudad de Nueva York, aunque éramos conscientes de que vivíamos en el margen de esas ensoñaciones. Mientras persistiéramos, seríamos fantasmas que habitaban los sueños de otra gente.

Daisy y Jordan se marchaban a un mundo lejos de East y West Egg. Primero, para que Jordan pudiera conocer a la familia de Daisy, y luego para que Daisy pudiera hacer lo propio con la de Jordan. Entonces se irían a París o a Génova o a cualquier otro lugar del mundo donde dieran la bienvenida a dos de las personalidades más bellas y escandalosas de Nueva York. Como avanzadilla iban ristras de perlas de todos los colores, enviadas por correo con sobres sin firmar.

En Italia, Daisy dejaría que su cabello creciera de color castaño oscuro, canturreando que «¡donde fueres, haz lo que vieres!», y Jordan dejaría de peinar el suyo hacia atrás en los apretados moños de las fiestas de Nueva York. En el sur de Francia, ambas se pondrían morenas bajo el sol del Mediterráneo junto a muchos turistas igual de bronceados. A lo largo del mar Egeo se desprenderían de sus sostenes con cordones, y dejarían de usar varios colores de pintalabios que hacían que sus labios se vieran más finos. Con cada milla que pusieran detrás de ellas, Daisy emplearía menos esfuerzos en mantener su tono pálido dorado. Jordan se libraría de la única Jordan Baker que Nueva York le había permitido ser, cayendo al suelo como un chal de fiesta decorado con cuentas.

Con el espacio que había quedado al soltar a Daisy, Jay se maravillaba ante el nuevo campo abierto de sus propios sueños.

Yo me iría de Wall Street, un reino que caería inevitablemente bajo su propia espada. Volvería a encontrarme con las matemáticas que guardaba en el corazón como un primer amor.

Mientras Jordan, Jay y Martha se intercambiaban las despedidas, Daisy me apartó a un lado. Sostuvo uno de mis mechones de pelo blanqueado por el peróxido.

—Siento haberte teñido de una manera tan horrible —se disculpó.

—Solo tenías unos pocos minutos. Crecerá de nuevo antes de que lleguemos a California. Cortaré todos los pelos rubios.

—Muy bien. Porque estás horrible con el pelo claro. Avisa a tus padres para que no se desmayen del susto.

Daisy desenvolvió lo que parecía ser una servilleta de la hacienda de los Buchanan, con la tela que combinaba con el papel de pared. Reveló la bombilla verde de la luz del muelle.

—¿La robaste? —le pregunté.

—Guárdalo para él, ¿quieres? —dijo y me la colocó en las manos.

La acarreé lejos de East Egg y West Egg, con tanto cuidado como si me hubiese entregado la luna envuelta en franela.

———————— ••• ————————

Cuando vi a mi padre en Wisconsin, lo saludé extendiéndole la pieza de ajedrez. Coloqué el caballo tallado en madera en su mano, haciéndole entender que había aprendido lo que había querido transmitirme.

En la cocina de mi madre, Jay supo cómo se sentían las cáscaras que parecían hechas de papel de los tomatillos en las palmas. Sintió cómo la luz se filtraba por entre los carpes por entre los que Daisy y yo corríamos las mañanas de agosto. Después de Wisconsin, nos dirigimos hacia el polvo frío y los campos cubiertos de flores silvestres de Dakota del Norte. La tía de Jay y la mujer que había amado durante décadas alargaron los brazos y gritaron: «¡James!» y así es como me enteré del nombre de chico que le habían dado justo antes de que partiera.

No tardaríamos en proseguir nuestro camino hacia California. Pero en una de las noches en Dakota del Norte, nos encontrábamos tumbados en una barca herrumbrosa. Un estanque rodeado de juncos reflejaba la luna y se mecía bajo nosotros. Tenía la cabeza apoyada en el regazo de Jay, y ambos observábamos el punto verde en la orilla.

Con la ayuda de la tía de Jay, había armado la luz en la madera astillada del muelle del que había saltado cuando era pequeño. Con su brillo verde hoja, atraía a las luciérnagas de los juncos.

Las constelaciones descendían hacia el agua. Pensé en ellas en Nueva York y California, donde emergían y se desvanecían en océanos, y allí, vagaban entre la luz verde y la luna.

Pensé en todas aquellas perlas flotando por el mar como si fueran estrellas. Me preguntaba cuántas nuevas debutantes, y durante cuántos años, oirían historias sobre Daisy Fay y asegurarían que habían encontrado una perla de su collar.

Al cabo de unos años, se empezarían a extender rumores de que Jay Gatsby no había llegado a existir. Algunos dirían que había sido una invención de Martha Wolf. La habían visto cerrar la mansión, preparándola para su venta a un comprador secreto.

Martha hizo desvanecer a Gatsby, y eso alimentó el rumor de que ella lo había inventado en primer lugar. Cualquier pregunta sobre Gatsby, sus jardines azules o sus fiestas deslumbrantes, las contestaba con una curvatura de sus labios pintados. Ella era la única que quedaba que sabía dónde estábamos, flotando en aquella noche en Dakota del Norte, imaginando ramas de laurel, adelfas blancas y naranjos.

Ocurrió rápidamente; Jay Gatsby se convirtió más en una leyenda que en un recuerdo. Los hijos e hijas ricos que bebían champán en su césped susurraban su nombre como intentando alcanzar algo, preguntándose si todo lo que recordaban del gran Gatsby había sido un sueño.

NOTA DE LE AUTORE

Cuando leí por primera vez *El gran Gatsby* cuando era adolescente, supe tres cosas:

1. Estaba bastante segure de que Nick Carraway estaba enamorado de Jay Gatsby.
2. Daisy Buchanan me enfurecía tanto como me cautivaba.
3. Tuve la sensación de que esta historia todavía no había acabado conmigo.

Pero no descubriría por qué no había acabado conmigo hasta unos años después, cuando me propusieron que reinterpretara *El gran Gatsby*. Y ante esta oportunidad, supe que quería crear un Gatsby que incluyera mis comunidades queer, transgénero y latina.

Quería representar a Jay Gatsby como un hombre joven transgénero que se labraba un nombre cada vez más infame en el Nueva York de los años 20; un chico que había sido uno de los cientos de miles de soldados menores de edad que sirvieron en la Primera Guerra Mundial. Quería representar a Daisy como una lesbiana latina debutante que se hace pasar por blanca y heterosexual mientras vadea por la alta sociedad de Manhattan. Quería representar a Nick Carraway como un chico estadounidense de origen mexicano transgénero que quería labrarse una mejor vida para él y para su familia, y que se enamora del misterioso chico que tiene por vecino.

Quería escribir sobre el sueño americano por lo que es, una esperanza que muches de nosotres tenemos pero que, durante mucho tiempo, no nos pertenecía, y todavía muy a menudo sigue siendo así. He titulado esta novela *Un sueño compartido* tanto porque *El gran Gatsby* trata sobre el sueño americano y sus mitos sobre hombres que se reinventan a sí mismos, como porque reinterpretar a Jay y a Nick como transgéneros los proyecta como chicos hechos a sí mismos quizá en el sentido más literal.

La frase «un hombre hecho a sí mismo» tiene una historia complicada y muy a menudo problemática que parece remontarse a la primera mitad del siglo diecinueve, pero el concepto fue redefinido más tarde por Frederick Douglas: «Hablando con propiedad, no hay en el mundo hombres como los denominados "hombres hechos a sí mismos". Este término implica una independencia individual del pasado y el presente que nunca puede tener lugar».

Nick y Jay se reinventan como chicos y hombres, pero no pueden hacerlo sin el otro ni sin sus comunidades. Como chicos trans, nos reinventamos a nosotros mismos, pero no lo hacemos solos. Ningune de nosotres lo hace sole.

Empecé a escribir *Un sueño compartido* en un momento en el que estaba pensando profundamente no solo sobre mi identidad de género sino también en mi identidad como estadounidense de raza mixta. Le debo mucho a otra novela de los años 20, *Passing* de Nella Larsen. La leí por primera vez el mismo año que acabé *El gran Gatsby*. *Passing* fue, para mí, tanto un libro que me abrió nuevos horizontes porque jamás sabré cómo era ser una mujer negra en los años 20 en Nueva York, como un libro en el que me podía ver reflejade porque me sentía viste como une estadounidense de raza mixta que a veces encaja, a veces no, y a veces ha tenido que hacer un esfuerzo significativo para encajar.

Sí, Daisy ponía furiose a mi yo adolescente. Y cuando la reinterpretaba, todavía lo hacía. Pero también me obligó a encararme a una parte de mí misme, una parte que no se daba cuenta de cuánto de lo que estaba haciendo me estaba rompiendo el corazón hasta que me detuve. Debía estar dispueste a analizar la manera en la que Daisy se comportaba como la chica que yo había sido en el pasado, así como la manera en la que Nick se comportaba como el chico en el que más tarde me convertí.

Un apunte sobre la exactitud y la identidad histórica: siempre que me ha sido posible, me he mantenido fiel a hechos creíbles, incluso cuando me hacían poner una mueca (como Nick usando elásticos de algodón; cualquiera de mis hermanos y hermanas trans y hermanes no binaries que lean esto, por favor, seguid el consejo que le da Daisy a Nick y no lo hagáis). Pero también he intentado etiquetar y codificar la raza, la orientación sexual y la identidad de género de una manera que tiene por objetivo insertarse entre el realismo histórico y la conciencia contemporánea. A veces tomé decisiones con el fin de dar a conocer y cuestionar el racismo, la homofobia y la transfobia sin tener que especificar los insultos brutales de los años 20 en las páginas. También hay fragmentos en los que quizá habría querido usar términos contemporáneos pero sabía que debía tener en cuenta las palabras que se usaban o no en ese periodo de tiempo («latino», como un ejemplo relacionado a la identidad de Nick y a la mía, no se empezó a emplear como un término común en los Estados Unidos hasta más avanzado el siglo veinte).

Nick y Jay probablemente desconocerían los términos como «transgénero». Nuestros ancestros no disponían de los nombres para referirse a sí mismos ni a los demás a diferencia de hoy en día. A pesar de todo, hemos hallado, a través de la historia, maneras de conocer, afirmar y amarnos los unos a los otros. Sin eso, sin la posibilidad de reconocernos como lo que somos realmente, el sueño americano no puede existir.

Mientras dejas atrás West Egg, espero que te marches sabiendo esto: mereces que te vean como quien eres realmente. Eres merecedore de imaginarte la vida por ti misme en vez de como te hayan dicho que debe ser.

Eres merecedore de tus propios sueños.

AGRADECIMIENTOS

Hay muchas personas sin las cuales este libro no podría existir. Nombraré algunas:

A Emily Settle, por pedirme que reinterpretara *El gran Gatsby* para la serie Remixed Classics, y por secundar todas las maneras en las que quise hacerlo gay.

A Jean Feiwel, por su apoyo en hacerle sitio a los libros clásicos en nuestras comunidades.

A Brittany Pearlman, por ser tan solícita como organizada e innovativa.

A Veronica Mang, por tu considerada visión para la portada, a Elliott Berggren, por traer a Jay y a Nick a una vida tan preciosa, y a Elizabeth Clark, por la maravillosa dirección de arte en MacKids.

Todo el mundo de Feiwel & Friends y Macmillan Children's Publishing Group: Kat Brzozowski (¡hola, Kat! Estoy muy agradecide por trabajar contigo en nuestro siguiente libro juntos mientras escribo estas palabras), Liz Szabla, Erin Siu, Teresa Ferraiolo, Kim Waymer, Ilana Worrell, Dawn Ryan, Celeste Cass, Lelia Mander, Erica Ferguson, Jessica White, Jon Yaged, Allison Verost, Molly Ellis, Leigh Ann Higgins, Cynthia Lliguichuzhca, Allegra Green, Jo Kirby, Kathryn Little,

Julia Gardiner, Lauren Scobell, Alexei Esikoff, Mariel Dawson, Alyssa Mauren, Avia Perez, Dominique Jenkins, Meg Collins, Gabriella Salpeter, Romanie Rout, Ebony Lane, Kristin Dulaney, Jordan Winch, Kaitlin Loss, Rachel Diebel, Foyinsi Adegbonmire, Katy Robitzski, Amanda Barillas, Morgan Dubin, Morgan Rath, Madison Furr, Mary Van Akin, Kelsey Marrujo, Holly West, Anna Roberto, Katie Quinn, Hana Tzou, Chantal Gersch, Katie Halata, Lucy Del Priore, Melissa Croce, Kristen Luby, Cierra Bland, y Elysse Villalobos de Macmillan Children's School & Library; y a muchas más que convierten las historias en libros y ayudan a los lectores a encontrarlas.

A los siguientes escritores y escritoras que estuvieron presentes durante el esbozo y el proceso de revisión:

Mis compañeros y compañeras de Remixed Classics. Me he reído durante nuestras charlas, me he empapado de vuestra sabiduría compartida y me he maravillado con vuestro asombroso trabajo. Es un honor estar entre vosotros.

Nova Ren Suma, Emily X. R. Pan, Anica Mrose Rissi, Aisha Saeed, Emery Lord, Dahlia Adler, Rebecca Kim Wells, Elana K. Arnold, Lisa McMann y Matt McMann, que compartieron el espacio conmigo mientras escribía este libro y compartían su propio trabajo en progreso.

Alex Brown, por tu brillantez literaria, tu amplio conocimiento histórico y por prácticamente presentarme a las ratas adorables.

Aiden Thomas, por decirme lo mucho que adoraste este libro en el momento preciso en el que me preguntaba qué había hecho escribiendo sobre un Gatsby gay trans.

Melissa Kravitz Hoeffner, por tu ayuda con un personaje que guardo en el corazón y por mostrarme más de ella en las páginas.

Lugarteniente Coronel Kevin J. Step y Oficial Sargento Matthew Chaison, por hablarme sobre cómo los soldados dicen con quién están, hoy en día y en 1920.

Taylor Martindale Kean, Stefanie Sanchez von Borstel, todo el equipo de Circle Literary, Taryn Fagerness, y la Taryn Fagerness Agency, por apoyarme cuando estaba tan emocionada por concebir mi propio Gatsby (y especialmente por el entusiasmo de Taylor por los años 20).

Michael Bourret, por los chistes queer compartidos y su paciencia con las muchas preguntas que le hice.

A los lectores y lectoras: por pasar el tiempo con mi reinterpretación del West Egg y el East Egg. Gracias.

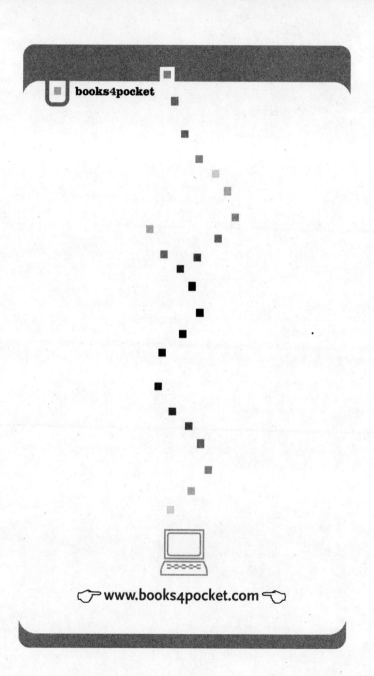

books4pocket

☞ www.books4pocket.com ☜